Gudrun Pausewang

Der Glückbringer

Roman

Deutscher Taschenbuch Verlag

Von Gudrun Pausewang
sind im Deutschen Taschenbuch Verlag erschienen:
Kinderbesuch (10676)
Rosinkawiese (11489)
Fern von der Rosinkawiese (11636)
Plaza Fortuna (11690)
Geliebte Rosinkawiese (11718)
Bolivianische Hochzeit (11798)
Guadalupe (11879)
Rotwengel-Saga (12140)

Ungekürzte Ausgabe
Januar 1997
Deutscher Taschenbuch Verlag GmbH & Co. KG,
München

Frankfurt am Main · ISBN 3-8218-0381-9
Umschlaggestaltung: Dieter Brumshagen
Umschlagbild: ›Rio San Juan‹ (um 1943) von
Victor Manuel García Valdes (© AKG, Berlin)
Gesetzt aus der Stempel Garamond 10/12' (Quark XPress)
Satz: KCS GmbH, Buchholz/Hamburg
Gedruckt auf säurefreiem, chlorfrei gebleichtem Papier
Druck und Bindung: C. H. Beck'sche Buchdruckerei,
Nördlingen
Printed in Germany · ISBN 3-423-12299-4

I

Als die Sonne aufging und die große Stadt rötete, stiegen die Aasgeier auf und begannen zu kreisen, so wie jeden Morgen.

Besonders große Schwärme kreisten über den Abdeckereien und den Mülldeponien am Stadtrand, auf die jeden Morgen auch die abgetrennten Glieder, die herausoperierten Geschwulste und zerstörten Organe aus den chirurgischen Abteilungen der städtischen Krankenhäuser geschafft wurden. Auch über der bescheideneren Stadthälfte links des Flusses schwärmten sie, auf deren Straßen morgens allerlei Totes lag: überfahrene Katzen und Hunde, vielleicht hin und wieder ein erschlagener Stadtstreicher, ein verhungertes Bettelkind. Dort befanden sich auch die Fleisch- und Fischmärkte, von denen verheißungsvolle Düfte für alle Aaslüsternen aufstiegen.

Die Geier strichen auch über den breiten Fluß, der die Stadt in zwei Hälften teilte. Denn in ihm trieb oft totes Fleisch: Fische mit den Bäuchen nach oben, Innereien von Schweinen und Rindern, Eseln und Pferden – und ab und zu ein Mensch: ein Nichtschwimmer, ein Ermordeter, ein Selbstmörder.

Einige Geier verachteten auch nicht die rechte Seite der Stadt, die des Zentrums, mit Kathedrale, Rathaus, Regierungsviertel und Präsidentenpalais. Aber hier war, wenn überhaupt, nur aus den überquellenden Mülleimern etwas zu holen. Und aus den Gefängnishinterhöfen, die speziell für Hinrichtungen genutzt wurden. Dort roch es nach Blut, auch wenn keine Exekution stattfand.

Da versprachen all die Viertel der Allerärmsten, die Slums an den Berghängen rund um die Stadt, schon mehr Beute. Dort wurden die Toten auf armseligen Friedhöfen nur dürftig in der Erde verscharrt, denn der Lehmboden war steinhart, und der Totengräber wollte bezahlt sein. Nur die Bewohner der reicheren Viertel konnten es sich leisten, ihre Toten einzumauern.

Ein Geier aber hatte auch in einem Viertel zwischen Slum und Zentrum, das weder sehr Reiche noch sehr Arme beherbergte, eine mögliche Beute ausgemacht. Keine große Portion, aber besser als nichts. Auf einer Parkbank vor einem großen Hospital.

Noch lebte dieses Stück Fleisch, aber wie es aussah, nicht mehr lange. Da hieß es wachsam sein und, wenn es soweit war, sofort zuzuschlagen.

Der Geier kreiste. Er hatte Zeit.

2

»Und jetzt?« fragte Hector Salas Benavides, nachdem sie ihn zu zweit aus dem Hospital hinausgetragen und ein Stück entfernt vom Gebäude im Schatten eines Tamaibabaumes auf eine Parkbank am Rand der Allee gesetzt hatten.

Die beiden Pfleger hoben ihre Schultern.

»Bete nur«, sagte der eine. »Es wird sich schon jemand erbarmen.«

»Es gibt so viele Wohltätigkeitskränzchen in der Stadt«, sagte der andere. »Die haben Geld für so was. Bei den Damen, die reich aussehen, mußt du dich bemerkbar machen, wenn sie vorbeikommen. Die haben gute Beziehungen zu Asylen. Die zerschmelzen vor Mitleid, wenn sie dich sehen.«

»Und wenn nicht?« rief Hector.

»Ich verstehe einfach nicht, daß du dir keine Familie zugelegt hast«, sagte der eine und drapierte Hectors leere Hosenbeine so, daß sie nebeneinander von der Bank herabhingen.

»Für solche Zwecke ist sie doch gerade gedacht. Eine Frau, die dich umzieht, sauberhält und füttert –«

»Füttern kann ich mich selber«, fuhr Hector auf.

»Aber dazu muß erst jemand was Eßbares vor dich hinstellen«, sagte der Pfleger gelassen. »Dazu brauchst du eine Frau und Kinder, die dich erhalten. Ein Vater ist auch ohne Arme und Beine noch Mittelpunkt der Familie. Hättest du eine, hätte sie dich schon längst aus dem Hospital heimgeholt. Denn dir ist ja wohl klar, daß wir dich da drin aus purem Mitleid ein paar Wochen länger als nötig behalten haben ...«

»Hast wohl gedacht, besonders schlau zu sein, was?« sagte der andere und grinste. »Hast dir die Kosten für eine Familie erspart, in Glanz und Gloria gelebt, ohne einen Gedanken an dein Alter zu verschwenden und an den da oben. Der ist nachtragend und äußerst empfindlich. Jetzt hat er dich am Wickel und beutelt dich, und niemand ist da, dem bei deinem Anblick das Herz blutet.«

Er schneuzte sich, wischte sich die Hände an seinem schmutzigen Kittel ab und winkte dem anderen.

»Also dann adiós – und Kopf hoch«, sagte der, und dann gingen sie über die Stufen zurück zum Portal.

»Aber ihr könnt mich hier doch nicht einfach sitzenlassen!« schrie Hector. »Was ist, wenn ich Hunger hab'? Und wenn ich pissen und scheißen muß?«

Der eine der beiden Weißbekittelten drehte sich um und rief: »Halte dich an die Passanten, Kumpel. Hundert gehen vorüber, einer hilft.«

Und schon verschwanden sie im Schatten des Portals.

»Ihr gemeinen Hunde!« schrie Hector und spuckte hinter ihnen her. »Ihr Luder! Ihr Mistviecher! Der Schlag soll euch treffen! Ihr macht euch aus dem Staub und laßt mich hier verrecken. Aber ich will euer Gewissen plagen, wie die Spulwürmer euer Gedärm. Aus dem Schlaf sollt ihr hochfahren bis an euer Lebensende und um Erbarmen winseln!«

Der Kopf des einen Pflegers tauchte noch einmal im Portal auf.

»Wir sind die falsche Adresse für dein Gekläff«, rief er grinsend. »Wir haben nur einen Auftrag ausgeführt. Halte dich an die Hospitalverwaltung. Und nicht einmal die hat die volle Verantwortung. Es ist ein städtisches Hospital. Die Stadt duldet nur Kranke darin. Du aber bist geheilt. Also geh zum Bürgermeister, wenn du dich beschweren willst.«

»Gehen«, brüllte Hector außer sich, »gehen – der reinste Hohn! Als ob ich nur ein paar Tage zu warten brauche, und mir sind neue Beine gewachsen!«

Aber sein Geschrei erreichte die Pfleger nicht mehr.

Eine Weile noch stieß er alle Schimpfwörter, alle Verwünschungen aus, die ihm in den Sinn kamen. Aber als die Sonne stieg und der Baumschatten von der Bank fortwanderte, verstummte er.

3

Da saß er nun und brütete vor sich hin, der Mann, der einmal der Besitzer des Eiskarrens CASABLANCA-QUEEN gewesen war. Das war ein Eiskarren gewesen, Teufel nochmal! Alle Leute hatten sich nach ihm umgedreht. Mit fünf Glöckchen daran fürs Nahe und einer River-Kwai-Hupe fürs Entferntere. Aber die Hupe hatte er nur gedrückt, wenn sich wirklich niemand hatte sehen lassen. Denn die Batterien waren so teuer.

Und die Farben! Alle zwei Jahre hatte er den Karren frisch bemalt, und keine Summe war ihm dafür zu schade gewesen. Jedes zweite Jahr ein neues Panorama auf die Seitenflächen: einmal einen Sonnenuntergang mit rotglühenden Kamelen und Pyramiden, ein anderes Mal eine Winterlandschaft aus fernen, exotischen Ländern, Schweden oder dergleichen, wie er sie manchmal im Kino gesehen hatte. Er hatte sogar ein paar verschneite Rehe auf die weißen Hügel verteilt. Allein der Anblick von so viel Kälte hatte die Kundschaft eislüstern gemacht! Auch den Karneval von Rio hatte er einmal gemalt, und eine Szene aus ›Ben Hur‹ und die Seeschlacht von Trafalgar und den ›Krieg der Sterne‹. Ja, der ›Krieg der Sterne‹ war das allerletzte Motiv gewesen, das schönste während all der sechzehn Jahre seiner Eiskarrenzeit, und ungemein umsatzfördernd. ›Krieg der Sterne‹: Wie herrlich weit haben wir's doch gebracht, wir Menschen – darauf ein Eis! Mit dem ›Krieg der Sterne‹-Gemälde, auf dem die Raketen und Raumschiffe nur so an den Sonnen und Sternen vorbeizischten, hatte der Karren sein Ende gefunden, zermalmt von einer Straßenbahn.

Ein stattlicher Karren war's gewesen, das konnte man ohne Übertreibung behaupten. Immer wieder war er von Touristen fotografiert worden, mit und ohne Hector, mit und ohne Kundschaft, der leuchtendbunte Karren in der Sonne, im Schatten, vor Hibiskusblüten, unter Tamaibazweigen, neben einem Kirchenportal oder einem Schilderhäuschen, mitten in einem Schwarm Tauben, und eine dicke alte Amerikanerin hatte Hector sogar ein Foto geschenkt. Darauf hatte er mit herausgestreckter Brust neben dem Karren gestanden, die eine Hand an der Hosennaht, in der anderen die senkrecht erhobene Eiskelle. Wie ein Stationsvorsteher, der dem Lokomotivführer das Zeichen zur Abfahrt gibt. Und er hatte darauf viel größer ausgesehen, als er eigentlich war.

Ob es dieses Foto noch gab, jetzt, nach allem, was inzwischen geschehen war?

Vielleicht hing es ja noch in seinem Zimmer im Viertel La Golondrina, wo er zur Miete gewohnt hatte. Zimmer und

Küche, sogar mit elektrischem Licht, zwölf Mieter im Haus, und wer nicht pünktlich zahlte, wurde vor die Tür gesetzt. Hausbesitzer Don José, der Advokat, der kannte sich aus, da gab's kein Fünkchen Hoffnung, wenn der jemanden in der Zange hatte. Der hatte Küche und Zimmer sicher längst ausräumen lassen, alles auf die Straße, in die Mülltonnen, und wenn sie vollgewesen sein sollten, dann halt daneben: das zweite Paar Schuhe, den Anzug für besondere Anlässe, die zwei Unterhosen, die drei T-Shirts, die mal rot, blau und gelb gewesen waren, sich inzwischen aber kaum mehr voneinander unterschieden, das bißchen Geschirr und den Elektrokocher, die Schachtel mit den Farbdosen und Pinseln, den Tisch mit dem Stuhl. Und das Bett, das er einmal im Villenviertel Las Delicias aus dem Sperrmüll gezogen und quer durch die Stadt auf dem Eiskarren heimgeschafft hatte, samt Matratze.

Die war – ach Gott, die war noch fast neu gewesen.

Und das Foto. Vielleicht hatte man vergessen, es hinauszuwerfen. Einfach an der Wand vergessen. Vielleicht freute sich der Nachmieter daran, weil er keine eigenen Bilder besaß. Vielleicht rätselte er an dem Foto herum, hielt stumme Zwiesprachen mit dem Eismann, benutzte ihn als seinen Vertrauten, seinen Beichtvater?

Alles weg. Kein Platz mehr, wohin man sich verkriechen konnte, um den Blicken, der verfluchten Gafferei, zu entkommen. Kein Mauseloch. Nicht einmal mehr das Kino.

Ja, das Kino. Das war sein wahres Zuhause! Aus seinem ganzen bisherigen Dasein war es nicht wegzudenken. Schon seiner Mutter hatte er das nötige Geld aus der Schürzentasche stibitzt, um ins Kino gehen zu können. Mit offenem Mund hatte er in den Filmen die Ausstattung der feinen Villen und Luxushotels bestaunt, war er mitgerast in den superschnellen Schlitten, hatte die Westernhelden bewundert, die Guten, die schneller als die Bösen den Colt ziehen konnten und nie danebentrafen. Im Kino hatte er gelernt, wie Reiche mit Reichen umgehen: »Gestatten, Baker« – »Angenehm, Smith« oder »Nach Ihnen, gnädige Frau« oder »O Gloria, mein Alles, ich kann ohne dich nicht mehr leben«. Und wie man sich in teuren Restaurants benimmt und sich rund um die Spielbanken von Las Vegas bewegt und lässig ein paar hunderttausend Dollar einstreicht. Und wie man als Mann an Frauen rangeht, und was man mit ihnen macht.

Ja, er kannte sie alle: Charly Chaplin und Marilyn Monroe, Burt Lancaster und Elizabeth Taylor, Robert Redford und Jane Fonda und noch Unzählige mehr hatte er jedesmal, wenn sie ihm im Kino begegneten, wie gute alte Freunde begrüßt, gleichgültig, ob sie in Wirklichkeit noch lebten oder schon längst gestorben waren. Er hatte viele Kriege und Aufstände, Feuersbrünste und Erdbeben miterlebt, hatte auf der »Titanic« gestanden, während sie unterging, und hatte erschüttert, aber heroisch auf das Meer hinuntergeschaut, auf dem die Rettungsboote und die zahllosen im eiskalten Wasser treibenden Menschen versuchten, dem Sog des sinkenden Schiffs zu entkommen. Einige Male hatte er sich sogar durch das Weltall bewegt und war dabeigewesen, als die Menschheit noch knapp vor dem Zugriff Außerirdischer errettet oder ein fremder Planet voller Affen- oder Roboterwesen erobert wurde. Kurz: Er war gebildet, er konnte mitreden, er wußte Bescheid, wie es in der Welt zuging.

4

Ob ihn jemand vermißte? Der Hauswirt bestimmt nicht. Der neue Mieter war ja längst eingezogen und zahlte. Seine Wohnungsnachbarin, die Schwarze mit den drei Kindern, die Kellnerin in einer Spelunke war und auf den altmodischen

Namen Abigail hörte? Nach Tagen mit überdurchschnittlichen Einnahmen hatte er sie manchmal zu sich herübergerufen, um mit ihr zu schlafen. Nicht abends. Da mußte sie ja bedienen. Sondern morgens, bevor es draußen heiß wurde und man nach einem Eiskarren Ausschau hielt.

Sie hatte es nicht umsonst gemacht. Womit hätte sie denn ihre Miete bezahlen sollen? Schließlich hatte sie ja ihre Kinder durchzubringen. Aber sie war nicht teuer gewesen. Sie hatte keinen Grund, ihn zu vermissen. War er nicht da, schlief sie mit einem anderen. Sie schlief mit jedem, der sie bezahlen konnte. Ihr lag nichts an ihm. Ihr ging's nur um ihre Kinder.

Irgendwo im Westen, an der Küste, eine gute Tagesreise im Zug entfernt, besaß er wahrscheinlich noch Verwandtschaft. Dort war er geboren und bis zu seinem vierzehnten Lebensjahr aufgewachsen. Dann war er auf dem Dach des letzten Waggons in die Hauptstadt gefahren, aus Sehnsucht nach der großen, wunderbaren Welt der Reichen.

Seiner Mutter hatte er nicht Lebwohl gesagt. Sie, eine Mestizin, hatte einen Mulatten geheiratet und war zu ihm in sein Fischerdorf gezogen. Sechzehn Jahre lang hatten sie dort zusammengelebt. Dann war er an einem stürmischen Tag draußen auf dem Meer beim Fischen über Bord gestürzt und ertrunken. Er, Hector, war erst drei Jahre nach diesem tödlichen Unfall geboren worden. Seine Mutter hatte ihm immer einreden wollen, sein Vater sei ein Weißer gewesen. Aber das erzählten so viele dunkle Mütter ihren unehelichen Kindern, auch wenn die noch dunkler waren als sie selbst.

Nein, von seiner Mutter hatte er sich nicht verabschiedet. Sie hätte ihn nie gehen lassen. Jetzt war sie sicher längst tot.

Aber wahrscheinlich gab's dort unten noch eine Schwester von ihm. Genauer gesagt, eine Stiefschwester. Maria Eugenia, achtzehn Jahre älter als er, die Erstgeborene vor einer Reihe von Fehl- und Totgeburten und Säuglingen, die das zweite Lebensjahr nicht erreicht hatten. Und dann er, ein Junge, der lebend zur Welt kam und am Leben blieb. Der der Mutter Hoffnung gab, er werde einstmals für sie sorgen.

Er hatte sich dieser Pflicht entzogen. Einfach deswegen, weil all die Jahre, die er nun hier in dieser Stadt lebte, mehr als tausend Kilometer zwischen ihm und ihr gewesen waren. Wie sollte über diese Entfernung hinweg einer für einen anderen sorgen? Und vor allem: Wie hätte er zwei- bis dreimal die Woche ins Kino gehen können, wenn er der Mutter Geld geschickt hätte? Deshalb hatte er ja auch keine Familie gegründet. Man mußte eben Prioritäten setzen. So hatte das Stewart Granger einmal ausgedrückt. Oder war es Rod Steiger gewesen?

Maria Eugenia. Sie war mit knapp sechzehn Jahren, hochschwanger, die Frau eines Polizisten geworden, hatte sich also hochgeheiratet. Sie war sicher froh, wenn sie nichts von ihm hörte. Mit einem Eisverkäufer konnte sie der Polizistenverwandtschaft nicht imponieren. Und nun noch dazu ein Krüppel. Wohin mit ihm? Und wie ihn holen? Und überhaupt: Eine Rückfahrkarte in die Hauptstadt und eine einfache für ihn, das war fast unerschwinglich, auch für einen Polizisten.

Aber seine Kunden aus dem Viertel La Golondrina, die Dienstboten und Bettler, die Waschfrauen und Losverkäufer, die hatten ihn ganz gewiß vermißt, wenigstens während der ersten Wochen. Vor allem die Kinder hatten an ihm gehangen. Ein Eis von Hector – das war ihr Traum gewesen. Es gab welche, die hatten sogar Touristen bestohlen, um an ein Eis zu kommen. War der Umsatz besonders hoch gewesen, hatte er dem einen oder anderen Knirps, der so sehnsüchtig auf seine Kelle starrte, ein kleines Eis um Gotteslohn gereicht.

O nein, Maria Eugenia: Ein Eisverkäufer steht noch lange nicht auf der untersten Sprosse der Leiter, solange er zwei Arme und zwei Beine, einen Karren und eine Kelle hat! Viele Kinder, das wußte er genau, wünschten sich nichts sehnlicher, als später selber Eisverkäufer zu werden. Und keinesfalls nur die Kinder der Armen! Denn auch die Knirpse aus dem Viertel San Cristóbal waren ihm nachgelaufen und hatten ihn bewundert, ihn und seinen Karren, obwohl dieses Viertel schon was Besseres war. Da standen Bungalows in kleinen Gärten, da gab es Läden und Büros, Bankfilialen und sogar einen Supermarkt.

San Cristóbal – *das* war ein Viertel! Zum Träumen. Immer wieder hatte er sich zu verbessern versucht. Zuletzt dort. Sich ein neues Revier zu erobern – Herrgott nochmal, war das denn zuviel verlangt? In La Golondrina verstaubte das Eis, noch bevor man dazu kam, daran zu schlecken!

Außerdem spielten Filme so gut wie nie in Vierteln wie La Golondrina.

5

Er warf einen Blick zum Himmel. Ein Geier kreiste hoch oben.

Ja, San Cristóbal war was ganz anderes. Dort fuhr sogar die Straßenbahn. Und dort war es geschehen, auf der Kreuzung vor der Kirche Santo Espírito, gegenüber der Hypothekenbank. Dort waren die Demonstranten vorübergezogen, lauter Lehrerinnen und Lehrer, die streikten, weil der Staat mit den Gehaltszahlungen drei Monate im Verzug war.

Zufällig war er, Hector, dazugekommen und hatte ein gutes Geschäft gewittert. An die zweitausend durstige, verschwitzte Pädagogen! Was für ein Himmelsgeschenk! Ein paar Münzen für ein Eis fanden sich immer. Mit der Reue, die den Schleckern nach dem Genuß vielleicht aufstieß, hatte er nichts zu tun.

Es hatte sich alles so gut angelassen, und es wäre ein überaus erfolgreicher Tag für ihn geworden, wäre nicht die Polizei aufgekreuzt und hätte die Demonstranten zurückgedrängt. Steine waren geflogen und Tränengasbomben, und während er noch fieberhaft Eis verkaufte, hatte ihn die Menschenmenge mitgerissen und in ihren Strudel gesogen.

So war er mit seiner CASABLANCA-QUEEN unter die Straßenbahn geraten.

Da saß er jetzt, nur noch ein Rumpf mit Kopf und rechtem Arm. Das bißchen Stumpf, das noch an den beiden Hüftgelenken hing, ermöglichte ihm nur, aufrecht zu sitzen. Und die fünfzehn Zentimeter Fleisch und Knochen unter dem linken Schultergelenk taugten zu nichts anderem mehr, als einen kurzen Ärmel zu füllen. Nein, das war schon übertrieben. Nur für eine normale Schulterbreite sorgten sie.

Da saß er also hilflos auf der Bank, die immer heißer wurde.

Erst waren ihm im Hospital nur ein Arm und ein Bein amputiert worden. Das andere Bein hatten sie retten wollen. Aber nach vierzehn Tagen scheußlicher Schmerzen hatte sich herausgestellt, daß es nicht zu retten war. Und eins-zwei-drei war es auch ab.

Als er wieder bei klarem Bewußtsein gewesen war, hatte sich eine alte Nonne neben sein Bett gesetzt und vom Herrn Jesu und seiner besonderen Liebe für Amputierte gesprochen, und davon, daß er, Hector, sich in dessen Arme werfen solle. Außerdem käme immer, wenn man meinte, es ginge nicht mehr, von irgendwo ein Lichtlein her. Als er zu lachen angefangen hatte, war die Nonne hochgeflattert und in Rückwärtsschritten von seinem Bett gewichen. Vor Schreck hatte sie nicht einmal eines ihrer frommen Bildchen auf seiner Decke zurückgelassen. Er hatte aber auch wirklich wie ein Wahnsinniger gelacht. Die ganze Wut und Ohnmacht der Welt war dabei aus ihm hervorgebrochen.

Kein Wunder, daß er plötzlich Nasenbluten davon bekommen hatte. Und wie! Das ganze Kissen war versaut worden.

Ja, die Kunden. In den ersten Tagen nach dem Unglück hatten sie sicher auf ihn gewartet. Vielleicht hatte sich auch herumgesprochen, was ihm zugestoßen war. Ganz gewiß hatten die anderen Eisverkäufer Wind von seinem Pech bekommen und sich um sein Revier gerauft. Das war nun schon so lange her. Drei Monate. Ein Vierteljahr. Die Lücke war längst geschlossen. Man vermißte ihn nicht mehr. Eisverkäufer gab es in der Stadt mehr als genug. Die freuten sich, wenn einer von ihnen abkratzte, falls er nicht gerade aus der eigenen Verwandtschaft stammte.

6

Es ging auf neun Uhr zu. Langsam wurde es wärmer. Hector bekam Durst. Er schaute zum Hospital hinüber. Dort drinnen hatte er Tee zu trinken bekommen, wann immer er danach verlangt hatte, im Saal Nummer neun im zweiten Stock des linken Seitenflügels, des Flügels der Armen. Sechzig Betten in Reihen, und manchmal hatten noch ein paar Leute auf Matratzen im Gang gelegen. Er aber hatte einen guten Platz gehabt, alle hatten ihn darum beneidet: gleich neben dem Fenster. Bei ihm hatte es nie so gestunken wie im übrigen Saal. Bei ihm hatte es abwechselnd nach Tamaibablüten und Auspuffgasen und, nach einem Regen, nach feuchter Erde gerochen.

Ein mächtiger Bau, dieses Hospital. Es füllte mit seinen Nebengebäuden fast einen ganzen Block aus. Das ehemalige Kloster mit Kirche flößte Respekt ein. Vor über zweieinhalb Jahrhunderten war es von spanischen Architekten geplant und von Indios gemauert worden, wie der Hospitalpfarrer einmal in einer Saalandacht erwähnt hatte. Unvorstellbar lange war das her. Hector erinnerte sich daran, daß er sich nach der Andacht Gedanken darüber gemacht hatte, ob seine Vorfahren damals gemauert oder geplant hatten. Oder beides zugleich. Denn er war ein Mestize.

Aber da waren auch Steinmetze am Werk gewesen. Künstler. Denn um das Portal drängten sich steinerne Heilige mit verwitterten Nasen und abgeschlagenen Händen. Und nackte Weibchen mit Fischschwänzen, glotzende Ungeheuer und tanzende Indios. Über ihnen schwirrten Putten rund um eine lachende Sonne. Sah man sie eine Weile an, vergaß man, daß sie aus Stein war und kalt.

Ein Vogel ließ etwas auf eines der leeren Hosenbeine fallen. Wütend starrte Hector in den Baum. Nicht einmal diese Scheißer da oben hatten Respekt vor ihm! Und warum, zum Teufel, kreiste der Geier über ihm?

Auf den Stufen vor dem Hospitaleingang hatten sich schon die ersten Bettler niedergelassen. Sie plauderten miteinander, einer lachte schallend. Aber jedesmal, wenn ein möglicher Almosenspender vorüberging, machten sie todtraurige Gesichter und hielten die Hand auf.

Sobald er wieder klar hatte denken können, hatte er sich zunächst aus dem Hospital fortgesehnt, sich zu seinem Karren gewünscht, den es nicht mehr gab, an seine Kunden denken müssen. Er hätte was dafür gegeben, zum Beispiel die dicke Madame aus der Avenida Los Andes wiederzusehen, die ihm jeden Tag um die Mittagszeit ein großes Eis abgekauft hatte, Nuß mit Vanille, jeden Tag außer sonntags, und immer ein paar freundliche Worte mit ihm gewechselt hatte.

Aber allmählich war ihm alles gleichgültig geworden, was früher gewesen war. Er hatte sich an das Hospital, an die regelmäßigen Mahlzeiten, an die Pfleger und Schwestern gewöhnt. Nur nach der Sonne hatte er sich gesehnt.

Jetzt hatte er genug Sonne, Sonne im Überfluß, mehr, als ihm lieb war. Er wischte sich den Schweiß von der Stirn. Jetzt wieder zurückkönnen in den Saal neun, zu trinken bekommen, versorgt werden, geborgen sein, ein Bett haben, auch wenn's nur eine Matratze im Gang wäre!

Und rasiert werden. Darum hatte er während der vielen Wochen so oft gebeten. Aber in dem ganzen großen Hospital war nur ein einziger Frisör am Werk, und wenn Patienten nach ihm riefen, die ein großzügiges Trinkgeld geben konnten, lief er natürlich zuerst dorthin. Der Armenflügel kam immer zuletzt dran, in allem.

Im Saal neun war unter den Patienten ein Frisör gewesen, der hatte ihm fest versprochen, ihn zu rasieren und ihm das Kopfhaar zu kürzen, sobald es ihm etwas besser ginge. Tuberkulose hatte er gehabt und Blut gehustet. Sein Zustand hatte sich gebessert. Schließlich hatte er sogar sitzen können. Aber eines Morgens fand man ihn doch tot im Bett. Und nun saß er, Hector, hier mit einem Dreimonatsbart und Haar bis fast auf die Schultern und schwitzte sich zu Tode.

7

Dieser verdammte Geier. Was machte er dort oben? Warum kreiste er ausgerechnet hier, wo es weit und breit nichts Totes gab außer vielleicht einer zerdrückten Mücke oder einem zertretenen Käfer? Hatte er nichts Vernünftigeres zu tun als ausgerechnet hier zu kreisen? Wen würde das nicht verrückt machen, he? Zu wissen, daß ein Aasgeier über einem kreist?

Hector lehnte sich zurück und schaute zum Himmel hinauf. Der war jetzt nicht mehr blaß wie vorhin, als sie ihn herausgetragen hatten, und die Häuserfronten glänzten nicht mehr goldfarben. Auch die rosigen Dunststreifen hatten sich aufgelöst. Da oben war jetzt ein klares Blau, so grell, daß einem die Augen weh taten, wenn man eine Weile hinaufstarrte.

Hector verscheuchte einen Schwarm spielender Mücken, dann dachte er sich weiter in den Himmel hinauf, bis dorthin, wo er vielleicht nicht mehr blau, sondern grün war, und noch höher, wo er ins Gelbe hinüberspielte.

Ob dort Gott war? Ob Gott im gelben Nichts saß und damit beschäftigt war, kein Haar von irgendeinem Haupt fallen zu lassen, ohne diese so wichtige Veränderung vorher abzusegnen? Ob Gott ihn nach einem genauen Plan von der Straßenbahn hatte überrollen lassen, um damit irgend etwas zu bewirken? Etwas, das man mit der beschränkten menschlichen Sichtweise nicht erkennen konnte? Oder saß in diesem gelben Nichts gar niemand? Und war alles, was geschah, nur blinder Zufall und hätte ebensogut nicht geschehen oder anders geschehen können?

Hector wußte aus den Science-fiction-Filmen: Das Weltall über seinem Kopf war voll von Milliarden von Sternen. Und es war sicher viel, viel größer, als ein Mensch mit seinem kümmerlichen Gehirn überhaupt erfassen konnte. Alles in diesem Universum veränderte sich unaufhörlich und würde sich auch weiterhin verändern. Und er, Hector, nahm sich und sein Schicksal so wichtig und war doch nur ein lächerliches Winzigstel vom Ganzen, Staub von Staub.

»Gott«, sagte Hector leise in den Himmel hinauf und heftete seinen Blick auf den kreisenden Geier, »wenn es dich gibt, scheine ich für dich nicht mehr zu zählen. Abgeschrieben – oder?«

Eine Nonne trat aus dem Hospital. Die Bettler reckten ihr die Hände entgegen und haspelten ihre Litaneien herunter. Sie raffte ihr weißes Gewand zusammen, trippelte die Stufen herab und kam auf ihn zu.

Hector kannte sie gut. Sor Claudina. Ihr unterstand Saal neun. Wußte sie, daß man ihn hier sozusagen ausgesetzt hatte? War das mit ihrem Einverständnis, auf ihre Anweisung hin geschehen? Würde sie es fertigbringen, an ihm vorbeizueilen? Oder würde sich jetzt gleich herausstellen, daß ihn die Pfleger durch ein Mißverständnis hier auf die Bank gesetzt und seinem Schicksal überlassen hatten?

»Schwester«, rief er der Nonne zu, »erkennen Sie mich? Hector Salas Benavides aus Saal neun!«

Sie blieb stehen und sah ihn bekümmert an.

»Ja«, sagte sie, »ich kenne dich. Ich hab' die Pfleger zu deinem Bett schicken müssen.«

»Aber das könnt ihr doch nicht mit mir machen«, sagte er. Sein Gesicht verkrampfte sich zu einer Grimasse. »Hier bin ich doch verloren, Schwester.«

»Ich weiß, ich weiß«, sagte sie. »Es ist furchtbar. Wir haben wegen dir immer wieder die Asyle angerufen. Und nicht nur wegen dir allein. Es gibt ja Dutzende solcher Fälle, in denen keine Familie da ist, die sich kümmert. Aber die Asyle sind überfüllt. Die wissen sich schon selber keinen Rat mehr. Wenn ein Platz frei wird, haben immer die Jüngeren Vorrang. Die Kinder. Du aber bist schon weit über dreißig, nicht wahr?«

»Warum habt ihr mich dann nicht gleich auf der Straße oder dort drin krepieren lassen?« rief er. »Wozu habt ihr mich mühsam aufgepäppelt, wenn ihr mich jetzt hier draußen eingehen laßt?«

Die Nonne tat einen Schritt zurück. »Solange einer in unserem Hause ist«, sagte sie würdevoll, »müssen wir alles Menschenmögliche tun, um sein Leben zu erhalten. Wir haben uns wirklich Mühe mit dir gegeben. Die Ärzte haben nicht viel Hoffnung gehabt, dich durchzubringen. Du warst schon so gut wie tot. Es war fast ein Wunder. Freu dich doch. Du hast noch eine Chance, Hector. Mach was daraus. Kämpf um dein Leben.«

»Als Rumpf mit einem Arm?« schrie Hector. »Das ist der reinste Hohn!«

»Es gibt sicher Leute in der Stadt, die nicht an dir vorübergehen können, ohne dir zu helfen«, sagte die Nonne. »Deswegen habe ich dich hier hinsetzen lassen. Hier gehen viele vorbei. Du mußt dich nur bemerkbar machen. Schrei um dein Leben. Schrei zu Gott und den Menschen um Hilfe.«

»Dann schrei ich zuallererst Sie an«, sagte Hector heiser. »Denn Sie kennen mich.«

»Erwarte nichts mehr von uns«, sagte die Nonne mit Endgültigkeit in der Stimme. »Du weißt selber, daß unser Hospital überbelegt ist. Wir arbeiten bis zur Erschöpfung. Wir haben keine Schuld. Das Elend ist daran schuld. Es ist zu groß, als daß man es noch in den Griff bekäme. Gewiß, dein Elend ist ganz besonders groß. Aber wir begegnen hier drin jeden Tag besonders großem Elend. Denk an die sterbenden Kinder – oder an die sterbenden Mütter, die vor Kummer um ihre kleinen Kinder, die sie zurücklassen müssen, halb wahnsinnig werden. Da muß man sich schon eine dicke Haut zulegen, um nicht selber zu schreien. Und nun entschuldige mich. Ich habe Behördengänge zu erledigen.«

»Und wer ist an dem Elend schuld?« rief ihr Hector nach.

Aber sie antwortete nicht mehr und eilte weiter. Ihr Habit schwang rhythmisch im Takt ihrer Schritte.

Hector blinzelte ins Morgenblau. Er hob die Faust, schüttelte sie und schrie: »Scheißgott, wenn es dich gibt!«

Das hörte die Nonne. Sie wandte sich um, warf ihm einen traurigen Blick zu und schüttelte den Kopf. Dann schritt sie hastig weiter. Er schaute ihr nach. Sobald sie verschwunden war, öffnete er die Hose und urinierte. Es spritzte. Ein Passant sprang beiseite, ein anderer schimpfte.

Die Allee belebte sich, der Verkehr nahm zu, immer mehr Passanten kamen an Hector vorüber. Sie streiften ihn, wenn überhaupt, mit einem gleichgültigen Blick. Starrte er ihnen ins Gesicht, schauten sie unwillig weg. Und wenn es Kinder waren, gafften sie ungeniert auf seine leeren Hosenbeine und den Ärmel, der keinen Arm enthielt. Manche schienen sich zu ekeln.

Sollte er betteln? Er hatte noch nie gebettelt. Wie machte man das? Sollte er die Hand ausstrecken? Sollte er dazu mit Worten bitten? Was mußte er sagen? »Helft mir, sonst ist es aus mit mir« oder »Hier sitzt dein Nächster« oder einfach nur »Erbarmen«?

Es gab ja eine Menge Krüppel und Blinde in der Stadt. Die hatten ihre festen Plätze. Er kannte viele von ihnen. Morgens wurden sie von ihren Leuten hingebracht, abends heimgeholt, und von dem, was sie erbettelten, lebte die ganze Familie. Er aber hatte niemand, der ihn von der Stelle bewegte. Er saß auf dieser Bank wie ein Stein.

Er hob die Hand, unfähig zu sprechen. Er hielt sie so lange flach vor sich hin, bis er nicht mehr konnte. Drei Monate Hospital, drei Monate im Bett: Sein Körper war nichts mehr gewohnt. Und die Hand blieb leer.

Was hätte er auch mit einer Spende anfangen sollen? Jemanden mit dem Geld zum nächsten Bäcker oder Metzger schicken? Ein Reicher hätte ihm diesen Dienst nicht erwiesen, ein Armer hätte sich mit dem Geld aus dem Staub gemacht. Nein, es gab für ihn keine Hoffnung.

Die Bänke in der Allee füllten sich. Seine Bank blieb leer. Daran waren nicht nur seine schlaff herabhängenden Hosenbeine, sein leerer Ärmel schuld. Es war auch die Pfütze vor der Bank. Sie stank. Passanten machten einen Bogen um sie.

Die Nonne kam zurück. Sie umwanderte die Pfütze nicht, sondern blieb mitten im Matsch vor ihm stehen, zog einen Schein aus dem Habit, einen Hunderter, und sagte: »Eben habe ich eine alte Bekannte getroffen, eine Gönnerin unseres Hospitals. Sie hat mir eine Spende übergeben. Davon sollst du diesen Schein bekommen. Eine kleine Chance für dich.

Du siehst: Gott hilft. Bitte ihn um Vergebung, denn du hast ihm unrecht getan.«

Damit reichte sie ihm den Hunderter, ging weiter, stieg die Stufen hinauf, wischte die Arme der Bettler mit einer Handbewegung weg und verschwand im Portal.

8

»Du da oben«, sagte Hector mit einem grimmigen Blick in die Sonne, »wir sind dir nicht nur Wurst. Du bist ja noch dazu ein Sadist.«

Er steckte den Schein in die Brusttasche seines Hemdes. Ein Polizist schlenderte vorüber und blieb vor der inzwischen halbgetrockneten Pfütze stehen.

»Warst du das?« fragte er mit gestrecktem Finger.

»Ja«, sagte Hector hoffnungsvoll. »Ich war's. Mit Wonne. Wenigstens das kann ich noch. Ich weiß, das darf man nicht. Ich gestehe meine Schuld ein. Nehmen Sie mich fest, Herr Wachtmeister.«

»Wie soll man so einen Krüppel wie dich festnehmen?« fragte der Polizist ungehalten. »Auf den Buckel laden und wegtragen? Ich mach' mich doch nicht lächerlich. Und fürs Gefängnis taugst du auch nicht. Machst dort nur Unordnung. Aber eine Strafe mußt du zahlen.«

Hector lachte schallend.

»Ich sehe also, du hast nichts«, sagte der Polizist.

»Für mich gibt es, wie's scheint, keine passende Strafe«, sagte Hector.

»Du bist ja schon für alle Zeiten genug gestraft«, meinte der Polizist mit einem Blick auf die leeren Hosenbeine. »Für alles das, was du schon getan hast und noch tun wirst.«

»Das heißt«, sagte Hector, »ich kann ungeniert pissen, wann und wo immer ich bin.«

»Nur nicht hier«, sagte der Polizist. »Ich kann jederzeit einen Wagen rufen, der dich wegschafft, an den Stadtrand, wo's sowieso schon stinkt und die Leute durch Pisse und Scheiße waten. Im übrigen wirst du nicht mehr lange pissen, wenn mich nicht alles täuscht. Wovon denn, bitte schön? Die Pisse fällt nicht vom Himmel. Man muß trinken, wenn man pissen will. Und wie soll der Brunnen zu dir kommen, wenn du nicht zum Brunnen gehen kannst?«

»Dort drüben«, sagte Hector, »ist das Hospital, aus dem sie mich heute morgen herausgetragen und dann hierhergesetzt haben. Denn ich bin geheilt. Fast ein Wunder. Ich bin gesund. Gesunde dürfen sie im Hospital nicht behalten. Nur Kranke. Ich brauche also nur so lange auf dieser Bank zu sitzen, bis ich halb verhungert und verdurstet von ihr herunterfalle. Dann hab' ich wieder ein Recht auf einen Platz in Saal neun, und es bleibt euch nichts anderes übrig, als mich dort hinzubringen.«

»Da kennst du uns schlecht«, sagte der Polizist. »Wer so aussieht wie du, ist in diesem Teil der Stadt nicht gern gesehen. Ein Ärgernis. Eine Beleidigung fürs Auge. Deshalb wirst du hier nicht mehr lange sitzen. Leute wie dich schafft man, wie gesagt, an den Stadtrand, dorthin, wo sich keiner am Elend des anderen stört, weil's allen erbärmlich geht. Wo's zur Tagesordnung gehört, das Verhungern. Hast du das begriffen?«

»Ja«, sagte Hector, »ich hab's begriffen, euer System. Aber Sie brauchen den Wagen nicht zu bemühen. Bis heute abend bin ich weg von hier.«

»Wie willst du das denn anstellen?« fragte der Polizist und grinste breit. »Etwa fliegen? Oder erwartest du, daß heute nachmittag Jesus persönlich auftaucht und Wunder tut?«

»Das überlassen Sie nur mir«, sagte Hector. »Den Kopf hab' ich ja noch.«

»Morgen früh«, sagte der Polizist, »werde ich hier wieder vorbeikommen. Bist du dann noch da, ruf' ich den Wagen. Jetzt weißt du, woran du bist.«

Damit schritt er würdevoll davon. Hector zog hinter seinem Rücken genußvoll den Rotz hoch und spuckte ihn in weitem Bogen aus. Finster drehte sich der Polizist auf dem Absatz um und fragte drohend: »Hast du was gesagt?«

»Aber nein«, antwortete Hector. »Was sollte ich noch sagen?«

Hector wartete, bis der Mann fort war. Dann schaute er sich um. Er betrachtete die Passanten: eine Dame unter einem riesigen Strohhut, die ein Hündchen ausführte, ein Dienstmädchen in weißem Kleid hinter einem Kinderwagen, Frauen mit Einkaufstaschen, Männer mit Schlips und weißen Anzügen, Kinder in Schuluniformen, ein Prälat in seiner Soutane, zwei Offiziere, zwei Straßenfeger bei der Arbeit. Nichts Passendes für ihn, nicht zu gebrauchen für seinen Plan.

Aber dort auf den Stufen zum Hospital saß ein Kind, das offensichtlich nicht zu den Bettlern gehörte, denn es drehte ihnen den Rücken zu. Ein schmächtiges Mädchen, vielleicht zehn, höchstens elf Jahre alt, barfuß, in einem zerschlissenen, ausgeblichenen, viel zu weiten Kleid, einen Männerhut auf dem schwarzen Haar, das ihm in wirren Strähnen auf die Schultern fiel. Es starrte vor Schmutz. Das Kind kauerte so da, als erwarte es nichts und niemanden – und als sei ihm egal, was um es herum geschah und geschehen würde.

»He«, rief Hector hinüber, als es einmal aufblickte, »komm doch mal her. Ja, du!«

9

Das Kind erhob sich mit unbewegtem Gesicht und näherte sich dem Krüppel. Es blieb vor ihm stehen und wartete.

»Wie heißt du?« fragte Hector.

»Alicia.«

»Ist jemand von dir im Hospital?« fragte er. Als das Mädchen den Kopf schüttelte, fragte er weiter: »Warum sitzt du dann da auf den Stufen?«

»Meine Mutter war da drin.«

»Ist sie tot?«

»Gestern gestorben«, sagte das Kind.

»Weißt du ganz genau, daß sie tot ist?« fragte Hector.

»Ich war ja dabei«, sagte es. »Und sie haben mich gefragt, ob die Familie die Leiche abholen wird.«

»Und was hast du gesagt?«

»Nein. Weil niemand da ist.«

»Und dein Vater?« fragte Hector.

»Einen Vater gibt's bei uns nicht.«

»Haben sie dir gesagt, wann und wo sie sie begraben?« fragte Hector. »Nein? Dann wollen sie dich wohl nicht dabeihaben. Wahrscheinlich kommt sie in ein Massengrab.«

Das Mädchen starrte ihn mit aufgerissenen Augen an.

»Keine Sorge«, sagte Hector, »dort hat sie's gut. Dort ist sie nicht allein. Die Reichen aber, die müssen in ihren Nobelgräbern allein liegen, bis sie verfault sind.«

Das Mädchen senkte den Kopf. Er konnte sein Gesicht nicht mehr sehen. Er sah nur noch den Hut.

»Und jetzt?« fragte Hector. »Hast du was vor?«

Das Kind schüttelte den Kopf.

»Gut«, sagte Hector, »sehr gut. Du könntest mir nämlich mal einen Gefallen tun. Natürlich gegen Bezahlung.« Als das

Kind stumm blieb, fragte er: »Hast du heute schon gegessen?«

Das Mädchen schüttelte wieder den Kopf.

»Du bist eine Kopfschüttlerin«, sagte Hector. »Aber jetzt wirst du eine Nickerin. Paß auf: Hast du Hunger?«

Es nickte. Hector zog den Geldschein aus seiner Hemdtasche, nahm eine Ecke zwischen die Zähne und rollte ihn mit der Hand auf. Das Kind sah ihm aufmerksam zu. Dann öffnete er die Zähne, und der Schein rollte sich wieder zusammen.

»Hast du gesehen?« fragte er. »Ein Hunderter. Mit einem Hunderter kannst du, wenn du's einigermaßen schlau anfängst, gute drei Wochen satt werden. Klar?«

Das Kind nickte.

»Brot und Brötchen und gefüllte Maiskuchen«, sagte Hector, »und kalten Braten kannst du dir kaufen. Du kannst in ein Restaurant gehen und heißen Braten essen und Limonade trinken, und im Supermarkt kannst du dir Schokolade kaufen und auf dem Markt Papayas und Zuckermelonen –«

»Eis«, sagte Alicia.

»Ja«, rief Hector, »du hast recht – wie konnte ich nur das Eis vergessen? Unmengen von Eistütchen kannst du essen, Eis am laufenden Band, Eis in allen erdenklichen Geschmackssorten. Zitroneneis ist übrigens am besten gegen Durst. O ja, Alicia, kauf dir Eis, das göttliche Eis. Willst du?«

Das Mädchen kam einen Schritt näher und nickte.

»Großartig«, sagte Hector. »Du sollst also diesen Hunderter haben.«

Das Kind griff nach dem Schein. Aber Hector zog ihn schnell zurück.

»Nicht umsonst«, sagte er. »Ich habe nur diesen einen Schein, und den muß ich sehr besonnen anlegen, damit ich erreiche, was ich will. Also hör jetzt gut zu. Ich erkläre dir, was du tun sollst, um dir den Schein zu verdienen. Erst mal gehst du hinüber zur Plaza, wo der Tairona-Supermarkt ist. Dort schaust du dich um. Neben den Eingängen stellen manche Frauen ihre Kinderwagen ab, weil sie damit nicht hineindürfen. Du weißt ja, wegen der Klauerei. So einen Kinderwagen brauche ich. Nimm den größten und besten. Denn er muß geräumig sein und mein Gewicht aushalten. Gib acht: Der Parkplatzwächter hat auch ein Auge auf die Kinderwagen. Warte, bis er sich umdreht. Dann haust du ab. Aber komm mit dem Wagen nicht auf dem kürzesten Weg hierher. Schlag ein paar Haken. Wenn sie dir auf den Fersen sind, dann laß den Wagen fahren und verkrümle dich. Wir können's in einer Stunde ja noch einmal probieren.«

Das Mädchen nickte und lief los.

»Wenn sie dich erwischen«, rief ihr Hector nach, »dann sag, ein Onkel hätte dir's aufgetragen. Komm dann nicht zu mir!«

10

Hector holte tief Atem, lehnte sich zurück und beobachtete einen Leguan, der sich über ihm bis an das Ende eines Zweiges wagte. Leguan-Eier. Eine Delikatesse. Nie mehr würde er sie essen können. Nie mehr ein Eis schlecken. Nie mehr mit einer Frau schlafen. Nie mehr im Fußballstadion sitzen und brüllen. Nie mehr so richtig besoffen sein. Heute, der letzte Tag. So sieht der letzte Tag im Leben des Hector Salas Benavides aus, der ein Recht darauf hat, vom Herrgott genauso wichtig genommen zu werden wie der Präsident der Vereinigten Staaten! Verdammt, warum läuteten nicht alle Glocken der Stadt? Warum trugen nicht alle Frauen Schwarz?

Warum zog nicht das schlimmste Unwetter des Jahrhunderts auf, um der Bedeutung dieses Tages Nachdruck zu verleihen?

Er spürte, wie ihm das Wasser in die Augen schoß. Hastig wischte er es fort.

Die Urinpfütze war schon fast weggetrocknet. Nur einem Straßenköter fiel sie noch auf. Interessiert beschnupperte er sie. Dann beroch er die herabhängenden Hosenbeine – und plötzlich hob er ein Hinterbein und bepinkelte sie. Hector bespuckte ihn und scheuchte ihn fort.

Nachdem der Hund sich getrollt hatte, warf Hector wieder einen finsteren Blick nach oben. Der Leguan raschelte im Laub. Ein Prachtstück von einem Leguan. Wäre er, Hector, kein Krüppel, würde er ihn jetzt mit ein paar Steinwürfen herunterholen.

Ja, ein Krüppel. Das war er nun. Pfuscharbeit des Schicksals: Wenn ihm die Straßenbahn über den Kopf gefahren wäre, brauchte er jetzt nicht selber die Sache zu Ende zu bringen. Stümper!

Er senkte den Blick und suchte nach der Pfütze. Sie war weg. Der Hund auch. Nicht einmal ein Hund blieb bei ihm. Verloren. Ausgesetzt. Abgeschrieben. Die Zunge klebte ihm am Gaumen.

Er dachte an Wasser. Er sah eine glitzernde Fläche tief unter sich. Mitten hineinspringen! Ein wunderbares Gefühl.

Er fuhr hoch. Wo nur das Kind blieb? Wenn es nicht mehr wiederkehrte – wie sollte er dann zu Tode kommen? Er stieß sich mit dem Rücken von der Lehne ab, straffte seine Gesäßmuskeln und wollte aufspringen, hinüber an die Ecke laufen. Aber ein Stein kann nicht von selber hüpfen. Wie siedendes Öl kochte die Erkenntnis in seinem Schädel, daß er nie wieder aufspringen und fortlaufen konnte: Er war ein Stein.

Da erschien atemlos das Kind, kaum zu sehen hinter einem

Kinderwagen mit zurückgeklapptem Dach. Es lief lautlos, da es ja barfuß war. Nur die Räder des Wagens surrten.

»Hierher!« rief Hector. »Mit der Breitseite zu mir!«

Es war ein schöner, neuer, breiter Kinderwagen, der eine Menge Geld gekostet haben mußte, mit guter Federung und allerlei Chrom.

»Sind sie hinter dir her?« fragte Hector hastig.

»Ich glaube nicht«, antwortete das Kind, dem das Haar schweißnaß an der Stirn klebte. »Hab' mich ein paarmal umgedreht.«

Im Kopfkissen war noch die Delle zu sehen, wo das Köpfchen gelegen hatte. Die bestickte Decke war zurückgeschlagen. Teure Bettwäsche, alles vom Besten, auch die Matratze. Und ein Schnuller lag noch neben dem Kopfkissen. Den versuchte Hector zu erreichen. Aber es gelang ihm nicht. Er durfte sich nicht zu weit vorbeugen, sonst verlor er das Gleichgewicht und stürzte von der Bank. Mit dem einen Arm konnte er zwar nach dem Schnuller greifen, sich aber nicht noch gleichzeitig an der Bank festhalten. Er ließ ihn sich geben und warf ihn in hohem Bogen auf die Fahrbahn.

»Nichts wie weg«, sagte er.

Nichts wie weg? Der reinste Hohn. Der Wagen stand vor ihm, das Mädchen hielt ihn am Griff fest. Aber wie sollte er hineinkommen? Er versuchte sich mit dem einen Arm hineinzuziehen, aber der Wagenrand war zu hoch. Der Wagen drohte zu kippen.

»Nimm meine Hosenbeine«, sagte Hector zu Alicia. »Zieh sie über den Wagen. Stemm dich gegen ihn und zieh an den Hosenbeinen, so fest du kannst. Ich weiß, du bist nicht stark. Aber ich wiege jetzt auch nur noch halb soviel wie früher, und da war auch nicht viel an mir dran. Also zieh. Es *muß* klappen!«

Es klappte. Hector rollte sich schräg über den Rand.

Aber er kam im Wagen mit dem Rücken nach oben zu liegen. Panik erfaßte ihn. Verzweifelt warf er den Kopf in den Nacken, um Luft zu bekommen, und versuchte sich mit dem Arm hochzustemmen. Als es ihm mit Hilfe des Kindes schließlich gelungen war, sich aufzurichten und umzudrehen, war er außer Atem. Er saß jetzt zwischen den Wagenwänden eingepreßt wie ein Korken im Flaschenhals.

»Erst mal weg von hier«, keuchte er. »Denn jetzt werden sie in der Gegend schon bald nach dem Wagen suchen.«

Er ließ sich an der Ampel über die Straße schieben.

»Guck mal«, hörte er ein Kind sagen, das sich nach ihm umdrehte, »da sitzt ja ein Mann im Kinderwagen!«

Es stieß ein Gelächter aus, das Hector weh tat. Nun drehte sich auch die Mutter des Kindes um.

»Tatsächlich«, sagte sie. »Schau nicht hin, Isabel, sonst träumst du davon.«

Nur fort, nur fort. »Schieb schneller!« befahl Hector. »Jetzt dort um die Ecke!«

II

Hector kannte die Stadt. Auch in diesem Viertel hatte er einmal Eis verkauft, sich aber mit zu viel Konkurrenz herumschlagen müssen. Neben seiner CASABLANCA-QUEEN waren hier damals noch der UNION JACK, die SANTA CLARA und der PATRIARCH DER PINGUINE unterwegs gewesen, und vor allem der Besitzer der SANTA CLARA war ein hitziger Typ. Da hatte er das Feld geräumt und war in ruhigere Gefilde übergewechselt.

Sie kamen durch eine schmale Nebengasse in eine sehr belebte Geschäftsstraße mit Schaufensterfronten. Sollte jemand versucht haben, dem Kinderwagen zu folgen – hier war er kaum noch aufzuspüren. Hector brauchte nicht mehr so sehr auf der Hut zu sein, brauchte nicht mehr nach allen Richtungen Ausschau zu halten. Erleichtert ließ er den Griff los und versuchte sich mit Hilfe von Arm und Stummel etwas bequemer zu setzen.

»Fahr jetzt langsamer, Alicia«, sagte er, »sonst fallen wir auf.«

Wie schön war die Welt, wenn man sich in ihr fortbewegen, wenn man sie durchqueren konnte! Ladeneingänge, Schaufenster, davor aufgetürmte Ware zum Anfassen samt Aufpasser glitten vorüber, auf der anderen Seite rauschten Wagen vorbei. Gesichter tauchten auf und verschwanden wieder, Gerüche wechselten einander ab, Farben spielten. Drei Monate lang in einem weißgetünchten Saal, der nach Desinfektionsmitteln roch – und jetzt das!

Die Passanten schoben und drängelten auf dem Bürgersteig. Der Kinderwagen kam kaum voran. Aber auch die Autos steckten im Stau.

»Nicht nervös werden, Alicia«, sagte Hector zu dem Kind, das sich abmühte, das Getümmel zu durchpflügen. »Hier findet uns keiner mehr. Und dort, wo ich hin will, kommen wir allemal noch rechtzeitig an.«

Sie kamen an einem Schaufenster vorüber, dessen hintere Wand aus einem riesigen Spiegel bestand.

»Halt«, sagte Hector. »Fahr ganz nah an die Scheibe heran. Ich will mich sehen – so, wie ich jetzt bin.«

Er beugte sich vor, so weit er konnte, ohne aus dem Wagen zu fallen. Nicht einmal sein Gesicht erkannte er wieder. Die hohe Stirn, die Adlernase, die tiefliegenden Augen – sie waren wohl noch da. Aber der dunkle Bart löschte alles Vertraute aus. Und das lange, dunkle, leichtgelockte Haar mit dem rötlichen Schimmer machte diesen Männerkopf, der aus einem Kinderwagen ragte, zum Kopf eines Fremden.

Jetzt sah er's mit eigenen Augen: Er war ein Krüppel. Hector Salas Benavides – klein, schmal, unscheinbar. Früher hätte er was darum gegeben, Mittelpunkt aller Blicke zu sein. Jetzt war er's: Mann im Kinderwagen. Ein grotesker Anblick.

Alicia spiegelte sich auch. Sie zerrte die Mundwinkel auseinander und fletschte die Zähne. »Ich will mein Geld«, sagte sie. »Gib mir den Hunderter. Sofort!«

»Stör mich nicht!« sagte er ungehalten. Er starrte auf das widerliche Spiegelbild, an das er gefesselt war.

»Mein Geld!«

»Später, Kind, später«, sagte Hector und wandte sich vom Spiegel ab. »Hier ist es noch zu gefährlich. Fahr weiter. Schneller! Leg zu. Fahr ihnen in ihre verdammten gesunden Beine, wenn sie nicht ausweichen wollen.«

Sie kamen an einem Eisstand vor einer Konditorei vorbei. Acht Sorten zur Auswahl. Sogar Tutti Frutti. Aber horrende Preise. Hector schnaufte höhnisch durch die Nase.

»Und meinen Hunderter?« fragte Alicia. »Wann bekomme ich den?«

»Fahr nur«, sagte Hector. »Ich kann dir ja nicht davonlaufen. Und wir sind noch lange nicht dort, wo ich hin will.«

»Wo willst du hin?«

»An den Fluß. Auf die Fußgängerbrücke zwischen Markthalle und Busbahnhof.«

»Die Brücke San Blas?«

»Kennst du sie?«

»Auf der hab' ich schon oft gebettelt. Und dort willst du bleiben?«

»Nicht auf der Brücke«, sagte Hector. »Im Fluß.«

Alicia schob eine Weile den Wagen stumm vor sich her. Sie hielt das Gesicht gesenkt. Wieder konnte Hector nur den Hut sehen.

»Und wie kommst du von der Brücke in den Fluß?« fragte sie dann.

»Du hast recht«, sagte Hector. »Daran hab' ich noch gar nicht gedacht: Wie soll ich ohne Beine springen? Es wird ein Problem werden, übers Geländer zu kommen. Teufel nochmal. Wenn man schon freiwillig gehen will, wird's einem noch so gemein schwergemacht.«

Irgend etwas blockierte die nächste Kreuzung. Es gab ein Hupkonzert. Hector und Alicia konnten einander kaum verstehen.

»Wie willst du aber aus dem Wasser wieder rauskommen?« rief das Kind. »Mit einem Arm und ohne Beine, da säufst du doch ab!«

»Das will ich ja gerade«, sagte Hector. »Glaubst du, ich würde mir sonst so eine Mühe machen und mich's so viel kosten lassen?«

»Absaufen?« rief Alicia und beugte sich vor. »Aber dann bist du doch tot!«

»Eben«, sagte Hector.

»Was?« brüllte Alicia und hielt den Wagen an.

»Eben!« brüllte Hector zurück. »Nun fahr schon weiter, wir halten ja den ganzen Betrieb auf.«

12

Alicia schob den Wagen wieder an, aber sie blieb stumm.

»Na«, rief Hector, »jetzt hat's dir die Sprache verschlagen, was? Der da oben läßt mich über die Klinge springen. Der hat mich so in die Enge getrieben, daß mir nichts anderes mehr übrigbleibt. Dort auf der Brücke bekommst du, bevor ich falle, den Hunderter – und den Kinderwagen noch dazu. Für den kannst du auch einen Hunderter verlangen. Mindestens. Er hat sicher das Vierfache gekostet. Oder noch mehr.«

Alicia blieb stumm. Der Verkehr auf der Kreuzung geriet wieder in Bewegung.

»Nur keine Sorge«, sagte Hector. »Ich werde mir schon was ausdenken, wie ich übers Geländer komme. Ich kenn' das Geländer. Manchmal hab' ich dort gestanden und mich drübergelehnt. Man kann sich bequem drüberlehnen. Es hat mir Spaß gemacht, ins Wasser hinunterzuschauen, die Angelschnüre tanzen zu sehen. Du brauchst nur irgendwas unter mich zu schieben, damit ich höher sitze. Und wenn's nur Müll wäre. Dann roll' oder kipp' ich mich einfach drüber, und die Vorstellung ist vorbei, und du bist reich und frei.«

Alicia sagte noch immer nichts.

»He«, rief Hector, »was ist los? Tu doch nicht so, als wär' der Tod was Neues für dich. Gestorben wird überall und immerzu. Man will nur nicht darüber sprechen und nichts davon sehen und hören, und wenn sich die Gedanken unerlaubt am Tod zu schaffen machen, scheucht man sie weg.«

»Sie hat noch die Augen offen gehabt«, sagte Alicia.

»Wer – sie?« fragte Hector. »Deine Mutter?«

Alicia nickte.

»Und woran ist sie gestorben?«

Alicia senkte den Kopf. Der Schatten der Hutkrempe fiel über ihr Gesicht.

»Du hast schon recht«, sagte Hector, »man muß gute Nerven haben, wenn sie einen ansehen, die Toten. Deshalb drückt man ihnen ja die Augen so schnell zu. Man kann's kaum erwarten. Aber keine Angst: Meine siehst du nicht. Ich treibe den Fluß hinunter.«

»Ave Maria purísima!« schrie eine Schwangere bei Hectors Anblick auf und bekreuzigte sich.

»So was ist wirklich eine öffentliche Gefahr«, knurrte ihr Begleiter und warf einen empörten Blick auf Hector.

Alicia überquerte die Kreuzung, und sie gerieten in eine

etwas ruhigere Gegend. Hier waren die Läden kleiner, die Preise niedriger. Es gab nicht so viel Glas an den Häuserfronten. Hier und dort bröckelte der Putz von den Fassaden.

»Halt an«, sagte Hector, »und hilf mir, mich umzudrehen. Dich kenn' ich jetzt. Ich hab' dich lange genug angeschaut. Wenn ich umgekehrt sitze, kann ich sehen, wohin ich fahre und was auf mich zukommt.«

Es war eine ziemlich beschwerliche Prozedur, bis er endlich andersherum saß.

»Schieb mir das Kissen in den Rücken«, sagte er, und Alicia tat es.

Glocken läuteten. Ein Flugzeug brauste über die Dächer hinweg. Aus einer offenen Kneipe dröhnte Musik. Sie verschmolz mit dem Gekläff eines Hundes, der an dem Kinderwagen hochsprang. Hectors Stummel zuckten. Nicht noch einmal sollte ihn ein Hund erniedrigen! Schließlich hatte er ja noch einen Arm, eine Faust. Mit ihr schlug er dem Köter auf die Schnauze.

»Fahr zu!«

Am unregelmäßigen Rucken des Wagens merkte er, daß Alicia Angst hatte. Noch ein kräftiger Schlag, und der Hund verzog sich. Hector war stolz: Wenigstens einen Hund konnte er noch in die Flucht schlagen.

Aber dieser Lärm! In dem stillen Saal des Hospitals hatte er sich nach ihm gesehnt, hatte gierig jeden Laut, der von draußen hereingefunden hatte, in sich eingesogen, hatte von Kinderlärm und dem Geplärr der Losverkäufer und Schuhputzer geträumt, hatte sich gewünscht, singen und schreien zu dürfen!

Jetzt endlich war es soweit, jetzt umfing ihn die ganze Fülle städtischer Geräusche, schlug die Woge des Lärms über ihm zusammen. Zu plötzlich, als daß er es hätte genießen können. Der Kopf dröhnte ihm.

Dabei konnte er sich doch nur eines seiner beiden Ohren zuhalten.

Auch seinen Augen wurde es zuviel: die zum Markt eilenden, Körbe schwenkenden Frauen, Dienstmädchen und Köchinnen; die vom Markt Zurückkehrenden, in deren Körben Melonen, Orangen und Tomaten leuchteten; schreiendbunte Reklameschilder an den Häuserfronten; farbenfroh bemalte Busse und Lastwagen, die knapp an Hector vorbeirollten. Und dann die vielen Gesichter! Sein Blick wurde hin- und hergerissen. Schließlich blendete ihn die Sonne, so daß er die Augen schließen mußte. Das grelle Vormittagslicht schimmerte sogar durch seine Lider hindurch. Er wollte sich den Arm vor die Augen legen, aber gleichzeitig brauchte er ihn, um sich am Wagenrand festzuhalten.

Ihn überkam eine tiefe Niedergeschlagenheit. So jämmerlich verstümmelt war er der Welt nicht mehr gewachsen. Er wurde nicht mit ihr fertig, bekam sie nicht mehr in den Griff – er, der früher mit seinem Eiskarren sozusagen der Mittelpunkt des Viertels La Golondrina gewesen war. Nun ja, wenn nicht er selbst, so doch sein Eiskarren.

Höchste Zeit zu sterben.

»Fahr schneller«, sagte er zu Alicia. »Wir müssen noch durch den Park, am Bahnhof vorbei und über den Markt, bis wir zur Brücke kommen. Und ob du's verstehst oder nicht, du Göre: Ich kann's kaum mehr erwarten.«

»Warum willst du's denn so umständlich haben?« fragte sie plötzlich. »Ich kippe dich einfach vor ein Auto und Schluß.«

Hector fuhr auf. »Damit ich vielleicht noch mal überlebe, was?« rief er gereizt. »Vielleicht würde mich das den letzten Arm kosten, und dann ginge es noch eine Weile so weiter. Ich will auf Nummer Sicher gehen, kapierst du? Klare Verhältnisse schaffen. Bin schon immer für klare Verhältnisse gewesen.«

Sie schwieg.

»Du bist gar nicht so dumm, wie ich dachte«, sagte er. »Halt an. Ich möchte dich doch lieber *vor* mir haben.«

Und er drehte sich wieder um. Dabei machte er einen so kräftigen Hüftschwung, daß er samt dem Wagen kippte. Er schlug mit dem Kopf auf den Beton des Bürgersteigs. Die Passanten sprangen erschrocken zur Seite.

13

Benommen richtete sich Hector auf, während Alicia den Kinderwagen wieder auf die Räder stellte.

»Und jetzt?« fragte sie.

Der Strom der Passanten floß nun zu beiden Seiten vorbei. Die Blicke der Vorübergehenden streiften Hector zwar neugierig, vermieden aber, seinem Blick zu begegnen. Alicia hielt den Wagen fest, starrte auf den Mann, der vor ihren Füßen saß, und wartete.

Eine dicke Frau in Begleitung eines halbwüchsigen Jungen blieb neben dem Wagen stehen, stellte ihre Einkaufstasche ab und kramte ihren Geldbeutel heraus.

»Wo soll's denn hingeworfen werden?« fragte sie und richtete ihren Blick auf Alicia. »In den Wagen?«

Als Alicia nickte, warf die Dicke ein paar Münzen in den Wagen. Wie ein Geier machte sich Alicia darüber her und scharrte gierig zwischen den Kissen.

»Was soll ich mit dem Geld?« schimpfte Hector. »*Ich* gehöre in den Wagen!«

»Warum sagst du das nicht gleich?« sagte die Dicke. »Pack an, Pepe.«

Sie griff Hector unter die eine Achsel, Pepe griff unter die andere. Alicia wurde angewiesen, den Wagen festzuhalten – so fest, wie sie konnte. Mit einem »Hauruck!« der Dicken wurde Hector wieder in sein Gefährt zurückbefördert.

»Andersrum!« rief er.

Sie hoben ihn noch einmal heraus und drehten ihn so, daß er Alicia beim Fahren ansah.

»Auch noch Sonderwünsche«, knurrte Pepe. »Als ob's nicht egal wäre, wie er drinsitzt. Hauptsache, *daß* er drinsitzt!«

»Er will halt sein Töchterchen sehen«, sagte die Dicke. »Das kann ich verstehen. Aber bedanken hättest du dich wenigstens können, Mann.«

»Mit Bitten und Danken hab' ich Schluß gemacht«, sagte Hector grimmig. »Da läuft schon lange nichts mehr.«

»Na bitte«, sagte Pepe, zur Dicken gewandt. »Der verdient's nicht. Der nicht.«

Die Dicke hob verärgert ihre Tasche vom Boden auf.

»Du bist ja deiner Tochter nicht gerade ein Vorbild an Höflichkeit und Dankbarkeit«, sagte sie zu Hector. »Wie du siehst, habe ich meinem Sohn beigebracht, zu Armen, Kranken und vom Schicksal Benachteiligten gut zu sein. Aber wenn er solchen Undank spürt, wird er's sich beim nächsten Mal vielleicht anders überlegen.«

»Fahr los, Alicia«, sagte Hector.

Gleichmütig schob das Kind den Wagen an.

»Die Tochter ist schon genauso wie der Vater«, hörte Hector die Dicke zu ihrem Sohn sagen. Sie seufzte. »Die Armen sind auch nicht mehr das, was sie einmal waren.«

»Fahr nicht so nahe am Bordstein«, sagte Hector zu Alicia. »Das vertrage ich nicht. Davon wird mir schwindlig.« Er lachte. »Das käm' dir wohl gerade recht, wenn ich auf die Fahrbahn kippe, was?«

Sie mühte sich, dem Wagen eine andere Richtung zu geben, und fuhr fast in eine Schaufensterscheibe.

»Meine Mutter hat Rattengift geschluckt«, sagte sie. »Vier sechzig hat's gekostet.«

»Also *das* war's«, sagte Hector. »Sie war wohl auch so ein armes Schwein, deine Mutter.«

Alicia schwieg.

»Rattengift«, sagte Hector verächtlich. »Nicht mein Geschmack. Wenn ich mich schon umbringe, dann wenigstens so, wie's mir Vergnügen macht: um die heißeste Mittagszeit mit einem wahnsinnigen Durst und schweißtriefend hinunterfallen ins kühle Wasser. Sich durch alle Öffnungen vollaufen lassen. Sich vollsaugen. Allen Durst löschen, allen Schweiß abspülen für immer. Was sagst du dazu?«

»Ich hab' Durst«, antwortete Alicia.

»Ich auch«, sagte Hector. »Und wie! Also beeilen wir uns.«

Er beobachtete sie. Was ging in diesem wortkargen Ding vor, hinter dem verschlossenen Gesicht? Hinter den großen, hungrigen Augen mit den Schatten darunter?

Ein altes Gesicht.

Alicia schob und schob, und Hector grinste sie an und versuchte ihr ein Lächeln zu entlocken. Aber ihr Gesicht blieb ernst und unbeweglich. Brütete sie hinter dieser Fassade schon einen Plan aus?

Sie brauchte ihn tatsächlich nur vor das nächste Auto zu kippen, um in den Besitz des Hunderters und des Kinderwagens zu kommen. Sie war ja noch nicht strafmündig. Und wenn sie nur geschickt im Schauspielern war, konnte sie um den Toten jammern und klagen und ihn als ihren lieben Vater und Versorger ausgeben. Ob sie diese Chance begriffen hatte? Ob sie pfiffig genug dafür war?

14

Sie kamen an einem Ausstellungsgelände vorüber. Ein Mann hinter einem schäbigen Eiskamen pries laut sein Eis an. STERN DES SÜDENS stand auf seinem Karren zu lesen.

»Bleib stehen«, sagte Hector hastig, als er ihn in den Blickwinkel bekam. »Den kenn' ich. Das ist Petronio. Mit dem hab' ich mich mal wegen 'nem Eisrevier geprügelt. Er war nicht stärker als ich. Da haben wir uns das Revier geteilt. Aber es sprang nicht genug dabei heraus. – Hallo, Petronio! Ich bin's, Hector!«

Petronio stutzte, schaute sich um. Plötzlich begriff er, klappte den Deckel zu und kam gestikulierend herbeigelaufen, ein kleiner älterer Mann mit eingefallenen Wangen und einem Kahlkopf. Nur über den Ohren wuchsen ihm ein paar Haarbüschel.

»Du, Hector?« rief er schon von weitem, ehrlich bestürzt. »Wie soll man dich mit diesem Jesusbart erkennen? Bist du nicht tot?«

»Nicht ganz, wie du siehst«, antwortete Hector trocken. »Aber bald.«

»Entschuldige«, stotterte Petronio, »aber man hat herumerzählt, du seist unter die Straßenbahn gekommen und mitten durchgetrennt worden. Dein schöner Karren soll völlig zermalmt worden sein, so daß nur noch ein Häufchen Sägespäne von ihm übriggeblieben ist. Was für ein Jammer. So eine Pracht von einem Wagen. Mit Abstand der schönste in der ganzen Stadt.«

Er packte Hectors Hand mit beiden Händen und schüttelte sie herzhaft.

»Da hörst du, wen du fahren darfst«, sagte Hector zu Alicia. »Den Besitzer des schönsten Eiskarrens weit und breit ...!«

»Mit Namen CASABLANCA-QUEEN«, ergänzte Petronio. »Man könnte fast sagen, deine Geliebte.«

»Stimmt«, sagte Hector. »Sie konnte sich sehen lassen, denn ich hab' sie gut in Schuß gehalten.«

»Du bist also mit dem Leben davongekommen«, sagte Petronio und legte Hector seine Hand auf die Schulter. »Hast du ein Glück gehabt.«

»Glück nennst du das?« brauste Hector auf. »Ich bin nur noch ein halber Mensch! Die Schwangeren bekreuzigen sich vor mir, den Kindern sagt man, sie sollen woanders hinschauen. Ich jage den Leuten Schauder über den Rücken, gleichzeitig bringe ich sie zum Lachen. Es ist ja auch unglaublich komisch: ein Mann im besten Alter im Kinderwagen. Ich! Und ich muß zusehen, wie die Leute grinsen, Petronio, kann ihnen meine Faust nicht in die Fresse hauen!«

Er schlug die Hand vors Gesicht und spreizte die Finger.

Petronio wischte sich die Hände an seiner Gummischürze ab, beugte sich über Hector und küßte ihn auf den Kopf.

»Und ich kann mich nicht einmal verstecken!« klagte Hector.

»Nimm's doch nicht so tragisch«, sagte Petronio. »Es sind ja nur die Beine und ein Arm. Es hätte schlimmer ausgehen können.«

»Meinst du den Kopf?« stöhnte Hector. »Ach, wär' er doch ab!«

»Versündige dich nicht«, sagte Petronio. »Es hat alles sein Gutes.«

»Ach halt' doch die Klappe«, schnaubte Hector.

»Na, dann nicht«, sagte Petronio und tätschelte Alicias Wange. »Gute Tochter. Läßt ihren Vater nicht im Stich.«

»Sie ist nicht meine Tochter«, sagte Hector finster. »Ich hab' keine Familie.«

»Und was hast du jetzt vor?« fragte Petronio und drehte Alicia den Rücken zu.

»Schluß«, sagte Hector. »Aus. Wie kann einer wie ich weiterleben – und wovon? Sei ehrlich: Könntest du dir ein Leben unter so beschissenen Bedingungen vorstellen?«

Petronio schüttelte den Kopf.

»Siehst du«, sagte Hector. »Deshalb werde ich mich davonmachen. Noch heute.«

»Du meinst ...«, sagte Petronio entgeistert und räusperte sich.

»Ja, das meine ich«, sagte Hector. »Genau das.«

Gaffer hatten sich eingefunden und hörten interessiert zu.

»Aber wie denn?« fragte Petronio ratlos. »Wenn du dich aus diesem Wagen stürzt, bist du doch nicht tot! Vielleicht könntest du deinen Kopf so lange gegen die Wand schlagen, bis ... Oder du könntest zwei Hochspannungsleitungen anfassen. Oder deinen Kopf in den Brunnen tauchen. Oder die Pulsader aufschneiden ...«

»Soll ich zur Hochspannungsleitung hinauffliegen?« fragte Hector gereizt. »Und wer taucht mich in den Brunnen? Und wie soll ich mir die Pulsader aufschneiden, wenn ich nur einen Arm hab'?«

»Rattengift!« rief Petronio triumphierend. »Ich besorg' dir's, wenn du willst. Es ist billig und wirkt fast immer, wenn du nur genug davon schluckst. Was dem Reichen der Revolver, ist dem Armen das Rattengift. Meine Tante hat sich auf diese Art verabschiedet. Eine Stunde lang hat sie gestöhnt und sich gewälzt, dann lag's hinter ihr, das Jammertal. – Was schaust du mich so an, Kleine?«

»Ihre Mutter auch«, erklärte Hector.

»Ach du mein Gott«, rief Petronio, »was für ein Elend. Eis gefällig? Prima Eis! Zitrone, Erdbeere, Nuß, Rum!«

»Rattengift kommt nicht in Frage«, sagte Hector. »So ein Tod ist mir zu jämmerlich. Ich will sterben wie im Film. Deshalb lass' ich mich von der Kleinen auf die Brücke San Blas schieben. Von dort werfe ich mich in den Fluß. Übers Geländer.«

Petronio war beeindruckt.

»Aber erwarte nicht von mir, daß ich dich übers Geländer hebe«, sagte er. »Sonst hängt man mir noch einen Mord an.«

»Die Kleine hilft mir«, sagte Hector.

Er schaute sich um. Die Gaffer umringten ihn. Er winkte Petronio zu sich und flüsterte ihm ins Ohr: »Aber ich trau' der Göre nicht. Sie lauert, wie's scheint, nur auf eine Gelegenheit, mich vor ein Auto zu kippen.«

»Was hätte sie davon?« flüsterte Petronio zurück.

»Den Wagen.«

Das Geld in seiner Brusttasche verschwieg er.

15

Petronio stieß einen Pfiff aus. »Ich geh' mit und pass' auf dich auf«, sagte er entschlossen. »Du bekommst deinen schönen Tod mit einem Haufen von Zuschauern. Dafür sorge ich. Mit Extrabericht morgen in der Zeitung. Fotos inklusive. Da gehst du fast in die Unsterblichkeit ein und verschaffst mir unterwegs und auf der Brücke dazu noch viele Kunden. Denn egal, ob eine Bombe den Präsidenten wegputzt oder die Welt untergeht: Das Volk will Eis. Und die Sache mit der Kleinen werden wir gleich geregelt haben.«

Er rief Alicia zum Eiskarren und gab ihr ein großes Eis, das sie selbstvergessen schleckte, während Petronio zu Hector zurückkehrte und in strengem Befehlston »Elías!« rief.

Aus der Schar der Gaffer löste sich ein magerer Bursche mit erstem schütteren Bartflaum. Er grinste gutmütig.

»Mein Ältester«, sagte Petronio. Und dem Sohn befahl er: »Schieb ihn zur Brücke San Blas. Mit allem schuldigen Respekt! Denn er möchte sterben. Kriegst auch ein großes Eis dafür.«

»Ay, Ay, Sir«, rief Elías mit einer Stimme, die vom Tenor ins Falsett kippte, und packte den Griff des Wagens mit beiden Händen.

»Mir nach!« posaunte Petronio mit Feldherrngeste und schob seinen Eiskarren entschlossen vor den Kinderwagen. Und schon setzte sich der kleine Zug in Bewegung, angeführt von Petronio, der das Tempo bestimmte, weil er für Eiskunden anhalten mußte. Ihm folgte Elías mit dem Kinderwagen. Den Schluß bildete der Schweif der Gaffer: Frauen und Kinder.

»Na – ist das kein schöner Festzug?« rief Petronio Hector zu. »Nur Musik fehlt.«

Aber Petronio hatte nicht mit Alicia gerechnet. Sie warf den Rest des Eises weg und versuchte Elías vom Wagen fortzudrängen.

»*Ich* schiebe den Wagen!« schrie sie schrill. »Das ist so ausgemacht!«

»Hau ab, du Zwerg«, sagte Elías.

Sie sprang an ihm hoch und kratzte. Er schüttelte sie mit einer Armbewegung ab. »Verschwinde«, sagte er gelassen. »Du störst hier.«

»Aber ich hab' ihn bis hierher gefahren!« kreischte Alicia. »Und ich hab' den Wagen für ihn geklaut und hab' ihn umgedreht, den Krüppel!«

Niemand antwortete ihr. Da biß sie Elías in die Hand. Der verlor nun doch seine Ruhe und holte zu einer Ohrfeige aus. Aber Alicia bückte sich blitzschnell und schrie: »Er hat mir einen Hunderter versprochen! Ich will meinen Hunderter haben!«

Petronio wurde hellhörig und hielt seinen Eiswagen an.

»Einen Hunderter hast du ihr versprochen?« fragte er Hector. »Hast du denn einen?«

»Pure Phantasie«, knurrte Hector. »Ich weiß nicht, wie die Göre auf eine so verrückte Idee kommt. Was sich Kinder alles so einbilden!«

»Aber er hat mir den Schein doch selber gezeigt!« heulte Alicia und zerrte an Elías' Hemd.

»Kein Wort wahr«, sagte Hector grimmig. »Halt jetzt die Schnauze, du kleines Biest. Du wirst verdammt lästig, hörst du? Zisch ab, oder es setzt was!«

»Von dir?« höhnte sie. »Fang mich! Hau mich!«

»Einen echten Hunderter?« fragte Petronio das Kind.

»Schau ihn dir doch an, wenn du's nicht glaubst!« schrillte ihm Alicias Stimme über den Kinderwagen entgegen. »Er hat ihn in der Brusttasche. Ehrenwort!«

Hector wandte den Kopf zwischen Alicia und Petronio hin und her und preßte seine gespreizte Hand auf seine Brusttasche.

»Aha«, sagte Petronio zufrieden. »So ist das. Also, mein lieber Hector, den wirst du schon mir überlassen müssen, für die Organisation der Veranstaltung, verstehst du? Die macht Mühe. Und ein gewisses Risiko ist auch dabei. Es könnten ja so viele Leute zusammenlaufen, daß sie was zerdrücken.«

»Mich zum Beispiel«, sagte Hector trocken.

»Ich dachte eher an meinen Karren«, meinte Petronio. »Ich hätte nicht das Kapital, mir einen neuen anzuschaffen.«

»Und mir hat er auch den Wagen versprochen!« kreischte Alicia. »Mir! Mir!«

»Du kriegst den Wagen, Alicia«, entschied Petronio salomonisch, »und ich das Geld.«

»Ein Eis für die Schieberei, das ist mir zuwenig«, ließ sich nun auch Elías vernehmen.

»Aasgeier allesamt!« schimpfte Hector erbost.

»Also gib schon her«, sagte Petronio und streckte die

Hand aus. »Ich werde mit Elías einig. Du brauchst dich um nichts zu kümmern, Hector.«

Passanten waren stehengeblieben und hörten dem Disput interessiert zu.

»Eis!« rief Petronio, »bestes Sahneeis! Schoko, Erdbeer, Vanille, Zitrone, Nuß, Banane! – Herrgott, jetzt rück's doch raus, du hältst mir den Betrieb auf. Was nutzt dir schon das Geld im Jenseits?«

»Der Schein bleibt in meiner Brusttasche bis zum Brückengeländer«, antwortete Hector entschlossen.

»Mann«, sagte Petronio ärgerlich. »Blas dich nicht so auf. Du tust ja gerade so, als ob du noch beide Fäuste hättest. Elías, nimm ihm den Schein aus der Tasche!«

Elías sah Petronio mit runden Augen an. »Könntest du das nicht selber machen, Chef?« sagte er unsicher. »Mir ist nicht wohl dabei.«

»Ich?« rief Petronio empört. »Ich? Ich bin sein *Freund*!«

Elías ließ den Griff los und beugte sich linkisch und verlegen über den Wagen.

»Gib ihn nicht raus, Hector!« schrie Alicia.

»Trau dich!« keuchte Hector Elías ins Gesicht. Der zog sich unschlüssig zurück.

»Laßt doch den armen Krüppel in Ruhe«, rief jemand aus dem Zuschauerkreis.

Elías warf einen fragenden Blick auf Petronio.

»Wenn ihr ihn wütend macht, will er nicht mehr ins Wasser!« rief Alicia.

»Ja«, sagte Hector und nickte heftig, »wenn ihr mich wütend macht, überleg' ich's mir und leb' weiter.«

»Ph«, tönte Petronio, »ich verkünde allen, daß du dich umbringen willst. Ob du's dann auch wirklich tust, ist egal. Hauptsache, uns laufen unterwegs Eiskäufer zu.«

»Und wenn ich hinausschreie, daß das alles gar nicht wahr ist, was du da plärrst? Alles frei erfunden? Und daß ich nicht daran denke, mich von der Brücke zu stürzen? Haha, wenn mir auch sonst dies und das abhandengekommen ist, meinen Mund haben sie mir nicht amputiert, und den werd' ich jetzt strapazieren!«

»Wer wird dich schon hören«, konterte Petronio mit einer betont müden Handbewegung, »wenn ich durch meine Flüstertüte brülle?«

»Täusch dich nur nicht«, sagte Hector. »Du hast noch nie brüllen können. Gegen mein Gebrüll hast du immer nur gewispert. Und verlaß dich drauf: Ich brülle aus voller Brust. Da wird schnell die Luft aus deinem Festprogramm raus sein. Wen interessiert schon ein Krüppel, der leben will?«

»Da ist was Wahres dran«, lenkte Petronio ein. »Vertagen wir also das Geschäftliche, bis wir beim Brückengeländer sind. Laß ihn, Elías. Aber meine Forderung bleibt bestehen, Hector. Denn ich bin im Druck. Acht Kinder, Hector, und alle liegen mir noch auf der Tasche. Da muß man nehmen, was sich anbietet. Das siehst du doch ein – oder?«

Ja, gewiß, das ließ sich einsehen, und Petronio verkaufte flink ein paar Portionen Eis.

»Aber *ich* schiebe!« rief Alicia mit ihrer allerspitzesten Stimme.

Da gab ihr Elías einen so kräftigen Schubs, daß sie zur Seite flog und gegen ein paar Kinder prallte, die sich ihnen beim Ausstellungsgelände angeschlossen hatten. Sie fiel auf die Erde. Es gab Gelächter. Alicia stand langsam auf und wischte sich mit dem Handrücken das Blut weg, das ihr aus der Nase sickerte. Als sich der Zug wieder in Bewegung setzte, trottete sie mit gesenktem Kopf hinter dem Kinderwagen her.

»Na endlich hast du's kapiert«, sagte Elías mit einem Blick über die Schulter.

16

Petronio schwang seine Glocke, setzte die Tüte an den Mund und posaunte: »Alle mitkommen! Ein sensationelles Ereignis steht unmittelbar bevor! Ein vom Schicksal Geschlagener will seinem Leben freiwillig ein Ende setzen! Einmalige Vorstellung heute gegen dreizehn Uhr auf der Brücke San Blas!«

Leute blieben stehen, betrachteten den Zug, grinsten oder schüttelten den Kopf. Andere warfen mißbilligende Blicke auf Petronio. Der führte seinen Zug nicht am Springbrunnen an der Ecke Avenida O'Higgins – Calle Santa Clara vorbei, obwohl das der nächste Weg zur Brücke San Blas gewesen wäre, sondern über die Calle Gabriela Mistral. Hector erriet den Grund: An der Ecke, die er mied, pflegte oft der Eiskarren RASPUTIN zu stehen. Wie der Besitzer des Karrens hieß, hatte er nie erfahren, denn alle nannten auch ihn Rasputin, wegen der schwarzen Mähne und dem sich nach allen Seiten sträubenden Vollbart. Rasputin war bei seiner Kundschaft sehr beliebt. Ihm konnte es einfallen, sich diesem Zug anzuschließen.

»Eis!« tönte Petronio und zog an der Glocke. »Leckeres Eis! Zu nur dreißig oder sechzig – und die Riesenportion zu neunzig Centavos! Das macht den Geldbeutel nicht leer, das kann sich jeder leisten!«

»Du solltest dir eine Hupe anschaffen«, sagte Hector. »So eine, wie ich sie hatte. Das macht Eindruck.«

Er sah doch arg kümmerlich aus, dieser Petronio mit seinem Glatzkopf und den zwei Haarbüscheln über den Ohren. Und den Grillenbeinen.

»Danke für den Ratschlag«, antwortete er. »Wenn ich

heute Rekordeinnahmen habe, werde ich mir auch so eine Hupe leisten.«

Er warf einen bösen Blick über Hector hinweg nach hinten.

»Dreh dich um«, sagte Hector zu Elías. »Kommt dort wer?«

Elías drehte sich um. »Rasputin«, stöhnte er.

Hector fing zu lachen an.

»Hau ab!« rief Petronio nach hinten, fuchtelte mit seiner Kelle und versuchte, den Bärtigen mit energischen Gesten zu verscheuchen. Der war ein Koloß von Mann, mehr breit als hoch, und sein Gesicht war fast zugewuchert. Der Anblick seines violetten T-Shirts war für jedes Auge eine Zumutung. Es war an mehreren Stellen zerrissen. Aus den Löchern quoll schwarzes Kraushaar.

»Warum?« grunzte Rasputin mit Baßstimme. »Mich interessiert deine Veranstaltung, Petronio. Du *willst* doch, daß alle angerannt kommen. Oder?«

»Aber ohne Eiskarren«, antwortete Petronio gereizt. »Das hier ist *meine* Veranstaltung!«

»Veranstalte du nur ruhig«, sagte Rasputin. »Ich schiebe meinen Karren hier am Ende des Zuges nur ganz unauffällig mit.«

»Und machst mir Konkurrenz!« rief Petronio aufgebracht. »Dich kenn' ich! Mich läßt du die Kundschaft anlocken, und du verkaufst das Eis!«

»Du hast eben kein Herz«, sagte Rasputin salbungsvoll. »Ich brächte es nie fertig, meine Kundschaft lechzen zu lassen.«

Alle lachten.

»Was hast du denn da ausgeheckt?« fragte er und zeigte auf den Zug. »Für gute Ideen bin ich immer dankbar.«

»Das geht dich gar nichts an«, kläffte Petronio.

Aber da hatte Rasputin auch schon Hector entdeckt und

karrte in großen Schritten heran. »Was hat der denn mit dir vor, du armes Luder«, rief er. »Soll ich dich aus seinen Klauen befreien?«

»Ich hab' selber was vor«, antwortete Hector abweisend.

»Schon gut, schon gut«, sagte Rasputin und machte beruhigende Gesten. »Und was *hast* du vor, wenn ich fragen darf?«

»Halt uns nicht auf!« rief Petronio und gab Elías Zeichen. »Die heißeste Zeit ist sonst vorbei, und keiner hat mehr Lust auf Eis.«

Elías schob den Wagen schneller, aber Rasputin blieb neben ihm.

17

»Sterben will ich«, sagte Hector finster.

Rasputin hob eine Braue. »Hat er dir ein Eis angeboten?« fragte er und deutete mit dem Kinn auf Petronios Rücken. »Nein? Das sieht ihm ähnlich.«

Er stellte sich quer vor den Kinderwagen, so daß Elías anhalten mußte, füllte ein Waffeltütchen mit Zitroneneis und reichte es Hector mit einer feierlichen Verbeugung.

»Genieß es«, sagte er. »Es schmeckt wundervoll, sogar im Angesicht des Todes.«

Hector richtete sich auf und leckte. »Gut«, sagte er mit Kennermiene. »Eins A, wirklich. Ein fabelhaftes Zitroneneis.«

»Das sagt jeder«, sagte Rasputin stolz. »Ich hätte mich geniert, dir von meinem zweitbesten zu geben.«

»Mir ist das Zitroneneis nie so richtig geglückt«, seufzte Hector. »Dafür aber das Nußeis.«

»Bist du auch von der Branche?« fragte Rasputin erstaunt.

»Seit sechzehn Jahren«, sagte Hector stolz.

»Fahr zu, Elías!« schimpfte Petronio.

Elías fuhr einen Bogen um Rasputin, aber der blieb neben Hector.

»CASABLANCA-QUEEN, wenn dir das was sagt«, fügte Hector hinzu.

»Von der CASABLANCA-QUEEN hab' ich schon gehört. La Golondrina, nicht wahr? Aber es hieß doch, der Typ sei tot?«

»Der Typ bin ich«, sagte Hector. »Komisch, was?« Er schleckte genüßlich weiter. »Dem Tod noch mal von der Schippe gesprungen. Aber als halbe Portion.«

»Wenn du mit dem Eis fertig bist«, sagte Rasputin, »kannst du noch ein zweites haben. Nach Wahl. Sicher noch mal ein Zitroneneis, nicht wahr? Es ist göttlich. Sogar mir hängt es noch nicht zum Hals raus, wo ich mir doch jeden Tag den Bauch damit vollschlagen kann. Allein für so ein Zitroneneis lohnt es sich zu leben, besonders an heißen Tagen.«

Hector antwortete nicht. Während er die Spitze des Tütchens in den Mund schob und dann die klebrige Hand über den Wagenrand hinabhängen ließ, starrte er düster ins Leere.

»Hier«, sagte Rasputin und reichte ihm das nächste Eis. »Woran denkst du, Kumpel?«

»An mein Nußeis«, antwortete Hector. »In der ganzen Stadt gab's kein so gutes Nußeis wie meines. Das haben mir viele Kunden bestätigt. Und so gutes Nußeis wird's nie wieder geben, weil nur ich es machen konnte. Ich allein. Aber mich gibt es nur noch bis heute nachmittag. Ein Jammer um dieses einmalige Nußeis. Nie wieder!«

»Ich meine, du solltest es dir noch mal überlegen«, meinte Rasputin. »Schon allein wegen dem Nußeis.«

»Hat keinen Zweck«, sagte Hector niedergeschlagen. »Ein Eismann braucht zwei Hände und zwei Füße.«

Es war heiß geworden. Hector schwitzte. Auch Rasputins

T-Shirt war naß unter den Armen. Die Luft über dem Asphalt begann zu flimmern. Rasputin fischte einen Strohhut aus irgendeinem Geheimfach seines Eiskarrens und drückte ihn sich auf die schwarze Mähne.

»Ja, mein Hut«, seufzte Hector, »der ist auch unter die Straßenbahn gekommen ...«

Alicia, die die ganze Zeit stumm im Zug mitgetrottet war und den Wagen nicht aus den Augen gelassen hatte, reichte Hector ihren Hut.

»Schau dir doch dieses Kind an«, rief Rasputin überrascht. »Läßt sich für dich freiwillig die Sonne auf den Kopf knallen. Das reinste Jesulein!«

»Ist mir heute morgen zugelaufen«, erklärte Hector. »Da hab' ich sie gebraucht, und sie hat mich gebraucht. Das hat sich inzwischen erledigt, seit mich der Rotschopf da schiebt und Petronio die Regie übernommen hat. Aber sie weiß schon, warum sie noch scharf auf mich ist ...« Er grinste ihr zu. »Ja ja, unser Geheimnis, nicht wahr?« Er wandte sich wieder Rasputin zu. »Ein eigensinniges kleines Frauenzimmer. Die geht mit dem Kopf durch die Wand, wenn sie was erreichen will. – Ja, schau nur her, du kleine Wespe, du! Ich möcht' nicht wissen, wie du mal mit zwanzig sein wirst. Ich wette, dann gehst du über Leichen ...«

»Laß sie«, sagte Rasputin. »Sie will halt auch überleben.«

18

Der Zug bewegte sich jetzt auf einen Park zu. Der Rasen gilbte, Blumenrabatten säumten den Weg, Palmen warfen Schatten, in staubigen Hibiskusbüschen zwitscherte es. Der Taubenschwarm, der auf dem Kiesweg gepickt hatte, flatterte vor

Petronios Eiskarren auseinander. Irgendwoher tönte eine Drehorgelmelodie.

Hector schob den Hut aus der Stirn und warf einen Blick zum Himmel hinauf. Der Geier kreiste jetzt über dem Park.

Ein Parkwächter hielt Petronio an. »Was soll denn das werden?« fragte er mit wichtiger Miene und einem strengen Blick auf den Zug. Und schon streckte er den Arm wie eine Schranke aus.

»Sie laufen mir nach, das ist alles«, antwortete Petronio beflissen. »Weil mein Eis so gut ist. Lauter friedliche Eisschlecker.«

»So?« Der Parkwächter ließ seinen Blick mißtrauisch schweifen. »Aber es schlecken ja nur ein paar. Und die anderen? Was haben die vor?«

»Die überlegen sich gerade, ob sie sich eins leisten können«, antwortete Petronio. »Aber der mit dem anderen Eiskarren da, der will mir die Kunden abwerben. Den würde ich an deiner Stelle nicht in den Park –«

»Eisverkaufen ist im Park erlaubt«, sagte der Wächter und straffte seine Haltung. »Und die Zahl der Eisverkäufer ist auch nicht begrenzt. Nur Ruhestörung und Aufläufe sind verboten.«

»Hier stört niemand, noch läuft irgendwer auf!« rief Rasputin.

Da ließ der Parkwächter den Zug mit einer leutseligen Geste passieren. Als allerletzte trottete Alicia vorüber. Keiner kümmerte sich um sie. Eine Strähne schwarzen Haars klebte ihr auf der Stirn. Sie hielt ihren Blick fest auf den Kinderwagen geheftet.

»Hör zu«, sagte Hector zu Rasputin, nachdem er auch das zweite Zitroneneis aufgeschleckt hatte, »du warst spendabel. Da will ich mich auch nicht lumpen lassen. Ich hab' mich entschlossen, dir das Rezept von meinem Nußeis zu verraten. Damit es weiterlebt, verstehst du?«

»Schade um dich«, murmelte Rasputin bewegt, während er Eis nach allen Seiten verkaufte, »wirklich schade um dich. Willst du dir's nicht doch noch mal überlegen? Man soll nichts wegwerfen, wenn's sich noch verwenden läßt. Und schon gar nicht das Leben.«

»Meines läßt sich nicht mehr verwenden«, seufzte Hector. »Es ist so nutzlos geworden wie eine Leiter ohne Sprossen, ein Flugzeug ohne Flügel, ein ausgedienter Putzlappen.«

»Sag das nicht«, meinte Rasputin. »Ich könnte mir vorstellen, daß es sich in einem Flugzeugrumpf recht komfortabel wohnen läßt. Und Leiterholme kann man zum Beispiel immer noch als Fahnenstangen verwenden. Und mit einem ausgedienten Putzlappen kannst du zur Not Wespen erschlagen. – Aber wolltest du mir nicht gerade das Rezept von deinem Nußeis verraten?«

»Wir sind ja noch lange nicht auf der Brücke San Blas«, antwortete Hector.

»Ich werde dein Nußeis nach dir benennen«, sagte Rasputin gefühlvoll und ließ sich Hectors Namen sagen. Träumerisch raunte er: »Hector-Salas-Benavides-Gedächtnis-Nußeis. Ich sage dir: Das wird ein Schlager! Und immer, wenn die Leute dafür Schlange stehen, werde ich von dir erzählen …«

»Wenn ich dir mein Nußeis-Rezept verrate«, sagte Hector gerührt, »kann ich aber auch erwarten, daß du mir dein Zitroneneis-Rezept verrätst. Vertrauen gegen Vertrauen.«

»Natürlich, natürlich«, rief Rasputin eifrig. »Aber bist du dir klar darüber, daß es sich mit so einem einmaligen Rezept, um das dich alle Eishersteller der Stadt beneiden würden, viel schwerer stirbt?«

»Dann behalt's«, maulte Hector gekränkt. »Ich brauch's ja sowieso nicht mehr. Aber *mein* Nußeis nehm' ich auch mit ins Grab. Darauf kannst du dich verlassen!«

Er schneuzte sich ins Hemd.

»Herrgott nochmal!« seufzte Rasputin und warf den Blick zum Himmel, »es wär' doch alles viel unkomplizierter, wenn du einfach am Leben bliebest!«

»Damit mir alle Leute ins Gesicht starren, um zu sehen, wie ich's ertrage, was?« schrie Hector wütend.

»Wenn's nur *das* ist«, sagte Rasputin erleichtert. »Laß dir einen Bart wachsen und versteck dich darin. So wie ich. Ich war Lokomotivführer oben in San Lorenzo, bis ich gefeuert wurde, weil ich ein Haltesignal übersehen hab'. Dreizehn Tote, darunter acht Kinder. Damals wollt' ich mich auch umbringen. Vor einen Zug werfen. Eisenbahnertod. Aber ich hab's nicht geschafft. Ich leb' halt so gern. Und da bin ich eben hier in die Stadt gegangen, als Eismann. Nicht einmal meine Frau weiß, wo ich bin. In einer Viermillionenstadt ist man schwer zu finden. Manchmal haben schon Leute Eis bei mir gekauft, die früher gute Bekannte von mir gewesen sind. Aber mit Bart haben sie mich nicht erkannt. Ich hab' inzwischen begriffen, daß man auch so leben kann. Probier's doch auch mal. Sterben kannst du noch immer.«

»He«, rief Petronio von vorn, »er hat sich nun mal entschlossen, sich heute von der Brücke in den Fluß zu stürzen, und dabei bleibt's! Wir können jetzt nicht das ganze Programm ändern. Es ist doch schon angekündigt. Da läuft mir die Kundschaft davon!«

»Halt dich da raus«, grunzte Rasputin in Petronios Richtung. »Hier geht's um Sein oder Nichtsein!«

»Da gibt's einen großen Unterschied zwischen dir und mir«, sagte Hector. »Du bist kein Krüppel.«

»Aber du hast keine acht Kinder auf dem Gewissen«, konterte Rasputin. »Und fünf Erwachsene dazu.«

Ihr Gespräch wurde durch eine neue Ankündigung aus Petronios Flüstertüte unterbrochen. Durch den Park schallte es: »Leute, herbei, herbei! Hier will einer freiwillig sterben! Ein Krüppel, vom Schicksal geschlagen, ohne Lebensmut, ohne Hoffnung! Eine menschliche Tragödie! Heute mittag um ein Uhr stürzt er sich von der Brücke San Blas in den Fluß! Ein Ereignis, das morgen in der Zeitung stehen wird. Dabeisein ist alles: Gebt ihm das letzte Geleit!«

Kaum war er fertig, ließ er die Tüte sinken und zischte in Richtung des Kinderwagens: »So – jetzt hab' ich dir den Rückweg abgeschnitten, Hector. Kneifst du auf der Brücke, werden sie dich lynchen!«

19

Die weißgeschürzten Dienstmädchen auf den Parkbänken, die sich hier während der Einkaufsgänge einen heimlichen Plausch erlaubten, erhoben sich, kamen näher, fragten nach und schlossen sich neugierig-mißtrauisch dem Zug an. Jetzt bekam vor allem Rasputin zu tun. Sie kannten ihn, denn die meisten von ihnen standen in seinem Viertel im Dienst.

»Hallo, Rasputin«, riefen sie. »Ziehst du auch mit zur Brücke?«

»Natürlich, natürlich«, antwortete Rasputin eifrig. »Ich bin doch sein Freund. In Gesellschaft guter Freunde ist der Tod ein Fest. Nicht wahr, Hector?«

Die Mädchen starrten Hector erschrocken an.

»Meine Damen«, rief ihnen Petronio von vorn ärgerlich zu, »bei mir gibt's *auch* Eis!«

Aber nur zwei Mädchen gaben ihm die Ehre. Die anderen scharten sich um Hector und Rasputin und begleiteten sie ein Stück.

Eine von ihnen, ein sehr junges Indiomädchen mit bräunlicher Haut und vorspringenden Backenknochen, das noch den dicken schwarzen Zopf der Indiofrauen in den Bergen trug, drängte sich an Hector heran und betrachtete ihn aufmerksam.

»Was guckst du so, Elena?« fragte eine Schwarze. »Willst du seine Läuse zählen?«

»Sind beide Beine ab?« fragte Elena und beugte sich zu Hector hinunter. »Laß sehen!«

Sie wollte ihn betasten, aber er schlug ihre Hand weg.

»Laß ihn in Ruhe«, riefen ihr die anderen Mädchen zu. »Möchtest *du* so begrapscht werden?«

Aber Elena ließ sich nicht beirren. Sie befühlte Hectors Schulterstummel mit einem fast gierigen Gesichtsausdruck.

»Scher dich zum Teufel!« schrie Hector.

»Beide Beine und ein Arm sind also ab«, sagte Elena.

»Mein Gott, das siehste doch«, rief die Schwarze. »Was ist daran so aufregend?«

»Wenn ihm zwei Beine oder zwei Arme fehlen«, sagte Elena feierlich, »dann ist er ein Glückbringer.«

»Stimmt«, nickte eine Dicke. »Das sagen sie auch bei uns daheim.«

Alicia lauschte mit großen Augen und offenem Mund.

»Wieder so ein Aberglauben aus den Bergen«, sagte die Schwarze. »Ich würde verrückt werden, wenn ich dort oben leben müßte. Dort darf man dies nicht und das nicht und muß sich vor bestimmten Steinen verbeugen, und wenn man krank ist, geht man nicht zum Doktor, sondern zur Medizinfrau und läßt sich von ihr besprechen und umräuchern und sich den bösen Geist aus dem Bauch hexen ...«

»Sei du mal ganz still«, rief eine lange, dünne Mestizin. »Ihr habt auch eine Menge Aberglauben aus Afrika mitgebracht –«

»Wenn man so einen berührt«, unterbrach Elena sie, »so einen, der keine Beine mehr hat – oder keine Arme –, dann hat man ganz bestimmt Glück, Riesenglück!«

Und sie berührte Hector mit beiden Händen.

Die anderen Mädchen lachten. »Sie ist halt erst vor kurzem in die Stadt gekommen«, sagte die Schwarze. »In einem Jahr wird sie über so was auch lachen.«

Aber auch ein paar andere Mädchen griffen jetzt zu. »Schaden kann's nicht«, sagte eine kleine Mulattin. »Und wenn es stimmt, hat man vorgesorgt. Glück braucht unsereins immer.«

Petronio trieb Elías an. »Wir kommen noch zu spät!« rief er.

»Habt ihr denn einen Priester dabei?« fragte ein junges Ding.

Ihre Freundin stieß sie mit dem Ellbogen in die Seite. »Geht doch nicht. Selbstmord ist Sünde.«

»Was ist schon Sünde«, meinte eine Schwarze. »Wenn ich so zugerichtet worden wäre wie der da, würde ich auch Schluß machen. Denn wie's danach auch kommt – man erträgt's nicht: Kümmern sie sich um einen, geht man am Mitleid kaputt. Kümmern sie sich nicht um einen, verreckt man. Deshalb sag' ich: Recht hat er! Und es müßte doch merkwürdig mit der Gerechtigkeit zugehen, wenn ihn Gott zu allem Überfluß auch noch mit der ewigen Verdammnis bestrafen wollte ...«

»Du tust, als wärst du mit dem lieben Gott verschwägert«, sagte eine lange Dünne schnippisch. Sie trug zwei Einkaufstaschen. »Ich frage mich schon lange nicht mehr, warum wir dies und das dürfen oder nicht dürfen. Manchmal glaub' ich, noch nicht mal die Priester durchschauen das. Und manchmal hab' ich den Eindruck, die machen uns was weis, woran sie selber nicht glauben. Nur, damit sie uns in der Hand haben und lenken können, wohin sie wollen. Und ich bin mit meinen Überlegungen schon so weit gekommen, daß ich glaube, am besten kehrt man der Kirche den Rücken und denkt sich seinen Gott so, wie man ihn haben will.«

»Mutig, mutig«, sagte Rasputin. »Dafür kriegst du ein Erdbeereis gratis.«

Ein paar Mädchen kicherten. Das junge Ding, das nach dem Priester gefragt hatte, pflückte eine Blume aus der Rabatte und steckte sie Hector ans Hemd.

»O je«, rief Rasputin, »das wird den Parkwächter nicht freuen.«

»Man wird doch wohl noch eine Blume für einen pflücken dürfen, der sich verabschieden möchte!« rief die mit den beiden Einkaufstaschen und bückte sich ebenfalls über die Rabatte.

Da wollten sich auch die übrigen Mädchen nicht lumpen lassen. Von jeder nur eine Blume, einen Zweig – was machte das dem Park schon aus? Und unversehens saß Hector mitten in einem Berg von Blumen, der über die Wagenwände quoll.

»Genug!« rief er. »Ich ersticke!«

»Werft sie ihm nach, wenn er sich in den Fluß stürzt!« sagte die Schwarze und wischte sich über die Augen.

Hector starrte auf die Blumen. Müdigkeit überkam ihn. Das Kinn fiel ihm auf die Brust. Er sank seitlich gegen den Wagenrand und fing zu schnarchen an. Rasputin schob ihm den Hut übers Gesicht. »Er schläft«, flüsterten sich die zu, die dem Zug folgten, und dämpften Gespräche und Gelächter. Alle versuchten einen Blick in den Wagen zu werfen und streiften den Hut in den Blumen mit zärtlichen Blicken.

20

Ein Parkwächter kam dem Zug mit argwöhnischem Blick entgegen.

»Wer hat die Blumen abgerissen?« bellte er, als Elías den

Kinderwagen an ihm vorbeischob. »Die sind aus den Rabatten!«

»Irrtum«, antwortete Rasputin todernst. »Sie regneten vorhin für diesen armen Amputierten vom Himmel. Denn der Seniorchef da oben ist arg schlimm mit ihm umgegangen und hatte deshalb was an ihm gutzumachen. Dafür mußte er sich schon was Besondres einfallen lassen. Und das *hat* er, caramba! Wir alle, die wir das Wunder miterleben durften, stehen noch tief beeindruckt im Bann dieses einmaligen Ereignisses ...«

Er schlug drei Kreuze über seinem violetten T-Shirt. Ein paar Mädchen kicherten.

»Unsinn«, schnauzte der Parkwächter und entnahm dem Wagen eine Handvoll Blumen. »Die sind ja noch ganz frisch!«

»Wundert dich das?« fragte Rasputin. »Mich nicht. Der liebe Gott läßt sich nicht lumpen. Oder kannst du dir vorstellen, daß er Heu vom Himmel regnen läßt?«

»Schluß!« rief der Parkwächter grimmig. »Wer war's?«

»Na gut«, sagte Rasputin. »Gestehen wir's: Der da war's.« Er zeigte auf den Hut im Wagen.

»Aber –«, sagte Elías und klappte seinen Mund auf. Er verstand die Welt nicht mehr.

»Na endlich«, knurrte der Parkwächter und beugte sich über den Wagen, um gleich darauf empört hochzuschnellen. »Wollt ihr euch über mich lustig machen, ihr Gesindel?« brüllte er mit zornrotem Kopf und warf wilde Blicke um sich. »Wo ist er?«

Gelassen und ohne ein Wort zu verlieren, schob Rasputin den Hut von Hectors Gesicht. Hector fuhr verwirrt aus dem Schlaf und blinzelte geblendet. Der Parkwächter überspielte seine Verblüffung mit einem Geräusper.

»Ja, ja, sich schlafend stellen«, bellte er dann. »Alte Masche. Zieht nicht mehr. Gesteh, daß du's warst!«

»Er glaubt, du hast die Blumen gepflückt«, rief Petronio Hector aufgeregt zu. »Dieser Schurke da« – er zeigte auf Rasputin – »hat dich denunziert! Du! Lachhaft!«

»Ich war's«, sagte Hector laut und bekennerhaft. »Ich war den ganzen Vormittag auf den Beinen und hab' ununterbrochen Blumen gepflückt.«

»Na endlich«, sagte der Parkwächter und zog einen Block aus der Uniformjacke. »Das kommt dich teuer zu stehen. Ein Hunderter, bar oder als Scheck, und zwar auf der Stelle – oder zehn Tage absitzen.«

»Absitzen«, sagte Hector.

»Ich protestiere!« rief Petronio in Panik. »Der Mann da gehört zum Programm! Auf den kann ich jetzt nicht verzichten, er ist fest eingeplant! Der Hauptdarsteller!«

»Dann hättest du ihn besser im Auge behalten müssen«, sagte der Parkwächter und steckte den Block wieder ein.

»Aber er war's doch gar nicht!« rief Petronio und fuchtelte mit der Eiskelle. »Die Mädchen waren's! Jede hat gerupft! Und die Kinder auch!«

»Mir egal«, knurrte der Parkwächter. »Der hier hat gestanden, also halte ich mich an *ihn.*« Er richtete seinen Blick auf Hector: »Steig da raus und komm mit!«

Da stürzte Petronio, außer sich, auf Hector zu, scharrte die Blumen aus dem Kinderwagen, daß sie in alle Richtungen flogen, und schrie den Parkwächter an: »Schau doch hinein! Da siehst du die Wahrheit!«

Der Parkwächter warf einen unwilligen Blick in den Wagen. Langsam hob er den Kopf. Die Zuschauer brachen in schallendes Gelächter aus. Und schon rannten sie nach allen Seiten auseinander, während über die Parkwege Neugierige gelaufen kamen.

»Schau, Hector«, rief die lange Dünne. »Keine Angst – heut' um halb zwei sind wir dabei! Früher bist du sowieso nicht dort ...«

Der Parkwächter lief rot an. »Raus!« brüllte er. »Sofort raus aus dem Park – oder ich rufe die Polizei! Dort hinten ist der Ausgang!«

»Nur immer mit der Ruhe«, sagte Rasputin. »Wir sind ja längst dabei. Seit wir die Parkmitte hinter uns haben, streben wir unaufhörlich dem Ausgang zu. Es geht nur nicht so schnell. Denn wir haben einige handangetriebene Vehikel dabei. Aber wir tun, was wir können. Also halt uns bitte nicht auf.«

Damit setzte sich der Zug wieder in Bewegung, und bald fand ein guter Teil des Publikums zu ihm zurück. Der Parkwächter folgte ihm finster und behielt ihn im Auge.

21

Eine knochige Alte kam ihnen mit einer Drehorgel entgegen und rief schon von weitem: »Braucht ihr Musik?«

»Hierher und vorneweg!« rief ihr Petronio zu.

Sie trug einen Strohhut und ein kanariengelbes Kleid. Und schon fing sie zu leiern an. Der Kasten quäkte die Love-Story-Melodie. Ein Ton fehlte. An seiner Stelle ertönte jedesmal ein eigenartiger Schnalzlaut. Leierte die Alte schneller, klang's wie hartnäckiger Schluckauf.

»Und wer bezahlt mir die Musik?« krächzte sie.

Niemand antwortete ihr. Sie wollte schon wieder ausscheren und sich davonmachen. Aber da sagte jemand: »Auf der Brücke wird's voll werden. Wir müssen uns dicht am Wagen halten.«

Und so blieb die Alte im Zug. Dicht am Wagen.

Ein paar Indiofrauen mit ihren Kindern gesellten sich dazu. Sobald sie erkannt hatten, was an Hector fehlte, drängten sie sich herbei, berührten ihn und drückten ihre Kinder an ihn.

Ein Rudel von Gymnasiasten in Schuluniform, die vermutlich die Schule schwänzten oder schon sehr früh aus dem Unterricht entlassen worden waren, kauften sich bei Rasputin Zitroneneis, schleckten es mit sichtlicher Wonne und schlenderten dann, betont gleichgültig pfeifend, mit den Händen in den Hosentaschen hinter dem Zug her.

»Grüß meine Tante Clara von mir!« rief einer von ihnen Hector zu. »Sie ist im letzten Mai gestorben. Du wirst ihr ja dort oben begegnen ...«

»Bist du auch sicher, daß sie oben ist?« rief ihm Rasputin zu.

»Absolut sicher«, antwortete der Junge. »Sie hatte es fast geschafft, sich nur noch von Kirchengesängen und Weihrauchduft zu ernähren. Und sie war so keusch, daß sie schon errötete, wenn ihr nur ein Kuheuter unter die Augen kam.«

»Dann bemüh dich nicht, Hector, sie dort oben zu suchen«, sagte Rasputin. »Sie wird nicht da sein.«

Die Schuljungen lachten schallend.

Der Zug bewegte sich jetzt unter schattigen Bäumen dahin. Hector atmete auf. Hier brauchte er nicht zu blinzeln. Sein Blick streifte blühende Beete und Rabatten. Zum Heulen schön, das alles, und er mußte weg. Und wenn er weg war, blühte alles weiter!

»Schweinerei!« brüllte er auf. »Hundsgemeine Schweinerei!«

Die Kinder und jungen Mädchen, die rechts und links von seinem Wagen mitwanderten, fuhren zusammen. Eine machte einen Satz zur Seite. Grund für die Gymnasiasten, sich köstlich zu amüsieren.

»He, Rasputin«, rief Petronio von vorn, »hast du noch Erdbeereis? Meins ist alle –«

Rasputin hatte noch. »Da siehst du«, rief er Petronio zu,

»wie gut es ist, daß wir hier zu zweit sind. Und ich prophezeie dir, daß wir bis zur Brücke San Blas noch nicht einmal zu zweit den Bedarf werden decken können!«

»Großer Gott«, stieß Petronio aufgeregt aus, »das wird *der* Tag meines Lebens!«

Er hielt sich wieder die Flüstertüte vor den Mund und rief: »Alle mal herhören! Wichtig! Heute mittag um eins gibt's auf der Brücke San Blas einen Selbstmord live zu sehen! Ein geschätzter Mitbürger wird dort seinem Leben ein würdevolles Ende bereiten. Begleitet ihn auf seiner letzten Fahrt. Für Eis in verschiedenen Geschmackssorten ist gesorgt. Petronio und Rasputin garantieren dafür!«

Er setzte die Tüte ab und rief Rasputin zu: »Wir müssen uns ein bißchen ranhalten. Wenn wir in diesem Tempo weiterlatschen, können wir den Termin nicht einhalten.«

»Ich hab' Zeit«, sagte Hector, dem eine Blume im Haar hing und ein Blatt auf der Stirn klebte. »Mich erwartet drüben niemand.«

Als sich der Zug einem Kinderspielplatz näherte, schauten die Knirpse im Sandkasten mit großen Augen herüber. Mehrere Kindermädchen, die auf den Bänken drumherum saßen, standen auf, hoben die Kleinen aus dem Sand, nahmen sie auf den Arm und näherten sich, um ihre Neugier zu stillen.

22

Auch ein Luftballonverkäufer, der unter seiner riesigen Ballontraube mit einem der Mädchen geflirtet hatte, spurtete heran. Er trug ein weißes T-Shirt mit dem überlebensgroßen Kopf von Che Guevara auf Brust und Rücken.

»Ej«, sagte der Bursche mit dem strähnigen Indiohaar, griff

mit seiner freien Hand nach Hectors Hand und schüttelte sie. »Juan heiß' ich, aber alle nennen mich Che. Du verschaffst dir ja einen tollen Abgang, Mann. Mein Kompliment.«

»Ich hab' ihn eigentlich anders geplant«, seufzte Hector. »Aber jetzt führen andere die Regie. Ich bin nur noch dazu da, den Eisverkauf anzuheizen. Mir ist schon alles egal.«

»Such dir einen aus«, sagte Che und hielt ihm die bunte Ballontraube hin.

»Ich will keinen«, knurrte Hector.

»Sie werden dich aufmuntern«, sagte Che.

»Das hier ist nichts Heiteres, sondern was Tragisches!«

»Probier doch mal, heiter zu sterben. Wär' was ganz Neues.«

»Spendier der da einen«, sagte Hector und zeigte auf Alicia, die mit schmutzigem Gesicht neben dem Zug herstolperte. »Dafür, daß dir heute mein Abgang einen prächtigen Umsatz bescheren wird.«

Alicia bedankte sich nicht, aber sie strahlte.

»Den darfst du behalten«, sagte Che zu ihr und band ihr die Schnur ums Handgelenk, damit ihr der Ballon nicht wegfliegen konnte.

Sie hielt die Ballonschnur mit beiden Händen fest und schritt feierlich einher. Leuchtendgrün schwebte der Ballon über ihr. Verklärt schaute sie zu ihm auf und vergaß dabei, auf den Weg zu achten. Und schon stolperte sie in die Rabatten hinein. Aus dem Hintergrund erscholl zornige Parkwächterschelte.

Che wandte sich wieder an Hector: »Nichts gegen Umsatz. Und es stimmt, daß der Tod oft mehr Umsatz bringt als das Leben. Wer hat sich nicht alles an Kriegen dumm und dämlich verdient! Aber das Leben hat's auch in sich. Man muß nur die richtige Gelegenheit erwischen, muß die große Chance wittern ...«

Hector legte den Kopf zurück, hielt den Hut fest und warf einen Blick zum Himmel. Die Sonne stand jetzt senkrecht über der Stadt. Hector mußte blinzeln. Trotzdem sah er den kreisenden Geier – ein winziger schwarzer Punkt zwischen ihm und der Sonne.

»Ich brauch' jetzt keine Theorien«, knurrte er. »Ich brauch' ein Kissen unter dem Hintern. Denn der wird langsam wund bei dem Geschaukel.«

»Wenn's weiter nichts ist«, rief Che und grinste übers ganze Gesicht. »Halte meine Ballons. Die ziehen dich so nach oben, daß du dich vorsehen mußt, nicht mit ihnen davonzufliegen!«

Che hatte recht. Sie zogen dermaßen nach oben, daß Hector zu schweben glaubte. Ein ganz und gar neues, unbekanntes Gefühl, diese Schwerelosigkeit! Ein Gefühl, das alles Wichtige unwichtig zu machen schien.

»Mann, ist das schön!« rief er, den Blick auf die bunten Kugeln gerichtet. Dann schweifte sein Blick von den Ballons in den Himmel, dessen leuchtendes Blau ihn blendete.

»Ja, ja«, beeilte sich Petronio zu sagen, »so schön ist der Tod, mein lieber Hector. Da wiegt man nichts mehr. Da fällt man nicht mehr. Da schwebt man nur noch und ist wunschlos glücklich. So hat's mal in einer Illustrierten gestanden. Daß man im Jenseits die Schwerkraft los wird. Also muß was dran sein. Mann, freu dich drauf. Drüben kannst du rund um die Uhr herumwallen wie eine Alge, herumwirbeln wie eine Daune – die reinste Lust!«

Hector hörte sein Geschwätz wie aus der Ferne. Sein Blick streifte die dunkelgrünen Baumwipfel, sank herab auf die Büsche, blieb an einem kleinen, unauffälligen Gebäude mitten im Gebüsch hängen. Eine öffentliche Toilette. Und schon lösten sich mehrere Leute aus dem Zug und strebten auf das Doppelhäuschen zu.

Aus war's mit der Verzückung! Hector seufzte. Sein Arm

streikte. An dem hing ja alles, was von ihm noch übriggeblieben war. Wie weh das tat! Resigniert gab er Che die Ballontraube zurück. Der Hintern sank auf die dünne Matratze zurück und schmerzte mehr als zuvor.

Nicht einmal so ein paar lumpige Ballons konnte er mehr festhalten.

»Weitergehen!« schnauzte der Parkwächter am Ende des Zuges. »Raus aus dem Park!«

»Spiel dich doch nicht so auf«, rief ihm Hector zu. »Wer bist du schon? Eine Vogelscheuche, behängt mit einer Uniform ...«

Dem Parkwächter vorschlug es die Sprache. Er kam herbeigelaufen.

»Ich vertrete die städtischen Behörden!« herrschte er Hector an. »Wenn du dich nicht meinen Anordnungen fügst, bist du ein asoziales Element und hast in diesem Park nichts zu suchen. Raus!«

»Ich muß mal«, sagte Hector.

»Er muß mal!« riefen ein paar Kinder im Zug.

»Anhalten – er muß mal!« schallte es aus vielen Kehlen.

Eine völlig neue Lage. Der Parkwächter war irritiert. Verbieten? Dieser verdammte Krüppel schien sein Geschäft in dieser Latrine verrichten zu wollen. Ein legales Vorhaben also. Daß er jetzt aus Bosheit den Auszug aus dem Park verzögerte, war nicht beweisbar.

»Also wirklich, Herr Parkwächter«, sagte Rasputin spöttisch, »die untersten Schichten der Gesellschaft werden immer frecher, immer aufsässiger, nicht wahr? Ein Eis gefällig?«

Petronio näherte sich aufgeregt dem Kinderwagen. »Mußt du wirklich?«

»Und wie«, antwortete Hector. »Die Latrine sehen – und müssen. So ist das bei mir.«

»Kannst du's nicht noch eine Weile aushalten?« jammerte

Petronio. »Spätestens in einer Stunde hat sich das Problem doch von selbst erledigt.«

»Du bist ein Unmensch, Petronio«, sagte Rasputin. »Wie soll sich einer aufs Sterben konzentrieren, wenn's ihn gleichzeitig pressiert?«

Er beugte sich liebevoll über Hector. »Wenigstens in dieser Lage können wir dir helfen, Freund, das ist *die* Gelegenheit für –«

»Scheißen kann ich noch selber«, sagte Hector erschöpft. »Es muß mich nur jemand in die Latrine tragen.«

»Rasputin macht's«, sagte Petronio hastig.

»Damit du appetitlicher bleibst, was?« rief Rasputin. »Und die Leute hinterher zu *dir* kaufen kommen. Dich kenn' ich!«

23

Aber Che hatte seine Ballontraube schon an der Stange von Rasputins Eiskarren festgebunden und schob den Kinderwagen zur Latrine. Mit schnellen Griffen hob er Hector aus dem Wagen und trug ihn in den halbdunklen Raum.

»Halte mich fest, Bruder«, sagte Hector, »sonst kippe ich um. Ich mach's zum ersten Mal, seit ich wieder draußen bin. Im Krankenhaus hab' ich ja immer gelegen, da kamen sie mit dem Schieber ...«

Che hielt ihn an den Schultern und schaute in eine andere Richtung. »Sag, wenn ich dir helfen soll«, sagte er leise.

Draußen war Kindergeflüster zu hören.

»Die würden am liebsten mit hereinkommen und zugucken«, murmelte Hector. »Ein erwachsener Mann, und so hilflos wie ein Käfer auf dem Rücken. Das kriegt man nicht alle Tage zu sehen.«

Er senkte den Kopf und preßte den Handrücken vor den Mund, um sein Schluchzen zu ersticken. Aber dann brach der Jammer doch laut aus ihm hervor, und Che fing an zu lachen, damit man draußen das Schluchzen nicht hörte. Er lachte, daß es nur so schallte. Gleichzeitig legte er seinen Arm um Hector, drückte ihn an sich und reichte ihm Papier. Und als Hector sich wieder in der Gewalt hatte, sagte Che: »Du wirst dich sicher schnell dran gewöhnen, Hector.«

»Nein«, flüsterte Hector, »daran will ich mich nicht gewöhnen. Ich bin ja kein Mensch mehr. Wie soll ich denn noch Achtung vor mir selber haben, in *dem* Zustand!«

Che setzte Hector ab, ging hinaus, scheuchte die Kinder fort, kehrte wieder zu Hector zurück und sagte:

»Das könnte denen da draußen so passen, daß du aufgibst. Zeig's ihnen! Laß dich nicht hängen, pack das Leben am Wickel, beiß dich dran fest!«

»Nein«, sagte Hector. »Ich mach' Schluß.«

»Feigling«, flüsterte Che. »Willst du dich damit zufriedengeben, daß deine Zuschauer nach der Vorstellung noch ein paar Minuten auf der Brücke stehenbleiben und auf den Fluß runtergaffen, ob irgendwo noch mal dein Schopf auftaucht oder deine Hand? Und dann sagen: ›Das war's.‹ Und heimgehen. Und noch ehe sie daheim ankommen, haben sie dich schon vergessen. Soll das alles gewesen sein?«

»Was denn sonst«, seufzte Hector, und ihm schoß der Gedanke durch den Kopf, daß man in Filmen nie solche Latrinen von innen sah.

»Du hast doch noch eine Stimme«, sagte Che und rüttelte Hector an der Schulter. »Du hast noch deinen Verstand. Du hast noch einen Arm, um das, was du sagst, zu unterstreichen. Du kannst unbequem werden, provozieren, anklagen. *Das* kannst du dir jetzt leisten. Wer will dich vor Gericht stellen, dich einsperren oder sonst was? Du bist freier als ich – kapierst du das nicht?«

Durch eine Luke unter der Decke fiel Licht. Mücken tanzten im Strahl und summten. Draußen brüllte der Parkwächter: »Jetzt raus aus dem Park! Ihr könnt draußen auf die beiden warten!«

»Hier stinkt's nach mir«, sagte Hector. »Trag mich raus, Che.«

24

Als der Zug den Park verließ, trennten sich die Kindermädchen von ihm. Sie wurden mit ihren Schützlingen spätestens zur Essenszeit erwartet. Und auch die Dienstmädchen mit den Einkäufen durften nicht zu lange ausbleiben, wenn sie nicht ausgeschimpft werden wollten. Vielleicht konnten sie nach dem Mittagessen ihren Señoras einen kurzen Urlaub abringen? So einen Sturz von der Brücke – live! So was bot nicht einmal das Fernsehen …

Der Zug schrumpfte. Aber Petronio brüllte in die Tüte und erhielt somit auf dem Weg zum Bahnhofsvorplatz neuen Zulauf. Hier trafen sich viele Arbeitslose der Stadt, hier hingen sie mit Obdachlosen auf den Bänken herum oder lehnten an den Säulen der offenen Bahnhofshalle. Sie waren ganz Auge und Ohr für alles, was versprach, Abwechslung in ihre Langeweile zu bringen. So entdeckten sie sofort den seltsamen Zug: zwei Eiskarren, eine Drehorgel, eine Luftballontraube, einen Kinderwagen, gefolgt von einer Schar, die vor allem aus Kindern und jungen Leuten bestand.

»Was ist denn *das*?« fragte ein struppiger Alter verwundert.

»Ein letztes Geleit«, erklärte Petronio.

»Und wo ist der Tote?« fragte eine grellgeschminkte Blondine neugierig.

»Hier«, riefen ein paar Kinder und zeigten auf den Wagen, den Elías schob. »Aber bis zur Brücke San Blas ist er noch lebendig.«

»Jesusmaria«, rief die Blondine, »ein Mann im Kinderwagen – wie kann er darin Platz haben? Da fehlt doch ein gutes Stück!«

»So ist es«, sagte die Drehorgelfrau. »Er ist nur noch eine halbe Portion. Er stirbt in Raten. Erst ein Arm und ein Bein, dann noch ein Bein, wie man mir erzählt hat. Jetzt will er den Rest ins Jenseits befördern. Damit alles wieder beisammen ist – wo auch immer.« Sie lachte schrill auf. »Der ist für Ordnung. Die eine Hälfte hier, die andere dort, das paßt ihm nicht.« Sie nahm ihren Hut ab und drehte ihn um.

»Komm du erst mal dort an, wo er ist«, fuhr Che sie an. »Dann kannst du deine Kommentare dazu abgeben.«

»Ich bin auch kaputt«, sagte sie böse. »Und wie. Man sieht's nur nicht.«

»Das kann jeder von denen sagen, die hier stehen«, sagte Che. »Wer von uns ist schon auf der Sonnenseite des Lebens zur Welt gekommen?«

»Ach, halt doch die Schnauze, du Grünschnabel«, keifte sie. »Du kannst ja noch gar nicht mitreden. – Bitte die Bezahlung für meine Musik!«

Sie ging mit dem Hut herum.

»Wir haben sie nicht bestellt«, rief jemand.

Aber es fielen doch ein paar Centavos in ihren Strohhut.

»Damit du aufhörst«, sagte ein Mann lachend.

»Und seine Familie?« fragte ein Schnurrbärtiger mit den Händen in den Taschen. »Läßt die ihn so gehen?«

»Hat keine!« rief ein Kind.

»Na dann«, sagte der Mann und zuckte mit den Schultern.

Der Zug kam kaum voran. Immer wieder wurde Eis verlangt, vor allem Rasputins Zitroneneis. Aber auch Petronios Geschäft florierte. Die Sonne glühte, über dem Pflaster flimmerte die erhitzte Luft, die ganze Stadt roch nach Schweiß, die Mücken schwirrten. Jetzt war die beste Tageszeit zum Eisverkaufen, und auf eine halbe Stunde kam es ja schließlich nicht an.

Petronio schwitzte, daß ihm der Schweiß vom Kinn in einen der Eiskübel tropfte.

»Gott segne dich, Hector«, rief er und hob wieder die Flüstertüte an den Mund: »Gebt diesem armen Mann das letzte Geleit bis zur Brücke San Blas! Dort will er seinem Leben ein Ende setzen. Für Erfrischungen ist gesorgt!«

»Und auch dafür, sie wieder loszuwerden!« rief aus dem Hintergrund ein Mann mit einer fahrbaren Latrine. »Nur zwanzig Centavos die Benutzung! Mit Papier dreißig!«

»Machst du's im Dutzend billiger?« fragte jemand.

Alle lachten.

Auch Ches Ballons fanden Absatz. Seine Traube wurde kleiner. Und hier und dort schwebten jetzt über dem Bahnhofsvorplatz einzelne knallbunte Tupfer.

Immer mehr Neugierige strömten herbei, der Zug blieb stecken, und um Hectors Wagen drängte sich eine bunte Menge. Auch Losverkäufer und Bauchladenhändler waren jetzt dabei. Einer, der Scherzpostkarten verkaufte, einer, der gefüllte Teigtaschen anbot, ein Messerschleifer, einer mit einem dreirädrigen Lieferwagen voller Limonade und sogar eine Drei-Mann-Band: bezopfte Indios aus dem Hochland.

»Man sieht ja nichts!« schimpften die Hinteren, und die Vorderen stemmten sich nach hinten, um nicht gegen den Wagen geschoben zu werden, in dem Hector schweißnaß und weit vornübergebeugt saß, den Hut tief in die Stirn gezogen.

»Schau doch mal hoch!« rief jemand. »Wir wollen dein Gesicht sehen!«

Hector reagierte nicht.

»Man sollte ihn fotografieren!« krähte eine Stimme.

Hector fuhr so heftig hoch, daß sein Hut auf die Erde rollte: Anlaß zu lautstarker Heiterkeit. Alicia drängte alle, die sich über den Wagen beugten, energisch zurück, hob den Hut auf, klopfte den Staub ab und setzte ihn Hector wieder auf.

»Hebt ihn hoch!« rief jemand von hinten. »Wir alle wollen ihn sehen!« Sprechchöre bildeten sich: »Hochheben! Hochheben!« und »Wir wollen den Selbstmörder sehen!«

»Das geht so nicht weiter, Petronio«, rief Rasputin. »Die zerdrücken ihn uns noch. Wir müssen ihn höher postieren.«

»Setz ihn doch auf deinen Eiskarren!« rief Petronio zurück, während er hektisch Eis verkaufte.

»Du Luder«, schimpfte Rasputin und schaute sich nach Che um.

»Hilfe!« schrie Hector in Panik und schlug blind um sich.

»Was schreist du denn so«, sagte jemand. »Wenn du sterben willst, kann's dir doch egal sein, ob du ersäufst oder erdrückt wirst. Das läuft doch aufs selbe raus.«

»Ich komme!« rief Che und zwängte sich durch die Menge. Bei dem Kinderwagen angelangt, drängte er die Gaffer zurück.

»Wenn ihr ihn umbringt«, rief er, »gibt's auf der Brücke San Blas nichts mehr zu sehen!«

»Na wenn schon«, rief ein Mann, ein Catchertyp, über die Köpfe der Menge hinweg und schwang seinen Muskelarm. »Da stoßen wir eben einen anderen runter. Zum Beispiel dich!«

Allgemeine Heiterkeit. Unwilliges Geschrei im Hintergrund. Dazu die Love-Story-Melodie mit dem Schnalzlaut. Jemand, der von hinten gegen Hectors Wagen gedrückt wurde, stieß einen spitzen Schrei aus: Alicia hatte ihn in die Hand gebissen. Sie schoß um den Wagen herum und zwickte, trat und biß alle, die Hector zu nahe kamen.

»Verdammtes Biest!« schimpfte einer der Gebissenen und gab ihr eine Ohrfeige, daß sie rückwärts auf den Wagen fiel. Aber sie gab keinen Laut von sich, sondern versuchte nur ihren Luftballon zu schützen.

»Du willst wohl mit in den Fluß, du Mücke«, sagte ein dicker Glatzkopf in der ersten Reihe und hob sie am Kragen hoch. »Ja, zapple nur. Wenn du willst, kann ich dich auch jetzt gleich zerdrücken. Zwischen zwei Fingern!«

Che entriß ihm das Kind, hängte sich die Traube an einen Haken am Gürtel, faßte Hector vorsichtig unter die Achseln und setzte ihn auf eine Ecke von Petronios Eiskarren.

»So«, rief er, »jetzt seht ihr ihn. Ein ganz gewöhnlicher Mensch wie du und ich. Ein Mann, dem passiert ist, was euch allen auch passieren könnte. Macht euch das mal klar.«

25

»Bist du verrückt?« schrie Petronio mit überschnappender Stimme. »Auf meinen Eiskarren! Wie soll ich denn Eis verkaufen, wenn er mir mit seinem Hintern das halbe Loch verdeckt? Weg mit ihm! Sofort! Setz ihn hin, wo du willst, aber nicht zu mir!«

Alle lachten.

»Weg – oder ich erschlag' ihn mit der Kelle!« heulte Petronio.

»Bring ihn her, Che«, rief Rasputin. »Setz ihn hierhin, über das Vanilleeis. Das wird am wenigsten verlangt.«

Che trug Hector hinüber. Der hielt seinen Hut fest. Hände berührten ihn an Hüfte, Schulter und Rücken.

Jetzt drängten sich alle um Rasputins Karren. Sein Umsatz zog an. Petronio warf böse Blicke herüber, während Elías und Alicia lautstark um den Wagen stritten. Schließlich sprang Alicia einfach in ihn hinein. Ihr grüner Ballon schwebte über ihr.

Da saß sie nun auf der noch warmen Matratze und schaute sich siegessicher um. Elías wackelte mit dem Wagen, kippte ihn nach beiden Seiten. Aber sie krallte sich an das Gefährt, was immer er sich einfallen ließ.

»Ich hab' mir's überlegt«, rief Petronio zu Rasputin hinüber. »Er kann sich über den Erdbeereis-Eimer setzen. Der ist ja leer.«

Aber Rasputin und Che stellten sich taub.

»Das ist doch ein abgekartetes Spiel«, rief ein Schwarzer, der einen Bauchladen trug und Sonnenbrillen verkaufte. »Dieses arme Luder da haben die beiden angeheuert, damit sie mehr Kunden an ihre Eiskarren kriegen. Der bekommt garantiert Prozente vom Umsatz. Der denkt überhaupt nicht dran, sich von der Brücke San Blas in den Fluß zu stürzen! Nichts als ein Reklametrick!«

»Das ist nicht wahr«, widersprach Hector.

»Sag's lauter, Genosse«, rief Rasputin. »Sag es so laut, daß es alle hier auf dem Platz hören können.«

»Das ist nicht wahr!« schrie Hector.

»Warum sollen wir dir glauben?« rief die Blondine mit den blaurot geschminkten Lippen. »Wir werden ja von morgens bis abends angelogen, von klein auf. Die Eltern belügen uns, wenn sie behaupten, wir würden es mal weiter bringen als sie. Die Reklame belügt uns, wenn sie uns weismachen will, daß von der Sonol-Salbe die Falten weggehen. Die Politiker belügen uns, wenn sie groß tönen, daß alles besser wird, wenn man sie wählt. Und die Kirche belügt uns, wenn sie uns die absolute Gerechtigkeit im Himmel verspricht. Das ist nur ein Trick, um uns ruhig zu halten!«

Ein paar Leute klatschten.

»Das Wichtigste«, fuhr sie fort, »das unsereins zum Überleben braucht, ist Mißtrauen. Warum also sollten wir ausgerechnet *dir* glauben? Daß du darauf aus bist, dein Schäfchen ins trockene zu bringen, verstehen wir. Aber erwarte nicht von uns, daß wir dir deine Tränen-Geschichte vom geplanten Sturz von der Brücke abnehmen.«

Sie erhielt lebhaften Applaus.

»Wir haben uns erst drangehängt, als er schon zur Brücke unterwegs war«, rief Rasputin. »Ehrenwort! Von der Kleinen da hat er sich schieben lassen!«

»He«, rief jemand von ganz hinten, »was gibt's denn hier für Schnäppchen?«

»Machen wir doch die Probe aufs Exempel«, rief der Sonnenbrillenverkäufer. »Schaffen wir ihn auf die Brücke und kippen ihn dort runter. Wenn er die Wahrheit sagt, muß er uns ja dankbar dafür sein, daß wir ihm seinen letzten Wunsch erfüllen. Wir schaffen ihn garantiert schneller dorthin, als ihn die Kleine schieben kann.«

»Nein«, sagte Hector, »ich will von euch nicht umgebracht werden. Ich will aus eigenem Willen –«

Im Lärm der Menge gingen seine Worte unter. Die Alte im gelben Kleid kurbelte jetzt ihre Drehorgel so besessen, daß die Schluckaufkette nicht mehr abriß. Und im Hintergrund, auf der entgegengesetzten Seite, musizierte die Indio-Band. Von allen Seiten strömten Neugierige herbei.

Petronio geriet in Panik. »Laßt ihn das doch selber machen, Leute!« rief er und gestikulierte mit der Kelle. »Schaut einfach nur zu! Das ist doch viel spannender, das ist doch –«

Die Zuschauer drängelten so sehr, daß sein Eiskarren kippte.

»Nicht!« schrie er und versuchte den Karren zu halten. »Ich hab' acht Kinder!«

Der Karren schwankte ein paarmal hin und her, dann richtete er sich wieder auf. Eilig versuchte Petronio, ihn aus dem Getümmel zu retten.

»Elías«, rief er voller Angst, »laß den verdammten Kinderwagen stehen und komm. Die Sache wird mir zu brenzlig!«

Elías hörte seinen Vater rufen. Aber den Wagen aufgeben, den er so lange erfolgreich verteidigt hatte? Das nicht! Entschlossen versuchte er ihn durch die Menge zu rammen. Er nahm Anlauf und senkte den Kopf wie ein Stier vor dem roten Tuch. Aber Alicia stieß ein durchdringendes Geschrei aus, das allen Lärm übertönte: »Das ist *mein* Wagen! Der will meinen Wagen klauen!«

»Das könnte dir so passen, du Halunke«, sagte ein abgerissener Alter, packte Elías am Genick und riß ihn zurück. Vor Schreck ließ der los. Alicia sprang aus dem Wagen und schob ihn eilig durch die Menge davon. Erst als sie nicht mehr zu sehen war, ließ der Alte den Jungen los und schubste ihn grob in eine andere Richtung. »So, jetzt troll dich. Und wenn ich dich noch mal beim Wagen sehe, dreh' ich dir den Kragen rum – verstanden?«

Ja, er hatte verstanden. Sein Oberlippenflaum sträubte sich. Verstört stolperte er hinter seinem Vater her, der sich aus dem Staub machte und in den Bahnhof flüchtete. Dort gab's Polizei, und Kunden fanden sich dort auch immer. Gottlob, es war noch einmal alles gutgegangen. Sich mit so einer Menge einzulassen, das war immer ein Spiel mit dem Feuer.

Aber schade, schade, daß der schöne Plan gescheitert war. *Das* hätte eine Abendbilanz ergeben! Mit Hectors Hunderter!

Der war jetzt auch futsch.

Inzwischen war Rasputin in die Bredouille geraten. Alle drängten jetzt auf seinen Karren zu, denn dort saß ja Hector, um den sich der ganze Wirbel drehte.

»Macht, was ihr wollt«, rief Rasputin mit beschwichtigenden Gesten, »aber laßt mir den Karren ganz, sonst kriegt ihr die Kelle aufs Hirn. Da kenn' ich nichts! Ich warne euch!«

»Her mit dem Krüppel«, rief der dicke Glatzkopf und ruderte durch die Menge heran. »Mir nach! In zehn Minuten sind wir auf der Brücke. Und dann – platsch!«

»Du miese Ratte«, zischte ihm Che zu und sprang mit ausgebreiteten Armen vor Hector.

Die Menge johlte.

»Halt!« rief Che. »Dann ist ja der ganze Witz weg. Wo bleibt da der Unterhaltungswert? Schließen wir doch Wetten darauf ab, wie er sich selber entscheidet. Von der Brücke runterwerfen können wir ihn immer noch!«

»Weg da«, sagte der Glatzkopf, schob Che mit einem groben Stoß beiseite, packte Hector vorn am Hemd und hob ihn vom Eiskarren herunter. Hector schlug mit der Faust nach ihm, aber der Glatzkopf klemmte ihn sich so unter den Arm, daß er sich nicht mehr bewegen konnte. Das Publikum amüsierte sich und applaudierte.

»So«, sagte der Glatzkopf und schaute sich triumphierend um. »Jetzt auf zur Brücke. Wär' doch gelacht, wenn sein Gewinsel nicht auch 'ne Menge Unterhaltungswert hätte.«

»Das ist pure Gewalt!« schrie Che. »Und alles andere als eine Heldentat. Er kann sich ja nicht wehren!«

»Na und?« sagte jemand. Und schon brüllte die Menge: »Auf zur Brücke San Blas!«

26

Da ertönte von der Bahnhofsseite her eine Polizeisirene. Die Menge reckte die Köpfe. Eine Gasse öffnete sich, und ein Polizeiauto erschien, ein großer Kastenwagen. Hinter ihm schwebte ein grüner Luftballon: Alicia folgte mit dem Kinderwagen.

Ein Polizist sprang aus dem Auto. »Was ist hier los?« fragte er streng.

»Nichts«, antwortete die Blondine. »Wir kaufen nur Eis bei diesem Eismann hier.«

»Und Ballons bei diesem Ballonverkäufer«, sagte der Alte in Lumpen, hob Hectors zerdrückten Hut auf und reichte ihn Che. Der setzte ihn sich auf.

»Und wir hören Drehorgelmusik«, schrie jemand von weiter hinten. »Das werden wir doch wohl noch dürfen.«

»Und wo ist der Krüppel?« fragte der Polizist.

»Hier sind viele Krüppel«, antwortete der schwarze Sonnenbrillenverkäufer.

»Der dort hat ihn!« rief Che und zeigte auf den Glatzkopf, der ein Stück aus der Menge ragte.

»Platz da!« sagte der Polizist und bahnte sich einen Weg zu dem Dicken. Der Polizeiwagen folgte ihm. Respektvoll wichen die Gaffer zurück. Sich mit Polizisten anzulegen, war riskant, vor allem, wenn so ein Kastenwagen dabei war. In ihm hatte mindestens ein Dutzend Leute Platz. Jetzt hieß es, nur ja nicht auffallen, sonst lief man Gefahr, als Unruhestifter für unbestimmte Zeit in einem der städtischen Gefängnisse zu verschwinden. Ob man dann jemals vor einen Richter kam, stand in den Sternen.

Der Glatzkopf schaute sich in Panik um, dann ließ er Hector fallen, schob die Gaffer, die auf Zehenspitzen standen, unsanft auseinander und flüchtete.

»Halt! Stehenbleiben!« donnerte der Polizist und rannte hinter ihm her. Die Menge wich zur Seite. Mitten in der Gasse lag Hector auf der Erde und stöhnte. Der Polizist stolperte über ihn. Fluchend raffte er sich wieder auf. Eine Frau kicherte. Alle gafften dem Glatzköpfigen nach.

Der spurtete über die sechsspurige Straße, ohne nach

rechts oder links zu schauen. Reifen quietschten, wildes Gehupe ertönte, ein Taxifahrer schimpfte aus dem offenen Wagenfenster hinter dem Flüchtigen her. Der verschwand in einer der schmalen Gassen auf der anderen Straßenseite. Unmöglich, ihn dort zu finden.

Der Polizist blieb stehen, winkte die Frau, die gekichert hatte, aus der Zuschauermenge, packte sie am Arm und machte dem Polizeiwagen ein Zeichen. Der kam langsam herangerollt.

»Ich?« rief die Frau erschrocken. »Was hab' ich denn getan?«

Ihr braunes Gesicht verzerrte sich vor Angst. Sie hatte ein billiges, verwaschenes Fähnchen an und ging barfuß. Sie war klein und hager und hatte O-Beine, und jetzt begannen ihre Hände zu zittern.

»Gelacht hast du«, sagte der Polizist und schüttelte sie. »Über die Polizei hast du dich lustig gemacht. Die Autorität des Staates wolltest du untergraben.«

»Ich hab' über was ganz anderes gelacht«, stotterte die Frau. »Über den Dicken hab' ich gelacht, wie sein Fett beim Rennen geschwabbelt hat. Ja, darüber hab' ich gelacht. Über nichts anderes!«

»Das kannst du denen auf der Polizeiwache erzählen«, sagte der Polizist. »Na geh schon.«

Er schubste sie auf den Wagen zu, der vor Hector stehengeblieben war. Sein Kollege, der Fahrer des Wagens, stieg aus und öffnete die rückwärtige Tür.

»Nein«, schrie die Frau schrill, »ich hab' doch Kinder daheim! Ich kann doch nicht einfach wegbleiben!«

»Was stellst du dich dann hierher«, sagte der Polizist barsch, »und beteiligst dich an Unruhen und lachst über die Polizei?«

»Ich hab' Arbeit gesucht«, jammerte die Frau. »Von Tür zu Tür bin ich gegangen und hab' gefragt, ob sie eine Waschfrau brauchen. Da bin ich hier vorbeigekommen und hab' halt geschaut, warum so viele Leute zusammengelaufen sind. Das war alles!«

Aber der Polizist hörte gar nicht mehr zu. Er hob sie in den Wagen und herrschte sie an: »Setz dich da auf die Bank und sei still. Wenn man euch glauben wollte, gäb's nur Unschuldige auf der Welt.«

Dann ging er um den Wagen herum, vor dem Hector saß und sich den Kopf hielt.

»Sehen Sie sich diese Beule an«, sagte Che, der neben ihm heckte.

»Ist er das?« fragte der Polizist Alicia, die mit dem Kinderwagen hinter Hector stand. Sie nickte.

»Da gehört er rein«, sagte sie und zeigte in den Wagen.

Che schaute sich um. Ein großer Teil der Neugierigen hatte sich verdrückt. Auch Petronio und Elías konnte er nirgends mehr entdecken. Und die Drehorgelspielerin war ebenso verschwunden wie die Indio-Band, der Mann mit der mobilen Latrine und der Brillenverkäufer. Nur Rasputin mit seinem Karren stand noch da, und eine Kinderschar gaffte. Im Hintergrund feixten die Gymnasiasten. An den Säulen der Bahnhofshalle lehnten wieder Männer mit den Händen in den Hosentaschen, kaugummikauend, auf den Bänken des Bahnhofsvorplatzes räkelten sich wieder zerlumpte Gestalten und taten uninteressiert. Neben dem Taxistand, vor dem Kiosk und auf den Stufen, die in den Bahnhof führten, saßen Bettler und hielten die Hand auf. Die Blondine winkte am Straßenrand.

Der Polizist befahl Rasputin und Che, Hector in den Kinderwagen zu setzen. Auf einen weiteren Wink hin hievten sie den Wagen ins Polizeiauto. Alicia kletterte wie selbstverständlich hinterher.

»He, du Winzling«, knurrte der Polizist, »du hast da drin nichts zu suchen!«

»Und wer soll den Wagen schieben?« rief das Kind.

»Ist das dein Vater?« fragte der Polizist und zeigte auf Hector.

Das Kind nickte.

»Dann bleib drin, verdammt nochmal«, knurrte der Fahrer und stieß die Frau zurück, die wieder herausklettern wollte.

Che und Rasputin starrten überrascht auf die Kleine. Hatte Hector doch Familie? Aber für eine Frage war es zu spät. Schon rammte der Fahrer die Tür des Kastenwagens zu und verschloß sie von außen. Drinnen schlug die Frau mit den Fäusten gegen die Wände und jammerte laut.

»Lebt wohl!« rief Hector. »Falls wir uns nicht wiedersehen!«

27

»Wo schafft ihr ihn hin?« fragte Che, als sich der Polizist neben den Fahrer schwang.

»Was geht das euch an?« fragte der Polizist zurück, schlug die Seitentür zu und hängte seinen Arm aus dem offenen Fenster.

»Aber *mich* geht's was an«, hörte Che den Fahrer sagen. »Wohin mit dem Krüppel und der Göre?«

»Die setzen wir irgendwo ab, wo man sie nicht kennt«, hörte er den Polizisten antworten. »Damit sich dieses Geschmeiß nicht noch einmal zusammenrottet, um mit dem armen Teufel Schindluder zu treiben.«

»Wenn ich so zugerichtet wär' wie der«, sagte der Fahrer, »würd' ich mich selber ins Jenseits befördern.«

Die Frau hinten im Kasten lärmte und schlug gegen das Gitterfenster, durch das die Polizisten die Gefangenen beobachten konnten.

»Fahr los«, sagte der Polizist. »Das Geplärre ist ja nicht zum Aushalten ...«

Während der Wagen sich schon in Bewegung setzte, hörte Che den Fahrer noch sagen: »Was hältst du vom Markt? Liegt auf dem Weg. Dort haben sie sogar Chancen, was zu essen zu kriegen.«

»Der Hut!« sagte Che und griff sich an den Kopf. »Halt! Der Hut!«

In die Auspuffwolke gehüllt sah er dem Wagen nach.

»Schmeiß ihn weg«, sagte Rasputin. »So dreckig und zerdrückt, wie der ist. Den Krüppel siehst du nicht wieder. Hast du eben mitgekriegt, was die mit ihm vorhaben? Nein? Armer Kerl. Wie der wohl enden wird?«

»Vorhin war dir's ziemlich egal«, erwiderte Che. »Da ging dir's bloß noch um deinen Karren.«

»Herrgott nochmal, ich weiß, daß ich ein Schwein bin«, rief Rasputin. »Das muß mir keiner sagen. Aber was mach' ich ohne den Karren? Die Angst verdirbt einem den Charakter!«

»Wo gehst du jetzt hin?« fragte Che.

»Keine Ahnung. Hab' nichts Bestimmtes vor. Vielleicht auf den Markt.«

»Wieso auf den Markt?« fragte Che scharf. »Dort ist doch jetzt Mittagsflaute. Da wirst du wenig los.«

»Ich glaub', ich leiste mir heute mal 'ne Kuttelsuppe. In der Markthalle kenn' ich eine, die macht ausgezeichnete Kuttelsuppe.«

»Ich kenn' eine Imbißstube hinter der San-Pedro-Kirche«, sagte Che hastig. »Die bietet eine ganz einmalige Kuttelsuppe an. Willst du die nicht mal probieren? Ist auch nicht weiter weg als der Markt.«

»Nein«, antwortete Rasputin und grinste, »ich hab' mich gerade eben fest entschlossen, auf den Markt zu gehen. Kommst du mit?«

Che schüttelte unwillig den Kopf, grüßte kurz und ging in eine andere Richtung davon. Nachdem er einen weiten Bogen geschlagen hatte und wieder auf den Markt zuhielt, hörte er irgendwoher aus den Gassen die Love-Story-Melodie mit den Schnalzlauten.

28

Der Wagen fuhr und hielt, fuhr und hielt. Er kam kaum von der Stelle. Mittagsstoßverkehr.

»Fünf Kinder hab' ich«, heulte die Frau im Halbdunkel des Kastens, »neun das älteste, zwei das jüngste. Und der Mann ist auf und davon, der kommt nicht wieder. Was soll aus ihnen werden?«

Hector schob seinen Hintern vor und ließ den Kopf auf das Klappverdeck des Kinderwagens sinken. Solange er noch ganz gewesen war, hatte er kein so stürmisches Dasein gehabt. Im Kino, ja. Oft sogar. Daß ihm Hören und Sehen vergangen war. Aber nicht im wirklichen Leben. Jetzt war er so was Ähnliches wie der Held seines eigenen Films, aber das Schwierige daran war, daß er das Kino nicht verlassen konnte, wenn er diesen Film satt hatte.

Ja, so ähnlich war's. Nicht aus dem Film herauskönnen. Er fühlte sich wie ausgekotzt. Die Beule am Hinterkopf schmerzte. Der ganze Körper war wie zerschlagen, der Hintern wund. Schlapp wie ein abgehangener Fleischlappen lag er im Wagen. Sein Mund war ausgetrocknet. Er fuhr sich mit der Zunge über die verkrusteten Lippen.

Ihm kam der Fluß in den Sinn. So viel Wasser. Und so kühl.

»Verhungern werden sie mir!« jammerte die Frau.

»Hör auf zu lamentieren«, stöhnte Hector, während sich

Alicia bemühte, den Kinderwagen ruhigzuhalten. »Sag ihnen, daß du stillst. Daß dein Jüngstes also eingeht, wenn du nicht heimkannst.«

»Als ob die das rühren würde«, schluchzte die Frau. »Unsereins ist denen doch lästiger als ein Kakerlak. Einer weniger? Um so besser.«

»Sag nicht noch mal, daß du meine Tochter bist«, fuhr Hector jetzt Alicia an. »Ich hab' keine Tochter, und ich will auch keine.«

Er faßte sich an den Kopf. Der Hut war also auch weg.

»Anders wär' ich nicht in den Wagen reingekommen«, antwortete sie gleichmütig, den Blick auf ihren grünen Ballon geheftet. »Und was machst du ohne mich?«

Sie hatte ja recht. Ohne sie stünde der Wagen mit ihm irgendwo herum, bis sich die Aasgeier über ihn hermachten. Ihm fiel der kreisende Geier vom Vormittag ein. Der war jetzt sicher ratlos: Wo war die Beute hin, auf die er wartete? Hector grinste.

Die Frau beugte sich vor und kam ihm so nahe, daß er trotz des Halbdunkels ihre verfaulten Zahnstümpfe sehen konnte. Er roch ihren faulen Atem und drehte den Kopf weg.

»Wenn ich noch eine Chance hab'«, sagte sie, »dann bist du's.«

»Ich?« knurrte Hector feindselig. »Ich kann dir nicht helfen.«

»Sind beide Beine *ganz* ab?« flüsterte die Frau. »Laß sehn.« Sie beugte sich über den Wagen, fuhr ihm blitzschnell mit ihrer knochigen Hand unter die Stümpfe und befingerte sie. Wütend stieß er sie von sich.

»Na ja«, sagte sie und lehnte sich zurück, »der eine Stumpf scheint ein bißchen länger zu sein als der andere. Aber dafür ist ja auch der eine Arm weg. Das könnte sich ausgleichen.«

Sie beugte sich wieder vor und sagte: »Ich komme aus den Bergen. Dort sagt man, Krüppel, die –«

»Ich weiß«, unterbrach Hector sie müde. »Ich bin ein Glückbringer.«

Die Frau hob den Kopf und murmelte ein Gegrüßet-seist-du-Maria. Dann setzte sie sich kerzengerade, wie sprungbereit, auf die eiserne Bank und flüsterte: »Zusammen mit einem Glückbringer hier drin eingesperrt – das ist ein Fingerzeig des Himmels. Ich wag's. Ich geh' aufs Ganze. Ich hau' ab.«

Alicia starrte die Frau mit offenem Mund an.

»Ach, renn doch in dein Verderben«, knurrte Hector. »Die haben dich doch sofort eingeholt. Ich jedenfalls kann mich nicht auch noch um dich kümmern. Ich sitz' selber tief genug in der Scheiße.«

Alicia, die in jeder Kurve mit dem Kinderwagen kämpfte, klemmte eines der Räder zwischen ihre bloßen Füße und fragte aufgeregt: »Bringst du wirklich Glück?«

»Unsinn«, brummte Hector.

Die schweißnassen Kleider klebten ihm auf der Haut.

»Das kannst du doch selber feststellen«, sagte die Frau zu Alicia, »sobald die Wagentür aufgeht –«

Da hielt der Polizeiwagen auch schon. Das Motorengeräusch verstummte.

»Geht mir aus dem Weg«, flüsterte die Frau und breitete die Arme aus.

Der Riegel quietschte, die beiden Flügel der rückwärtigen Tür flogen auf, Licht flutete herein. Hector blinzelte geblendet. Er sah die Silhouetten der beiden Polizisten, sah, wie sie beide zupackten, fühlte sich auf das Pflaster hinunterschweben.

Während sie den Kinderwagen heraushoben, kletterte die Frau blitzschnell aus dem Auto, schlug einen Haken und verschwand hinter dem Wagen im Gewühl.

»He«, sagte der Fahrer, »die ist getürmt!«

»Na, Gott sei Dank«, sagte sein Kollege. »Spart 'ne Menge Arbeit.«

Er hob Alicia aus dem Wagen. Ihr Ballon tanzte.

»Sollten wir nicht doch hinter ihr her?« fragte der Fahrer. »Wenigstens so tun als ob? Damit man uns nichts nachsagen kann.«

»Ich weiß nicht einmal mehr, wie sie aussieht«, sagte der andere Polizist. »Weißt du's?«

Der Fahrer wußte es auch nicht mehr. »Was hat sie denn eigentlich ausgefressen?«

»Gelacht hat sie. Ich nehme an, über mich. Das konnte ich doch nicht einfach so durchgehen lassen, vor so vielen, die's alle gehört hatten.«

»Wenn's weiter nichts war«, sagte der Fahrer und winkte ab.

»Vielleicht wird's uns im Himmel angerechnet«, sagte der andere Polizist, lüftete kurz seine Schirmmütze und wischte sich den Schweiß aus dem Stoppelhaar. »Immerhin war's 'ne Mutter von fünf unmündigen Kindern. Hat sie gesagt.«

»Glaubst du an so 'ne genaue Buchhaltung dort oben?« fragte der Fahrer erstaunt. »Ich schon lang nicht mehr. Gott? – Haha. Der Himmel ist leer. Höchstens Satellitenschrott wirbelt da rum.«

»So ein Glauben wär' nichts für mich«, sagte der andere Polizist, klappte die Türflügel zu und schob den Riegel vor. »Dabei wird einem ja kalt.«

»Das kannste glauben«, sagte der Fahrer.

29

Das Polizeiauto hatte am Straßenrand neben einer Reihe von Obst- und Gemüseständen geparkt. Hinter ihnen ragte die Halle des Zentralmarktes auf. Schon starrten ein paar Marktfrauen herüber.

Kaum war der Kastenwagen abgefahren, kamen sie hinter ihren Tischen hervor und beugten sich über Hector.

»Er bringt Glück«, sagte Alicia und lauerte auf das Echo.

»Großer Gott«, sagte eine Mulattin, die alle anderen Frauen überragte und deren Kleid sich über Brust und Hüften spannte, »seht euch das an.«

»Das war mal ein hübscher junger Mann«, rief eine kleine Dicke mit schwarzen Indiozöpfen.

Ein älterer, stoppelbärtiger Schwarzer mit einer Lederschürze, der gerade einen Maulesel striegelte, rief herüber: »Fragt sie, was sie mit der Polizei zu tun hatten.«

Hector schloß die Augen.

»Erzähl!« riefen drei Stimmen gleichzeitig.

Hector schwieg.

Der stoppelbärtige Schwarze ließ den Maulesel stehen und kam herüber, ein Kerl mit Muskeln wie ein Preisboxer. Er ging etwas gebeugt. Auch auf dem Kopf trug er Stoppeln. Die waren schon grau.

»Dann erzähl du«, sagte er zu Alicia und strich ihr übers Haar. Sie zuckte zusammen und wich seiner Hand aus. Die Frauen lachten schallend.

»Es hätte nicht viel gefehlt«, rief eine junge Rotwangige von einem Blumenstand herüber, »und sie hätte nach dir geschnappt, Arturo.«

»Er bringt Glück.« Das war alles, was sie aus Alicia herausbekam. Sie sah erschöpft aus. Aber den Wagen ließ sie nicht los, als ihn die kleine Dicke mit den Zöpfen unter das Sonnendach ihres Gemüsestands schob.

Hier war Schatten.

»Jetzt kriegen die beiden erst mal was zu trinken«, sagte sie. »Alles andere kommt später.«

Hector öffnete die Augen. Sein Blick fiel auf einen großen, bauchigen Tonkrug unter dem Verkaufstisch. Und schon klirrte Glas, gluckerte Wasser, fühlte er eine Hand, die seinen Kopf stützte, spürte er etwas Glattes, Kühles an seinen Lippen. Er riß den Mund auf, und das Wasser stürzte in ihn hinein, daß er gar nicht so schnell schlucken konnte, wie es floß. Er hustete, daß es nur so spritzte. Wasser lief ihm aus dem Mundwinkel, sickerte übers Kinn und tropfte auf sein Hemd.

»Ich kann selber«, sagte er, nahm der Dicken das Glas aus der Hand und ließ sich vollaufen. Daß sie die Hand auf seiner Schulter liegenließ, störte ihn. Aber schließlich hatte sie ihm Schatten und Wasser gegeben, dafür mußte er sich erkenntlich zeigen. Und wenn es sie glücklich machte, das Hand-auf-seine-Schulter-Legen, dann sollte sie's halt haben.

»Das mit dem Glück stimmt«, sagte die Dicke zu den Frauen, die sich rund um den Kinderwagen versammelt hatten. »Bei uns in den Bergen glaubt man daran. Zwei Arme oder zwei Beine müssen weg sein. Mindestens.«

»Dann bringt der da reichlich Glück«, sagte die große Mulattin. »Und was muß man tun, damit sich das Glück überträgt?«

»Ihn berühren. Was sonst?« antwortete die Dicke. »Je öfter, um so besser. Oben in den Tälern von Los Altos soll's in meiner Kindheit einen Mann ohne Arme und mit nur einem halben Bein gegeben haben, den in seiner Kindheit ein Puma-Weibchen so zugerichtet hatte. Der war, wie man sich erzählt hat, schon ganz abgegriffen gewesen.«

Hector verschluckte sich noch einmal. Er setzte das Glas ab.

Alicia trank mit geschlossenen Augen. Ihre strengen Züge lösten sich, wurden ganz weich. Hector staunte.

»Danke«, sagte er nach drei Gläsern und wischte sich den Mund mit dem Handrücken ab. »Jetzt kann ich wieder reden.«

Sie starrten ihn genauso gierig an, wie er den Tonkrug unter dem Verkaufstisch angestarrt hatte. Und er berichtete knapp. Von der Straßenbahn. Vom Hospital. Vom Zug bis zum Bahnhof. Von der Polizei. Nein, die Kleine sei nicht seine Tochter. Die halte er sich nur, weil ihn ja jemand schieben müsse. Sie habe niemanden mehr, und da sei ihr dadurch auch geholfen.

»Und du hast noch immer vor, dich in den Fluß zu stürzen?« fragte Arturo.

»Nein«, antwortete Alicia, noch bevor er den Mund geöffnet hatte. »Ich werde dafür sorgen –«

»Halt du die Klappe«, unterbrach Hector sie grob. »Was geht das dich an?«

Alicia überhörte seinen Protest. »Ich werde aufpassen, daß er nicht ins Wasser geht. Und sich auch nicht anderswie umbringt. Ich bin ja immer um ihn rum.«

»Braves Mädchen«, sagte Arturo.

»Denn lebend«, fuhr Alicia in sachlichem Ton fort, »bringt er mir mehr ein als tot.«

Hector fing zu lachen an. Sein Gelächter war böse. Die Dicke bekreuzigte sich.

»Ave maria purísima«, rief sie. »Was ist das für ein Kind?«

»Viel Schicksal in so kurzer Zeit«, rief die Rotwangige vom Blumenstand. Sie legte Hector eine leicht angewelkte Rose auf die Brust, beugte sich über ihn und küßte ihn auf beide Wangen. Und die anderen Frauen schüttelten ihm die Hand.

»Wetten, daß du nicht so viel Zulauf hattest, als du noch ganz warst«, sagte Arturo grinsend.

»Jetzt langt's«, rief die Mulattin und schob die Frauen beiseite. »Jetzt habt ihr genug Glück getankt. Ich nehm' ihn zu mir rüber und geb' ihm was zu essen. Der Kleinen auch.« Sie wandte sich an Hector: »Du hast doch Hunger – oder? Na bitte!«

Auch Alicia nickte, obwohl sie gar nicht gefragt worden war.

»Ich hab' noch Kuttelsuppe vom Mittagessen übrig«, sagte die Mulattin. »Meine Kuttelsuppe ist berühmt.«

»Also, leb wohl«, sagte Arturo, faßte nach Hectors Hand und drückte sie herzlich. »Und gib nicht auf. Die Kleine da läßt dich schon nicht verkommen.«

»Warum verabschiedest du dich denn so feierlich von ihm?« sagte die Mulattin zu Arturo. »Ich bring' ihn euch doch nach dem Essen zurück. Ihn und die Kleine. Dann könnt ihr euch noch mehr Glück von ihm abfingern.«

30

Die Mulattin, groß wie ein Denkmal, beugte sich herab, griff sich den Wagen und schob ihn in die Markthalle hinein und zwischen den Ständen hindurch, verfolgt von neugierigen Blicken. Sie zog auch Alicia mit, die die Stange nicht losließ. Der grüne Ballon schwebte über ihr.

»Wen hast du dir denn da unter den Nagel gerissen, Rosalba?« rief ein Mann von einem Käsestand herüber und lachte schallend. »Willst du den in Kuttelsuppe verwandeln?«

Rosalba, die Mulattin, warf den Kopf zurück: »Er ist ein Glückbringer. Und er sieht zehnmal besser aus als du, obwohl er nicht mehr komplett ist. Das laß dir gesagt sein!«

Sie rollte den Wagen bis zu den Läden, die sich an der Hallenwand entlangzogen. Dort, zwischen einem Gewürz- und einem Süßwarenladen, war ihre Imbißstube.

Hector erinnerte sich, vor langer Zeit einmal hier gegessen zu haben. Nach dem Film ›High Noon‹. Aber da hatten Chinesen in dieser Imbißstube das Sagen gehabt, und auf dem Teller hatte Unbekanntes gedampft. Billig, zugegeben, aber fremd.

Der Raum war angenehm halbdunkel mit Fenstern zur Halle hin. Vorhänge versperrten Neugierigen die Sicht. An den Tischen saßen noch vereinzelt Gäste. Die Wachstuchdecken auf den Tischen waren vergilbt und manche schon eingerissen. Auch die Bänke und Stühle waren an Lehnen und Sitzflächen von großgemustertem Wachstuch überzogen. Leicht sauberzuhalten. An die Wände war allerlei Albernes und Obszönes gekritzelt. Die Blumen in den Vasen waren aus Plastik. Aus einem Lautsprecher tönten leise verzerrte Tango- und Lambadamelodien, die einen einlullten.

Aber der Duft, der aus der Küche hinter der Theke in den Imbißraum drang, machte Hector hellwach. Am frühen Morgen, noch im Hospital, hatte er zum letzten Mal gegessen. Weiß Gott, er hatte Hunger, nach all dem. Und was für einen!

»Die Kuttelsuppe«, sagte Rosalba halblaut zu Hector, »koche ich selbst. Jeden Tag zwischen zehn und zwölf. Genug, daß es für Mittag und Abend reicht.«

Ein Asiate servierte. Ein Vietnamese? Ein Filipino? Ein Thai? Wer konnte sie schon auseinanderhalten. Der Bursche lächelte freundlich auf Hector herunter, als sei ein ausgewachsener Mann in einem Kinderwagen die größte Selbstverständlichkeit der Welt.

»Ehrengäste«, sagte Rosalba, schob den Wagen an einen freien Tisch, gab dem Kellner ein Zeichen – und schon hoben sie Hector zu zweit heraus und setzten ihn hinter den Tisch, so, daß man seine leeren Hosenbeine nicht sah. Rosalba winkte Alicia und zeigte auf den Platz neben Hector.

Schüchtern hockte sich das Kind auf die Bankkante, ließ aber den Wagen nicht los. Als ihn Rosalba mit sanfter Gewalt in die Rumpelkammer neben der Küche rollte, ging es mit. Lachend kam Rosalba mit Kind und Wagen zurück.

»Sie wäre bei ihm in der Kammer geblieben«, berichtete sie heiter und stellte den Wagen neben den Tisch.

Es war wirklich eine erstklassige Kuttelsuppe, und sie konnten sich aus einer großen Schüssel nachschöpfen, soviel sie wollten. Rosalba setzte sich an Hectors armlose Seite und legte, während er aß, den Arm um ihn.

Alicia schmatzte.

»Wisch dir die Nase ab«, fuhr Hector sie an. »Du hast Suppe dran.«

Als der letzte Gast die Stube verlassen hatte und auch der Kellner gegangen war, schloß Rosalba die Eingangstür ab, knipste eine trübe Lampe an und ließ vor beiden Fenstern die Jalousien herunter.

»So«, sagte sie zu Alicia, »ihr seid sicher beide müde. Hector wird hier vorn schlafen und du hinten in der Kammer. Für dich ist sie groß genug. Ja, den Wagen nimm nur mit.«

»Ich will aber mit hier vorn schlafen«, sagte Alicia sehr bestimmt. »Hier auf einer von den Bänken. Da lieg' ich weicher.«

»Hier wirst du ganz bestimmt *nicht* schlafen«, antwortete Rosalba ebenso bestimmt. »Ich geb' dir zwei Decken. Auf denen liegst du dort hinten drin auch weich.«

»Ich soll ja nur raus«, sagte Alicia, »weil du mit ihm schlafen willst.«

»Stimmt«, antwortete Rosalba kühl. »Wenn *er* mit mir schlafen will.«

»Und wenn ihr fertig seid«, sagte Alicia, »bringst du ihn

vielleicht heimlich weg, und ich steh' ohne ihn da. Kommt nicht in Frage.«

»Du hast doch den Wagen bei dir«, rief Rosalba, unschlüssig, ob sie sich über diese Göre amüsieren oder ärgern sollte. »Glaubst du, ich werde deinen Hector etwa auf meinem Rücken entführen?«

»Du bist reich«, antwortete Alicia. »Du könntest ein Taxi rufen. Du könntest ihn auf dem Esel reiten lassen. Du könntest ihn von Männern wegtragen lassen. Das alles könntest du bezahlen.«

Rosalba entschloß sich, nun doch zu lachen.

»Was für Einfälle du hast!« rief sie. »Zieh, wenn's dich beruhigt, den Schlüssel von der Eingangstür ab und nimm ihn mit in die Kammer!«

Alicia ging zur Tür, zog den Schlüssel ab, stellte sich dann vor Rosalba und sagte: »Und damit du's weißt: Umsonst gibt's nichts. Eine Stunde mit ihm kostet dreißig. Rechnen wir die zwei Portionen Suppe ab, bleiben zwanzig. Das ist großzügig berechnet. Und die zwanzig vorher bar auf den Tisch!«

Das verschlug Rosalba denn doch die Sprache. Sie klatschte Alicia links und rechts ein paar Saftige um die Ohren, riß ihr den Schlüssel aus der Hand, klemmte sie sich unter den Arm und trug das schreiende und strampelnde, kratzende und beißende Kind in die Kammer. Die sperrte sie ab. Sie schloß auch die Tür zum Flur, der zu den rückwärtigen Räumen führte, und die Durchreiche hinter der Theke. Schweißnaß und mit zerraufter Frisur kehrte sie zu Hector zurück.

31

»Das ist kein Kind«, keuchte sie. »Das ist ein Monster.«

»Sonst würde es wahrscheinlich gar nicht mehr am Leben sein«, sagte Hector düster.

Aus den hinteren Räumen schallte leise, aber unüberhörbar, schrilles Geschrei und Gepolter.

»Ein Hurenkind ist das«, sagte Rosalba und kämmte sich.

Hector nickte. »Ein gelehriges. Es hat sich eine Menge von den Großen abgeguckt. Wie seine Mutter mit ihren Freiern umging. Wie der Zuhälter mit ihrer Mutter umging. Und wer weiß – vielleicht hat sich einer auch schon sie vorgenommen.«

Rosalba schüttelte sich. »Eigentlich«, sagte sie, während sie zwei Bänke zusammenschob, »sollte sie einem leid tun, die Kleine. Aber sie macht mich wütend. Und macht mir angst.«

»Ich hab' mal gehört«, sagte Hector, »daß es in fünfzig Jahren doppelt so viele Menschen geben soll wie jetzt. Sie werden sich auf die Füße treten und mit den Ellbogen schubsen, um überhaupt noch Platz und Nahrung zu finden. Dann werden alle Kinder so sein wie Alicia. Alle, die es schaffen zu überleben.«

»Aber werden sie denn dann überhaupt noch leben wollen?« fragte Rosalba.

Hector zuckte die Achseln. »Aus ihrer Sicht wahrscheinlich schon. Sie kennen es ja nicht anders.«

Irgend etwas rumpelte hinten in der Kammer. »Jetzt schmeißt sie die Yuccawurzeln an die Tür«, sagte Rosalba.

Dann gab es ein blechernes Getöse.

»Das sind Kehrichtschaufel und Eimer«, seufzte Rosalba.

Und nun klirrte Glas. Hector sah, daß Rosalba die Zähne zusammenbiß.

»Das waren meine eingemachten Gurken«, stöhnte sie. »Aber wo hätte ich sie sonst hineinsperren sollen? In die Küche? Da wär' noch viel mehr kaputtgegangen. Ins Klo? Sie hätte mir's verstopft, hätte die Schnur abgebissen, hätte die Schüssel –«

»Aber Rosalba«, sagte Hector.

Wieder klirrte es im Hintergrund.

»Das war das Fenster«, sagte Rosalba und ballte die Fäuste. »Es liegt unter der Decke, sie kann es nicht erreichen. Aber sie wird was dagegengeworfen haben. Vielleicht hat sie den Besen durch die Scheiben gestoßen –«

Sie wandte sich Hector mit einer entschlossenen Bewegung zu und sagte: »Soll sie doch machen, was sie will. Soll doch, zum Teufel, die Welt da draußen untergehn. Jetzt bin ich nur auf dich aus.«

An der Eingangstür klopfte jemand.

»Geschlossen!« rief sie. »Könnt ihr nicht das Schild mit den Öffnungszeiten lesen!«

»Ich möchte aber drei Portionen«, rief eine kräftige Männerstimme. »Alle drei für meinen Bauch. Ich bin wegen deiner Kuttelsuppe extra von weit gekommen!«

Hector horchte auf. Das war Rasputins Stimme!

»Jetzt wird niemand bedient«, rief sie, während sie Hectors Hemd aufknöpfte, »und wenn's der Messias selber wäre!«

»Sei nicht so herzlos«, tönte es von draußen.

Rosalba warf Hectors Hemd über einen Stuhl, schaltete die Lautsprechermusik ab, knipste das Licht aus. Durch die Oberluken schimmerte fahles Licht herein. Sie zog Hector zu sich heran, setzte ihn in den Wagen und fuhr ihn in die Küche. Dort mixte sie ein Getränk, füllte es in zwei Gläser, träufelte Zitrone hinein.

»Sie krakeelt ja gar nicht mehr«, flüsterte er.

»Stimmt«, sagte sie erstaunt. »Jetzt fällt mir's auch auf. Totenstille.«

Sie schlich hinaus auf den Flur, drehte leise den Schlüssel um, der im Schloß der Rumpelkammer steckte, öffnete die Tür einen Spalt und spähte in die Kammer. Dann schloß sie sie behutsam, sperrte sie wieder ab und kehrte mit dem Finger an den Lippen in die Küche zurück.

»Sie schläft«, flüsterte sie. »Mitten im Chaos. Sieht ganz rührend aus …«

Sie reichte Hector eines der beiden Gläser und leerte das andere in einem Zug.

»Warum trinkst du nicht?« fragte sie erstaunt. »Cuba libre, mit echtem Jamaica-Rum.«

»Ich muß jetzt klar bei Sinnen bleiben«, antwortete er.

»Willst du *nicht* mit mir schlafen?«, fragte sie erstaunt.

»Gut daß du fragst. Es ist ganz allein *meine* Sache, ob ich mit jemandem schlafen will, und wenn ja, mit wem.«

Sie schüttelte verwundert den Kopf. »Ich dachte, du könntest es gar nicht mehr erwarten, nach einem Vierteljahr im Hospital.«

»Ja«, sagte er, »ich bin scharf drauf. Ich bin ganz verrückt drauf. Aber noch schärfer bin ich auf meine Freiheit. Auf das bißchen, das mir noch geblieben ist.«

»Ich mach' das nicht aus Mitleid«, sagte sie zornig.

»Das weiß ich«, sagte er. »Ich soll dir Glück bringen. Also Leistung gegen Leistung. Rein geschäftlich.«

»Stimmt«, sagte sie.

»Ich möchte dich aber darauf aufmerksam machen«, fuhr er fort, »daß ich bei diesem Handel wahrscheinlich besser abschneide als du. Denn für das Glück, das ich dir bringen soll, gibt es keine Garantien.«

»Ob's dir Vergnügen mit mir macht, ist ja auch nicht sicher«, sagte sie. »Die Geschmäcker sind verschieden. Ich sag' dir nur eins: Ich schlafe nie mit solchen, für die ich nichts empfinde. Aber bei denen, die ich mag, dreh' ich auf …«

»Also dann«, sagte er und leerte sein Glas.

Sie holte eine Plastikwanne in die Küche, füllte sie mit heißem Wasser und schüttete Shampoo hinein, daß es nur so schäumte. Dann löste sie seinen Hosengürtel, streifte ihm mit ein paar Handgriffen die Kleider ab und schwang ihn in den Schaum.

»Jetzt solltest du eine Weile dösen«, sagte sie. »Im warmen Wasser sein, die Augen zumachen und genießen, das ist schon der halbe Himmel. Dann fühlst du dich fast wie vor deiner Geburt. Und wie du dich nach deinem Tod fühlen wirst.«

Als Rosalba kam, um ihm das Haar zu waschen, schlief er schon. Sie lächelte, schob ein zusammengefaltetes Handtuch unter seinen Nacken, damit ihn die Wannenkante nicht drückte, und ließ ihn schlafen.

32

Wunderbar erfrischt stieg er aus dem Schaum und zog sich die Hosen an. Das Hemd konnte er nicht finden. Nur der Hunderter aus der Brusttasche lag auf den Küchenfliesen. Er hob ihn auf und steckte ihn ein. Dann rief er nach Rosalba und nach Alicia. Niemand antwortete. Er verließ die Küche und betrat den Speiseraum. Da war ein Kinderwagen. Woher kannte er ihn nur? Die Tür zur Markthalle stand weit offen.

Wahrscheinlich waren Rosalba und Alicia draußen. Mal schnell auf einen Plausch hinausgegangen. Er würde sie sicher treffen.

Er durchquerte die Markthalle mit schnellen Schritten. Eine Mohrrübe, die auf dem Boden lag, kickte er in hohem Bogen weg. Ihm war so nach Laufen, nach Hüpfen, nach Kopfstehen zumute, er wußte nur nicht, warum. Er fühlte sich so unendlich beweglich, so leicht, so leicht!

Und schon hatte er die Markthalle hinter sich und erreichte den Gemüsestand der kleinen Dicken mit den Indiozöpfen, die ihn anlachte. Gegenüber dem Gemüsestand war der Blumenstand, wo ihm die Rotwangige zwischen schäumenden Blumengebinden mit einer Rose zuwinkte. Arturo war auch da, er striegelte den Maulesel. Der hob den Kopf, als Hector auf ihn zukam, und schnaubte. Hector tätschelte seinen Hals. Arturo schaute auf und sagte heiter: »Ich sehe, es geht dir gut. Das liegt an Rosalbas Kuttelsuppe.«

»Verkauf mir deinen Esel«, sagte Hector und zog den Hunderter aus seiner Hosentasche.

»Das ist zuviel«, antwortete Arturo. »Du bekommst noch was raus.«

Aber Hector winkte ab und schwang sich auf den Rücken des Esels. »Olé, Coco!« rief er. Noch nie hatte er auf einem Maulesel gesessen, aber er kam gut mit dem Tier zurecht, es gehorchte seinem Schenkeldruck. Die kleine Dicke rief ihm zu: »Wie ein König thronst du da oben. Aber die Sonne wird dir die Schultern verbrennen!«

»Gib ihm das große weiße Laken«, sagte Arturo. »Er hat mir für den Coco zuviel bezahlt.«

Sie reichte ihm ein großes weißes Laken hinauf. Er schlang es sich um die Schultern und verknotete es vor der Brust. Es hing weit herunter und verdeckte noch einen Teil des Eselrückens.

So trabte er an den Ständen vorbei. Kinder liefen ihm nach, schrien und schwenkten Zweige. Er konnte nicht verstehen, was sie riefen. Es kamen immer mehr Kinder, und unter ihnen entdeckte er jetzt Alicia mit ihrem grünen Ballon. Sie schob den Wagen vor sich her. Der war voller Blumen.

Auch Frauen verließen ihre Stände und folgten ihm, und Bettler und Stadtstreicher schlossen sich dem Zug an. Hector ritt vor ihnen her an der Markthalle vorbei und hinüber zur

Brücke. So viele lachende Gesichter umgaben ihn, so viel Freude. Der asiatische Kellner aus der Imbißstube reichte ihm ein Glas Wein und sagte: »Auf Ihr Wohl, Señor.«

Und da war sie auch schon, die sanft geschwungene Brücke San Blas, die zwar breit genug für zwei Fahrbahnen, aber sogar für Fahrräder gesperrt war. Auf ihr wurden kleine, wie aus dem Ei gepellte Kinder von ihren Müttern oder Kindermädchen spazierengeführt. Zerlumpte wie geschniegelte Jungen ließen ihre Angelschnüre zwischen den kunstvoll verschnörkelten Geländern in den Fluß hängen. Bettelkinder kauerten an beiden Enden, hielten die Hände auf und traten den Passanten in den Weg. Die Brücke war voll von alten, verkrüppelten und irren Bettlern, Schnürsenkel-, Sonnenbrillen- und Süßwarenverkäufern.

Auf einmal tauchte Che mit seiner bunten Ballontraube auf.

»Willst du über die Brücke?« fragte er.

Als Hector nickte, griff Che in die Zügel und zog den Maulesel hinter sich her zwischen den Pfosten durch, die allen Wagen die Durchfahrt über die Brücke versperrten.

Jetzt war er auf der Brücke San Blas. Er schaute zum Himmel hinauf. Der war tiefblau und klar, und kein Geier kreiste dort oben. Überhaupt kein Geier war über der Stadt zu sehen.

»Hector«, sagte Che und schaute zu ihm auf, »hast du am Ende *doch* vor –?«

Aber Hector wußte nicht, wovon er sprach. Und schon reckten sich ihm Hände entgegen.

»Señor, erbarme dich meiner!« rief eine Bettlerin, eine grellgeschminkte Blondine. Auf den Knien rutschte sie ihm entgegen und streckte die Arme zu ihm empor. Sie trug einen knöchellangen weißen Kittel. Hector mußte den Esel anhalten, um sie nicht zu verletzen. Sie sprang auf, drehte sich um und rief den Leuten auf der Brücke zu: »Der Messias ist da!

Der Heiland ist gekommen! Heißt ihn willkommen in unserer Stadt, denn er ist erschienen, um uns zu retten!«

Hector versuchte ihr auszuweichen, aber sie krallte sich in seinen Umhang und kreischte: »Ich lasse dich nicht durch, wenn du mich nicht segnest!«

Wie segnete man? Hector dachte angestrengt nach, dachte an Jesusbilder, an die Heiligen Messen in seiner Kindheit. Zwei Finger ausstrecken, zwei anwinkeln, den Daumen sich selbst überlassen. Er hob seine Hand über ihren Scheitel und sprach so mild, wie der alte Priester in seinem Heimatdorf immer gesprochen hatte: »Gottes Segen über dich.«

»Der Messias ist da! Der Messias ist da!« rief die Menge.

Er sah Alicia, wie sie vor ihm herfuhr und Blumen aus dem Wagen vor die Füße des Esels streute. Er erkannte Rosalba neben dem Glatzkopf vom Bahnhofsvorplatz. Beide baten um seinen Segen, und er segnete sie. Er segnete auch die Dienstmädchen und Kindermädchen aus dem Park, die sich um ihn drängten. Er segnete Rasputin, der auf der Brücke sein Eis verkaufte und ihm mit der Kelle winkte. Auch die Frau war da, die mit ihm im Polizeiwagen gefahren und dann geflüchtet war. Er beugte sich über sie und faßte ihre Hände und versprach ihr, daß alle ihre fünf Kinder das Elend überleben und sie im Alter ernähren würden.

Alle, alle, die er kannte, waren da! Die Nonne aus dem Hospital und der Frisör, der ihm die Haare nicht geschnitten und ihn nicht rasiert hatte, auch die zwei Pfleger, die ihn auf die Bank gesetzt und dann sich selbst überlassen hatten. Sie jubelten ihm zu und baten um seinen Segen. Dann schleppten sich ihm die Kranken aus dem Saal neun entgegen, fielen vor ihm nieder und flehten: »Mach uns gesund.«

»Mach' ich«, sagte Hector, und sie sprangen auf, warfen die Arme in die Luft, jubelten und rannten davon.

Hector erkannte auch die beiden Polizisten, die auf der Brücke, gleich neben der Figur des Brückenheiligen Nepomuk, Dienst taten. Es waren dieselben, die ihn vor dem Markt abgesetzt hatten. Sie nahmen ihre Mützen ab und sagten: »Nichts für ungut, Señor. Es ist nun mal unsere Arbeit. Sei uns gnädig. Bitte!«

»Sei willkommen in unserer Stadt!« Dieser Ruf schallte von beiden Uferseiten bis zur Brücke hinüber. Tücher flatterten, überall hingen plötzlich Girlanden, unzählige Hände winkten. »Hosianna, Hosianna!«

Auch an Petronio und Elías kam er vorbei, die hektisch Eis verkauften. Sie grinsten verlegen, und Petronio sagte: »Denk an meine acht Kinder, wenn du Gericht über mich hältst.«

Auch die alte Drehorgelspielerin war auf der Brücke. Sie zerrte an Hectors Laken: »Eine neue Drehorgel, du! Für dich ist das doch ein Klacks!«

Auch den Parkwächtern begegnete er, dem Polizisten vor dem Hospital und der Dicken mit ihrem Sohn Pepe. Er vergab ihnen allen. Und ein Blinder hängte sich an seine Zügel und schrie: »Wenn du mir nicht hilfst, dann geb' ich auf!«

Geblendet stolperte er davon, die Hände vor den Augen, kreischend vor Freude.

Jetzt war Hector dem anderen Ufer schon sehr nahe. Aber er kam immer langsamer voran. Don José, der Advokat, verbeugte sich devot vor ihm und sagte: »Würdest du mir die Ehre erweisen, wieder in mein Haus einzuziehen? Wenn ich gewußt hätte, daß du –!«

Auf der Uferpromenade erschien jetzt Militär. Panzer fuhren auf, Geschütze gingen in Stellung. Hector drehte sich um, schaute in das Gewimmel. Nirgends ein Messer, ein Gewehr, nicht einmal eine Eisenstange. Er hob die Arme und rief zum Ufer hinüber: »Nein, nicht schießen!«

Da gingen die Turmluken der Panzer auf. Die Soldaten kletterten heraus und mischten sich unter die Leute. Und auf den Geschützen saßen auf einmal Kinder, die zu Hector herüberwinkten. Beide Seiten der Stadt waren jetzt fahnengeschmückt, und Che, der vor ihm herging, ließ seine ganze Luftballontraube in den Himmel steigen.

Hector aber kam kaum mehr vorwärts, denn jetzt drängte eine riesige Menschenmenge auf die Brücke: die Armen der Stadt, die von den Slums an den Berghängen heruntergekommen waren. Sie schrien: »Gerechtigkeit, Gerechtigkeit!«

Und eine verhärmte Frau legte ihr totes Kind vor die Füße des Esels und sagte: »Es ist verhungert. Mach es wieder lebendig.«

Er beugte sich vor, hob die Hand und sagte: »Steh auf.« Und zu der Menschenmenge sagte er: »Die Reichen sind bereit zu teilen. Sie habe ihre Tische schon für euch gedeckt.«

Da bekam das Kind Farbe, bewegte die Fingerspitzen, atmete tief ein, stieß einen Schrei aus und richtete sich auf. Die Mutter riß es an sich und rannte in der Menge davon, die sich mit dem Ruf: »Er ist da! Er bringt den ewigen Frieden! Die Liebe! Die Gerechtigkeit!« in die Innenstadt, ins Zentrum hinein ergoß.

Jetzt war der Weg zum Ufer frei. Hector schaute sich um. Er war auf einmal ganz allein auf der Brücke. Aber zwischen ihm und dem Ufer stand noch der Kinderwagen, aus dem Alicia die Blumen auf den Weg gestreut hatte.

Wo war Alicia? War sie mit den anderen in die Stadt gelaufen?

Nicht einmal Che war bei ihm. Hector erkannte ihn drüben auf der Uferpromenade, mitten unter dem Volk, das sich einander in die Arme fiel.

Ganz allein. Er ritt auf das Ufer, auf die vielen Menschen zu und wollte mitfeiern. Aber als er den verlassenen Kinderwagen erreicht hatte, wollte sein Maulesel plötzlich nicht weiter. Neugierig beugte sich Hector vor und warf einen Blick in den Wagen. Da sah er einen Mann darin sitzen ohne Beine und linken Arm, und der Mann schaute auf, grinste und sagte: »Hallo, Hector.«

33

»Na, da bist du ja wieder«, hörte er Rosalba sagen. »Zwanzig Minuten warst du einfach weg. Wie ein Sack hast du geschlafen, Mann! Hast deine Seele mal in den Himmel steigen und frohlocken lassen, was? Ich hab' dich schon wecken wollen, denn die Zeit wird mir knapp. Aber du bist von allein aufgewacht. Das Wasser wird kühl, was?«

Er dachte angestrengt nach, versuchte den Traum festzuhalten, ihn nicht entschwinden zu lassen. Er hatte etwas Wunderbares geträumt, das hatte er noch im Gefühl. Aber was? War es vielleicht ein Film gewesen? Und er der Held?

Sie wusch ihm das Haar und den Körper und betrachtete seine Stümpfe, ohne ihr Gesicht zu verziehen. Dann trocknete sie ihn ab, setzte ihn in den Wagen und fuhr mit ihm wieder in die dunkle Imbißstube. Dort legte sie ihn auf die Wachstuchbank, und er fühlte sich so sauber, kühl und erwartungsvoll, daß er keinen Grund sah, an die Brücke und den Fluß zu denken. Gleich, gleich!

Und da kam sie auch schon, nackt, frisch gebadet, aus demselben Wasser, in dem auch er gebadet hatte, in der Dämmerung des Raumes mehr zu ahnen als zu sehen, nur bekleidet mit wilder schwarzer Krause hier und dort auf sonnengebräunter Pampa – und einem Medaillon. Und da war sie auch schon über ihm und roch nach einem Paradies voller reifer Papayas, und das Universum begann sich um sie zu drehen, um sie beide, als Mittelpunkt.

Was machte es da schon aus, daß vor der Tür des Weltalls Stimmen laut wurden? Daß erst leise, dann lauter geklopft wurde? Daß die Welt auf die armselige Größe einer Markthalle schrumpfte, ja sogar bis zur unermeßlichen Winzigkeit dieser Imbißstube? Hier auf der schmuddeligen Wachstuchbank wurde gelebt – und wie!

»Rosalba«, rief draußen eine Frauenstimme, »gib ihn raus! Wir wollen auch was von ihm haben!«

»Das ist unfair«, schrillte eine andere Frauenstimme. »Du kannst nicht das ganze Glück allein für dich behalten, Rosalba.«

»Gib ihn raus! Gib ihn raus!« schrie ein ganzer Chor.

Rosalba richtete sich auf und beugte sich über Hector. »Jetzt hab' ich in Glück gebadet«, flüsterte sie und dehnte sich wohlig. Ihr Medaillon an der dünnen, metallenen Kette streifte seine Brust. »Oh, Mann.«

Er grinste stolz.

»Na siehste«, sagte sie und küßte ihn auf seine Beule. »Jetzt hast du doch wieder Lust am Leben – oder? Versprich mir, daß du dich nicht mehr von der Brücke San Blas –«

»Nein«, sagte er. »Das verspreche ich dir nicht. Das Leben allein genügt nicht. Die Freiheit gehört dazu. Die Freiheit, es zu beenden, wann ich will.«

»Wir hören euch flüstern!« rief eine Stimme, und mehrere Knöchel klopften von außen an Tür und Scheiben.

»Macht Licht, damit wir auch was davon haben!« sagte jemand.

Gelächter erschallte.

»Seid nicht so laut«, rief Rosalba. »Die beiden schlafen noch. Ich muß sie erst wecken.«

»Wer's glaubt, wird selig«, sagte eine Männerstimme.

»Verständlich ist es schon«, war die Stimme der kleinen Dicken vom Gemüsestand zu hören. »Nach allem, was sie an diesem Vormittag hinter sich gebracht haben ...«

»Hör zu«, flüsterte Rosalba, »machen wir einen Deal. Du hast mir Glück im Überfluß gegeben. Ich geb' dir dafür diese Art von Freiheit, die du haben willst.«

Sie löste die Kette mit dem Medaillon vom Hals, legte sie ihm um und schloß sie hinter seinem Nacken.

»Wenn du das Leben einmal endgültig satt haben solltest«, sagte sie leise, »dann drück das Medaillon auf, hol die Kapsel heraus und zerbeiß sie. Ein kurzer Krampf, wahnsinnig schmerzhaft – und schon bist du tot. Unwiderruflich.«

Hector versuchte sich hochzustemmen.

»Das ist sie«, flüsterte er. »Genau das ist sie, die Freiheit, die ich suche. Und ich brauche keine fremde Hilfe, um mich aus der Kapsel zu bedienen. Jetzt hat sich die Brücke San Blas erledigt, Rosalba!«

34

Sie war schon auf den Beinen, holte ihre Kleider, zog sich an. Dann zog sie auch ihn an. Sie gab ihm sogar ein frisches Hemd, von einem Gast, der mal über Nacht geblieben war.

Er schnupperte am Ärmel. Der roch so sauber, so nach Neuanfang, nach Zukunft.

Plötzlich fiel ihm der Hunderter in der Brusttasche seines alten Hemdes ein. Er tastete.

»Der Hunderter?« fragte sie und lachte leise. »Den hab' ich dir nicht abgenommen. Denn es könnte ja sein, daß dann das Glück verfliegt.«

Sie fuhr ihm mit zwei Fingern in die Brusttasche, zog den Hunderter heraus, wedelte mit ihm und schob ihn wieder in die Tasche.

Er schluckte. »Ich hab' nicht an Stehlen gedacht«, sagte er, »sondern an Vergessen.«

»Jetzt wird's aber Zeit!« schallte es vor der Tür. »Hier gibt's schon einen Stau! Raus mit dem Mann, damit wir ihn anfassen können!«

»Gleich sind wir soweit!« rief Rosalba. »Es wird doch wohl auf ein paar lumpige Minuten nicht ankommen.«

Sie schlang ihre Arme in der Dunkelheit um Hector und flüsterte: »Frag mich jetzt nicht, ob du hierbleiben darfst. Ich bin keine Mutter Teresa. Ich brauch' auch meine Freiheit.«

»Hab' ich nicht vorgehabt«, antwortete Hector. »Aber ich frag' dich was anderes: Wie lange trägst du diese Kapsel schon?«

»Aufmachen, aufmachen!« schrien sie draußen im Chor. Die Tür erzitterte unter den harten Schlägen.

»Mit siebzehn hab' ich sie mir besorgt«, sagte sie. »Als mein Freund mich fallenließ. Jetzt bin ich achtunddreißig. Manchmal hab' ich sie rausgenommen und angeschaut. Zum Beispiel, als mich einer vergewaltigt hat. Und ein andermal, als mir einer das Geld klaute, das ich mir jahrelang mühsam zusammengespart hatte. Und als mich mein Mann verließ, weil unsere Ehe kinderlos blieb. Ja. Nur angeschaut hab' ich sie und eine Weile zwischen den Fingern gedreht und dann wieder ins Medaillon getan und das Medaillon zugedrückt.«

Sie knüpfte sich ihre Bluse zu, hob Hector in den Wagen, knipste das Licht an und zog die Jalousien hoch. Ja, sie schob sogar die Vorhänge auf. Dann verschwand sie im Hintergrund.

Gesichter preßten sich an die Scheiben, Hände winkten, jemand rüttelte an der Klinke.

»Ist er das?« hörte Hector fragen und »Ja, das ist er« antworten. Hilfesuchend sah er sich nach Rosalba um. Jetzt hierbleiben, sich in der dunklen Ecke verkriechen können!

Rosalba erschien wieder, Alicia an der Hand. Die ließ sich mit verschlafenem Gesicht widerstandslos führen. Hector staunte: Noch immer schwebte der grüne Ballon über ihr. Er hatte also ihren Wutanfall überstanden. Aber er glänzte nicht mehr und war etwas geschrumpft. Aus seiner oberen Rundung wölbte sich eine kleine Beule.

»Hier, du kleines Monster«, sagte Rosalba und schubste das Kind auf den Wagen zu. »Du siehst, er ist noch da und Hector auch. Und jetzt schaut, daß ihr verschwindet.«

Sie schloß die Tür auf, schob Kind und Wagen aus der Imbißstube, schlug die Tür wieder zu, drehte den Schlüssel mehrmals um, zog die Vorhänge zu und löschte das Licht.

»Rosalba!« hörte sie die kleine Dicke vom Gemüsestand rufen, »komm doch raus! Es gibt was zu sehen: Dein Glückbringer mobilisiert die Leute!«

Nein, sie knipste das Licht nicht wieder an, öffnete nicht die Tür. Sie ging nach hinten in die Küche. Nur noch eine Viertelstunde, dann würde der Kellner klopfen. Sie ging in die Kammer, hob die Yuccawurzeln auf und begann, die Scherben zusammenzufegen.

35

Hector wußte nicht, wie ihm geschah. Noch bevor ihn Alicia ganz aus der Imbißstube hinausgeschoben hatte, streckten sich ihm schon Hände entgegen. Frauen drängelten, versuchten sich vorzuschieben, wurden von anderen Frauen zurückgezerrt. Gut zwei Dutzend Leute hatten sich zusammengefunden. Und schon berührte ihn die erste Hand, betätschelte seine Wange, eine zweite sein Ohr, eine dritte drückte seine Hand. Empört schlug er nach ihnen.

Aber da riß Alicia auch schon den Wagen zurück, daß er mit dem Griff gegen die Imbißstubentür knallte, sprang wie ein Wiesel vor den Wagen, breitete die Arme aus, schlug auf ein paar Hände, die nicht weichen wollten, und schrie schrill:

»Umsonst gibt's nichts! Einmal berühren zehn Centavos, einmal küssen fünfzig, zweimal küssen neunzig, dreimal nur einszwanzig!«

Ein paar Arme sanken herab und zogen sich zurück. Jemand lachte.

»Tüchtig, tüchtig«, sagte die kleine Dicke. »Eine geborene Geschäftsfrau. Eine von denen, die noch aus Hühnerkacke Geld machen.«

»Verdammtes Luder«, schrie Hector Alicia haßerfüllt an. »Ich lass' mich nicht verschachern!«

»Wir brauchen Geld zum Leben«, erwiderte Alicia hart. »Wenn du dich nicht drum kümmerst, muß ich es tun.«

Hector schäumte vor Wut: Sie hatte sich also mit ihren Plänen bereits in seinem Leben eingenistet, hatte ihn in Besitz genommen. »Du kleines Miststück!« zischte er ihr zu. »Was hab' ich mit dir zu schaffen? Wenn ich jemanden brauche, suche ich mir, wen *ich* will! Wen ich ertragen kann!«

»Sei doch froh, daß du sie hast«, sagte die Rotwangige vom Blumenstand, die sich auch eingefunden hatte. »So jung und schon so tüchtig. So schnell findest du niemanden, der dich mit allem Drumherum versorgt und deine Launen erträgt. Geld kassieren – schön und gut. Danach würden sich viele die Finger lecken. Aber dich rein- und rausheben, dich sauberhalten und so weiter – da würde dir eine nach der anderen davonlaufen!«

»Und recht hat sie«, rief eine Männerstimme, »wenn sie Geld fürs Anfassen nimmt. Das ist das einzige, woraus sie Geld schlagen kann. Wovon wollt ihr denn sonst leben?«

Hector schaute auf. Diese Stimme kannte er doch. Es war Arturo. Er überragte die Frauen. Arturo, dem der Maulesel gehörte. Er hatte die Peitsche bei sich. Mit ihrem Stiel kratzte er sich hinter dem Ohr.

»Ist das dein Vater, Kind?« fragte jemand und zeigte auf Hector.

Alicia nickte.

»Glaubt ihr nicht!« rief Hector. »Ich hab' zwar vermutlich eine oder zwei Töchter in die Welt gesetzt, aber nicht diese Stahlschraube da!«

»Sie hat's nicht leicht mit ihm«, sagte jemand.

»Hintereinander aufstellen!« kommandierte Alicia mit ihrer spitzen Stimme.

Und schon ordneten sich die Frauen zu einer Reihe und nestelten ihre Geldbörsen aus Taschen und Kleidern.

»Mehr als einmal anfassen kann ich mir nicht leisten«, hörte Hector eine alte Frau zu einer anderen sagen. »Glück haben und satt werden zugleich, das geht über meine Verhältnisse.«

Schon berührten ihn Hände. Es waren fast nur Frauenhände – alte, junge, die meisten zerfurcht und schmutzig mit schwarzen Rändern unter den Nägeln, aber auch Hände mit lackierten Nägeln und solche, denen Finger fehlten. Schwarze, braune, weiße, gelblichblasse Hände.

Alicia kassierte. Sie schob die Einnahmen unter die Matratze im Kinderwagen. Wenn sie wechseln mußte, hob sie sie an einer Ecke hoch.

»Du glücklicher Mensch«, sagte eine Frau, als sie Hector berührte. Sie strahlte ihn an und ließ ihre Hand auf seiner Hand liegen. Aber Alicia entging nichts.

»Weg da!« rief sie. »Berühren heißt nicht liegenlassen. Oder du mußt mehr zahlen!«

Hector biß die Zähne zusammen. Diesen Giftzwerg zu zerquetschen, zu erdrosseln, an die Wand zu schlagen – was für ein Vergnügen müßte das sein!

Rosalbas Kellner kam. Er lächelte Hector zu, nickte, drängte sich bis zur Tür der Imbißstube durch und klopfte. Hector konnte die Tür nicht sehen, sie war hinter ihm. Er packte eine Frau, die sich ihm gerade näherte, am Kleid und zerrte so heftig an ihr, daß sich der Wagen ein Stück drehte.

Gerade so viel, daß er die Tür in den Blick bekam, als sie sich einen Spalt öffnete und Rosalbas Gesicht freigab, bevor der Kellner es verdeckte.

»Rosalba«, schrie Hector, »laß mich rein!«

Aber der Kellner verschwand in der Imbißstube, die Tür schloß sich, der Schlüssel knarrte. Und Alicia stemmte den Griff hoch und brachte den Wagen wieder in die alte Stellung. Niemand verlor ein Wort über Hectors vergeblichen Fluchtversuch. Das Programm lief weiter.

36

Jetzt näherte sich ihm die Alte, die sich nur eine einzige Berührung leisten konnte. Mit grimmigem Gesicht zog Hector sie zu sich heran und drückte sie so heftig an sich, daß sie vor Schreck zu schreien begann. Die Frauen, die hinter ihr standen, zogen sie zurück und beruhigten sie.

»Ich verschenke so viel Glück, wie *ich* will«, rief er ihr zu. »Komm her und küß mich. Gratis! Wetten, daß du's verdient hast. Oder? Hast dich wahrscheinlich dein Leben lang für andre abgerackert. Komm und hol dir Glück, so oft du willst!«

Aber sie zitterte am ganzen Körper und wollte nicht mehr.

Zwei andere, noch junge Frauen rückten jetzt vor, drückten sich an denen vorbei, die brav in der Schlange geblieben waren, und stürzten zum Wagen. Die erste, eine Dunkelhäutige mit blondierter Krause, schlang ihre Arme um Hectors Hals und küßte ihn ab, ohne vorher bezahlt zu haben. Die andere, ein hübsches Indiomädchen mit künstlich gewellter Lockenmähne und mit billigem Schmuck behängt, ließ sich ebensowenig von Alicia abhalten, riß Hectors Hand an sich und bedeckte sie mit Küssen.

Alicia warf die Münzen, die sie eben eingenommen hatte, in den Wagen, krallte sich in die Röcke der beiden Frauen, zerrte an ihnen und kreischte. Aber schon löste sich die Schlange mit lautem Geschrei auf. Alle stürzten auf Hector zu, umdrängten ihn, versuchten einander wegzuschieben und an ihn heranzukommen, während er um sich schlug. Ein Höllenlärm entstand. Von allen Seiten kamen Neugierige gelaufen.

Auch eine Traube bunter Luftballons näherte sich. Hector sah sie hinter der Menge auftauchen, über ihr tanzen. Er versuchte nachzudenken, wo ihm so eine Traube begegnet war und mit wem sie zu tun hatte. Aber es war an diesem Tag so viel passiert, mehr als in all den langen Wochen im Hospital. Und in der letzten Stunde war am allermeisten geschehen. Stoff für ein halbes Dutzend Filme! Wie sollte er sich da noch erinnern, was es mit diesen Luftballons auf sich hatte!

Aber da warf sich Alicia gerade bäuchlings über das Fußende des Wagens, wo sie das Geld unter der Matratze wußte. Über ihr hüpfte der geschrumpfte grüne Luftballon. Da fiel es ihm wieder ein.

»Che!« rief er. »Che!«

Aber der Lärm war so groß, daß seine Stimme unterging.

37

Plötzlich verstummte das Getöse. Ein Polizist erschien. Alle wichen vor ihm zurück. »Wo ist der Unruhestifter?« fragte er und schaute sich um.

Jemand zeigte stumm auf den Wagen. Alicia kam wieder mit den Füßen auf der Erde zu stehen, ein einziges Bündel Empörung, und rief mit ihrer scharfen Stimme, die in den

Ohren weh tat: »Ein Glückbringer ist er, und alle wollen ihn anfassen!«

»Raus«, sagte der Polizist und wedelte mit seinen Händen wie jemand, der eine Hühnerschar vor sich herscheucht. »Raus aus der Markthalle. Draußen könnt ihr euren Glückbringer betatschen, wie ihr wollt. Aber hier drin herrscht Ordnung.« Er schüttelte den Kopf. »Glückbringer!«

Er scheuchte die Schar an den Läden entlang vor sich her, Alicia, die den Wagen schob, in der Mitte. Ab und zu drehte sie sich um. Aber der Polizist war noch hinter ihnen. Ein Unerbittlicher.

Ein Stück hinter ihm schwankte die Ballontraube. Nur die obersten Ballons sah man, nicht aber den, der sie hielt. Alicia wollte stehenbleiben und umkehren. Sie hatte die Traube sofort wiedererkannt. Aber der Polizist ließ sie nicht durch. Sie mußte mit den anderen vor ihm bleiben. Er ließ nicht einmal von ihnen ab, als sie das Ende der Halle erreicht hatten und die Sonne auf sie fiel. Er trieb sie sogar noch an den Ständen vorbei, die sich unter kleinen Sonnendächern vor der Markthalle aneinanderreihten. Vorbei am Blumenstand der Rotwangigen, vorbei am Gemüsestand der kleinen Dicken, vorbei an Arturos Eselskarren, auf dem noch unverkaufte Yuccawurzeln lagen. Erst am Rand des freien Platzes, den ein mächtiger Springbrunnen zierte, drehte er sich um und kehrte zum Markt zurück.

Beide, Hector wie Alicia, schauten ihm nach. Wo war Che mit den Luftballons geblieben? Hatte er sich versteckt? Wollte er sie überraschen? Hatte er vielleicht nicht gesehen, was sich hier abgespielt hatte? Oder war er es gar nicht gewesen? Che war ja nicht der einzige Luftballonverkäufer in der Stadt …

Ihnen blieb nicht viel Zeit, nach ihm auszuschauen. Denn kaum war der Polizist verschwunden, stürzte sich die Schar wieder auf Hector. Eine hagere Indiofrau mit schwarzem

Hut und handgewebtem Rock, die vor der Imbißstube noch in der Schlange gestanden hatte, eroberte jetzt den Griff des Wagens. Sie hatte ein Greisengesicht, schleppte aber ein rotznasiges Kleinkind in ein schmutziges Tuch eingebunden auf dem Rücken. Alle, die sich dem Wagen näherten, stieß sie zurück. Auch von Alicia ließ sie sich nicht wegdrängen. Sie schwenkte den Wagen nach rechts und versuchte hastig, mit ihm zu verschwinden. Aber alle folgten ihr.

»Wo willst du hin?« fragte jemand aus der Menge.

»Den schaff' ich in unser Viertel«, sagte sie und zeigte auf die Hänge hinter der Stadt, an denen sich Slums hochzogen. »Dort sind viele aus den Bergen. Dort ist man scharf auf Glück.«

»He«, rief Arturo, der dem Schwarm gefolgt war, »das kannst du nicht machen. Laß dem Kind den Wagen!«

»Misch dich nicht ein, du schwarzer Hundesohn«, keifte sie ihn an. »In diesem Leben heißt's nur: fressen oder gefressen werden. Das kleine Elend da –«, sie packte Alicia am Arm und schleuderte sie weg, »soll meinetwegen hinterher auch ein paar Hände voll Geld abkriegen. Ich bin nicht kleinlich. Aber es wäre Wahnsinn, so eine prächtige Gelegenheit einem Kind zu überlassen. Sie wird doch mit der Lage gar nicht fertig, läßt sich übers Ohr hauen von jeder dummen Trulle. War doch dort drin zu sehen!«

»Das ist *mein* Wagen!« schrie Alicia und zerrte die Frau am Rock. »Und das ist *mein* Glückbringer!«

»Verzieh dich«, sagte die Hagere und trat nach ihr.

Alicia biß ihr in die Finger. Da blieb ihr nichts anderes übrig, als loszulassen. Das Kind versuchte wieder, den Wagengriff zu erwischen. Aber um den Wagen zankten sich jetzt mehrere Frauen und ein alter Mann. Sie rissen ihn hierhin, schwenkten ihn dahin, schrien aufeinander ein und schlugen nach Alicia, während ein anderes Rudel lachend und schimpfend versuchte, Hector in diesem Durcheinander zu berühren. Sie faßten ihm ins Haar, rissen an seinem Hemd, daß ein Knopf absprang, und zerrten an seinem Arm, bis er vor Wut brüllte.

»Das kann man ja nicht mit ansehen«, sagte Arturo.

Er knallte mit der Peitsche, daß die Glücksüchtigen auseinanderfuhren, riß den Wagen an sich und winkte Alicia herbei, die mit schmerzverzerrtem Gesicht die Hand auf ihr Auge preßte.

»Hier kriegst du deinen Vater wieder«, sagte er und zog sie an den Wagengriff. »Aber so kannst du nicht mit ihm weiterziehen. Die sind ja wie die Hyänen!«

»Was dann?« keuchte Hector und fuhr sich mit gespreizten Fingern durch das zerraufte Haar.

Der Schwarm der Glücksucher sammelte sich um Hector. Die Hagere tuschelte mit anderen Frauen im Hintergrund. Dann rief sie Arturo haßerfüllt zu: »Und wir holen ihn uns doch! Du wirst schon sehen, du Dreckskerl, du schwarzer!«

Damit rannte sie fort. Ein paar Indiofrauen folgten ihr.

»Ich nehm' euch erst mal mit heim«, sagte Arturo zu Hector. »Morgen sehen wir dann weiter.«

Er schob den Wagen zu seinem Yuccakarren hinüber und drohte den Gaffern, die langsam nachrückten, mit der Peitsche.

38

Hector reckte den Hals, schaute sich um. Wo war die Ballontraube geblieben? War sie noch in der Markthalle, in der, von draußen aus gesehen, Dunkel herrschte?

Da fiel sein Blick auf Arturos Maulesel. Und plötzlich erinnerte er sich an den Traum. Ganz deutlich sah er alles vor sich, spürte die festliche Stimmung, den Frieden, die Liebe, die Freude.

»Laß mich auf deinem Coco reiten«, sagte er, ohne den Blick von dem Esel zu lösen. »Eine große Runde.«

Arturo grinste. »Wie kommst du auf Coco? Flojo heißt er.«

»Wenigstens eine Stunde«, sagte Hector und atmete tief ein. »Nicht zu dir heim. Hier herum!«

»Im Ernst?« fragte Arturo verwundert.

»Er wird runterfallen«, sagte die kleine Dicke vom Gemüsestand, die sich zu Arturo gesellt hatte.

»Nein«, sagte Arturo. »Flojo ist so alt, daß er keine Sprünge mehr machen kann. Der trottet nur noch. Und du« – er wandte sich an Hector – »kannst dich an der Mähne festhalten. Aber ich müßte schon mitgehen und den Esel führen und mit der Peitsche dazwischengehen, falls jemand zu aufdringlich wird. Wie hast du dir's denn gedacht? Einfach so ein bißchen spazierenreiten? Am Fluß entlang? Oder in den Park?«

»Ich will über die Brücke San Blas reiten«, sagte Hector, ohne zu überlegen.

»Wenn du inzwischen meine Yucca mitverkaufst?« wandte sich Arturo an die kleine Dicke.

Aber ja. Er übernahm ja auch oft für sie den Gemüsestand.

»Machst du's umsonst?« fragte Alicia und sah Arturo lauernd an. Der grinste und kratzte sich seinen Stoppelkopf.

»Sieh dir diesen kleinen Teufel an«, sagte er mit einem Blick auf Alicia. Und dann zu Hector: »Nein. Umsonst nicht. Wir schwimmen auch nicht im Geld. Aber ich will dir einen fairen Preis machen. Sagen wir, fünfzehn für eine Stunde.«

»Einverstanden«, sagte Hector.

»Das ist zuviel«, zischte Alicia. »Zehn!«

»Ich hab' gesagt: einverstanden!« schrie Hector Alicia zornig an. Aber sie beachtete ihn gar nicht. Und auch Arturo wandte ihm jetzt den Rücken zu.

»Zehn sind zu wenig«, sagte er. »Es ist nicht nur der Esel. Ich bin ja auch dabei. Dreizehn – drunter mach' ich's nicht.«

»Ich hab' gesagt: fünfzehn!« rief Hector. »Dabei bleibt's!«

»Hör nicht auf ihn«, sagte Alicia zu Arturo und machte eine abwertende Geste in Hectors Richtung, ohne überhaupt hinzusehen. »Das Geld verwalte *ich*. Elf. Und keinen Centavo mehr!«

»Dreizehn!« rief Arturo aufgebracht. »Das ist mein letztes Wort. Das ist halb geschenkt!«

»Ich bleibe bei elf«, sagte Alicia kühl.

»Bist du taub, Arturo?« schrie Hector. »Ich biete dir fünfzehn!«

»Dann schieb ihn im Wagen weiter«, rief Arturo Alicia wütend zu, »und laß die Meute über deinen Papa herfallen und ihn gratis betatschen und belecken! In einer Stunde kannst du mit ihm mindestens fünfzig verdienen, wenn's richtig organisiert ist. Und keinerlei weitere Unkosten. Unter der Matratze hast du doch schon mindestens zehn oder noch mehr, dabei waren es gerade mal zehn Minuten. Aber dann lief dir die Sache aus dem Ruder. Schon fünfzehn für eine Stunde Ritt ist ein Freundschaftspreis und deckt kaum die Unkosten, und ich komm' noch dazu hinterher auf der Heimfahrt mit dem Yuccakarren in den Stoßverkehr!«

»Verdammt nochmal«, schrie Hector, »bin ich denn nicht mehr da? Bin ich etwa Luft?«

»Find dich damit ab«, antwortete ihm Arturo, »daß sie von euch beiden diejenige ist, die bestimmt. Sie managt dich. Nichts läuft ohne sie. Was nutzt es, wenn ich mit dir einen Preis aushandle, und sie zahlt ihn nicht?«

»Und was ist das hier?« rief Hector, griff in die Hemdentasche und schwenkte den Hunderter.

Alicia warf sich mit einem spitzen Aufschrei auf ihn. Die Gaffer zogen sich wieder um den Wagen zusammen, während er sich ihrer zu erwehren versuchte.

»Verdammtes Geschmeiß!« schimpfte Arturo und schlug mit der Peitsche nach den Neugierigen, daß sie zurückfuhren.

Hector steckte den Schein in den Mund und schlug nach Alicia. Sie schnappte nach seiner Hand und kratzte. Der grüne Luftballon platzte. Und dann traf er sie mit der Handkante so hart ins Gesicht, daß ihr das Blut aus der Nase schoß. Es lief ihr über das schmutzige Kleid, tropfte auf ihre bloßen Füße, besprenkelte das Pflaster. Sie stand breitbeinig da, beugte den Kopf vor und streckte die Arme von sich. Von einem Handgelenk hing die Schnur herab, an der die grünen Ballonfetzen baumelten. Sie griff danach und starrte auf die Fetzen, das Blut tropfte auf die grüne Gummihaut.

»Eine andere Sprache versteht sie nicht«, sagte Hector wütend.

»Ach Gott, ja«, seufzte Arturo, »wenn man das so sieht, könnte sie einem leid tun. Wenn man nicht wüßte, was sie für eine Zecke ist.«

Er beugte sich über sie, zog ein großes, schmutziges Taschentuch aus seiner Hosentasche, hielt es ihr unter die Nase, wischte ein paarmal ungeschickt herum und steckte es wieder ein.

»Jetzt weißt du jedenfalls, wer von euch beiden das Sagen hat«, sagte er zu ihr und spuckte aus. »Jetzt herrschen klare Verhältnisse.«

»Rabenvater«, sagte eine Frau aus dem Kreis der Umstehenden. »So sind die Männer. Immer nur zuschlagen, wenn sie nicht weiterwissen.«

Ein paar Männer unter den Gaffern lachten höhnisch. Hector nahm den Hunderterschein aus dem Mund und reichte ihn Arturo. Der gab ihm das Wechselgeld heraus, in Scheinen. Hector schob sie zusammengerollt in seine Brusttasche.

Und schon schirrte Arturo den alten Maulesel aus und führte ihn heran. An einigen Stellen war sein Fell schon abgewetzt. Fast schwindelte es Hector, als er den Blick zum Eselsrücken hob.

»Leg mir das Kissen unter, das aus dem Wagen«, sagte er zu Arturo. »Mein Hintern ist das viele Sitzen noch nicht gewöhnt.«

Jemand kicherte. Arturo gab der kleinen Dicken die Peitsche zu halten, faßte Hector unter die Achseln und schwang ihn mit geübtem Griff auf den Eselsrücken. Und schon saß er auf dem Kissen, das ihm die Rotwangige blitzschnell untergeschoben hatte.

39

Hector krallte sich in der Mähne fest und schaute sich um. Wie weit konnte man von einem Eselsrücken aus blicken! Es war wie in diesem Traum. Von hier aus sah er sogar die bunte Ballontraube, ganz am hinteren Ende der Markthalle. Es hatte keinen Sinn zu rufen. Selbst wenn es Che war, der die Traube hielt. Er war zu weit entfernt.

Hector schaute zum Himmel hinauf. Die Sonne hatte jetzt schon ein Stück weit den Zenit überschritten. Aber noch flimmerte die Luft. Über der Stadt lag leichter Dunst, und über dem Markt kreisten mehrere Aasgeier.

»Na, wie fühlst du dich?« fragte Arturo.

»Hast du ein weißes Laken?« fragte Hector.

»Was?« fragte Arturo. »Ein weißes Laken? Wie soll ich hier zu einem weißen Laken kommen? Wozu, um alles in der Welt, brauchst du ein weißes Laken?«

»Was will er?« fragten die Gaffer, die weiter hinten standen.

»Ein weißes Laken«, antworteten die vorderen.

»Vergiß es«, sagte Hector. »Ich wollte mir nur was umhängen. Damit man nicht so sieht, was mir fehlt.«

»Da hat er recht«, sagte die kleine Dicke. »Wenn er Schwangeren auf nüchternen Magen so unter die Augen kommt, könnte das Folgen für sie haben.« Sie zeigte auf Alicia. »Wer weiß, was *ihre* Mutter zu Gesicht bekam, als sie mit ihr schwanger ging. Ich hab' einen alten Vorhang da, schon ausgeblichen und verschlissen. Mit dem deck' ich unterwegs immer das Gemüse auf dem Karren zu, damit's nicht verstaubt und austrocknet. Ich borg' ihn dir, wenn du ihn haben willst. Aber weiß ist er nicht.«

Hector nickte, und sie lief und holte ihn. Arturo legte ihn Hector über die Schultern. Die Dicke reichte ihm auch noch eine Sicherheitsnadel, und er steckte den Umhang zusammen.

»Wenn du meinst, du rutschst runter«, sagte er zu Hector, »dann ruf, damit ich dich festhalte.«

»Wie schön er ist!« rief ein ganz junges Mädchen von einem nahen Stand herüber.

»Mach dich nicht über den armen Kerl lustig!« schimpfte eine Ältere neben ihr.

Das Mädchen errötete. Es hatte es ernst gemeint.

Die Zuschauer lachten. Die Menge war größer geworden. Auch eine ganze Anzahl von Männern war jetzt darunter: Arbeitslose, Bauchladenhändler, Lotterieverkäufer, Bettler.

»Was gibt's denn hier?« rief einer, der gerade erst dazugestoßen war.

»Glück!« schallte ihm die Antwort entgegen.

»So«, sagte Arturo und nickte Alicia zu, »jetzt kannst du mit dem Glückverkaufen anfangen.«

»Nein«, sagte Hector. »Hier soll nichts verkauft werden. Ich will das Glück verschenken.«

»Er soll hochleben!« riefen ein paar Stimmen aus der Menge, und schon wollte ein Rudel von Frauen und Kindern auf ihn zustürzen. Aber Arturo knallte mit der Peitsche, daß die vordersten zurückwichen, und wandte sich an Alicia.

»Was sagst *du* dazu?« fragte er sie.

Alicia hatte nun wieder die Hände am Griff des Kinderwagens. Sie wandte ihm ihr Gesicht mit dem geschwollenen Auge und der verkrusteten Nase zu, starrte dann finster zu Hector hinauf und schob die Unterlippe vor.

»Jetzt ist sie sauer«, sagte Arturo und zuckte mit den Schultern. »Schade. Die eine Stunde hätte viel eingebracht. Bei all denen, die hier warten. Und mit denen, die unterwegs dazukommen. Aber ich allein schaff' das nicht. Kassieren und gleichzeitig die Peitsche schwingen, das ist nicht machbar.« Er wandte sich an die umstehenden Gaffer. »Wenn ihr euch alle gleichzeitig auf ihn stürzt, brat' ich euch eins über! Ihr seid also gewarnt!«

Er nickte Hector aufmunternd zu.

»Auf geht's«, sagte er und klatschte seine Hand dorthin, wo das Bein des Reiters zu sein hatte. Als er nur Umhang und Eselsflanke traf, schaute er einen Augenblick lang verdutzt, dann spuckte er aus und klatschte auf Hectors Rücken – so herzhaft, daß dieser fast die Balance verlor. Denn gleichzeitig hatte sich der Esel in Bewegung gesetzt.

40

Und schon spürte Hector Hände auf seinen Stümpfen, seinen Hüften, seinem Rücken. Auch das Mädchen, das ihn so schön gefunden hatte, kam von ihrem Stand herübergelaufen und fragte errötend: »Darf ich?«

Er wagte kaum zu nicken, aus Angst, das Gleichgewicht zu verlieren. Da berührte sie behutsam seine Hand, die sich in die Mähne krallte, trat dann zurück, um denen, die ihn umdrängten, Platz zu machen, lächelte ihm zu und lief weg.

»He«, rief ein Bengel von vierzehn, fünfzehn Jahren, die Backe voll Kaugummi, »wenn du auf dem Esel sitzt – genügt's dann, wenn man den Esel anfaßt?«

Er erntete Gelächter.

Hector saß verkrampft auf dem Tier, den Rücken gebeugt, den Blick auf die Mähne gerichtet.

»Arturo!« schrie er. »Ich rutsche!«

Arturo packte ihn am Arm und schob ihn wieder gerade.

»Wenn du lieber runterwillst«, flüsterte er ihm zu, »brauchst du's nur zu sagen. Ich geb' dir das Geld zurück, wenn du dir's anders überlegt hast. Obwohl ich's brauchen könnte. Aber so einen wie dich bescheiß' ich nicht. Das bringt bestimmt Unglück. Daran glaub' *ich*.«

Er hielt den Maulesel an.

Hector warf einen Blick hinunter in den Kinderwagen, den Alicia vor dem Esel herschob.

»Nein«, sagte er entschlossen, »nicht zurück in die Scheißkarre. Noch nicht. Ich will's hier oben auskosten, auch wenn's nur kurz ist und die eine Stunde ziemlich schweißtreibend für mich sein wird. Ich fühl' mich wie einer auf dem Seil, der nicht schwindelfrei ist.«

Er ließ für einen kurzen Augenblick die Mähne los und tastete nach dem Medaillon. »Ja«, fügte er dann hinzu, »ich will über die Brücke San Blas.«

»Hü, Flojo«, rief Arturo.

Er hielt Hector am Arm fest, als sie sich weiterbewegten, und Hector wagte, seinen Blick über die Stände gleiten zu lassen, über das bunte Gemüse, die Blumen, die Gurkeneimer, die Karren mit Yucca, Zuckerrohr und Orangen, Bündeln von Spanholz, Kokosnüssen und Níspero-Zweigen. Sein Blick streifte die breite Markthalle, hob sich zu ihrem Dach, auf dem Schwärme von Tauben hockten, und weiter hinauf zu den Bergen im Hintergrund und zum milchigen Nachmittagshimmel. Die Sonnenscheibe wirkte jetzt wie zerronnen. Und die kreisenden Geier waren nur Schatten.

Er schaute auf die Passanten hinab. Manche blieben stehen, starrten ihm nach, einige schlossen sich ihm an, die meisten aber schauten nicht einmal auf und hasteten vorüber. Lauter Köpfe. Fast alle schwarzhaarig, manche mit Hut, andere mit Tuch, wieder andere barhäuptig. Er oben, sie unten.

Auch die Leute, die ihre Hände auf seine Stümpfe preßten und ihm nachliefen, und Alicia, die mit gesenktem Kopf den leeren Wagen schob. Alle unten.

Das war's. Über allem sein. Mochten sie ihn für einen Selbstmörder, einen Glückbringer oder für den Messias persönlich halten, mochten sie ihn auch gar nicht zur Kenntnis nehmen – wenn er sich nur oben halten konnte!

Er schaute zu Arturo hinunter. »Hör zu«, sagte er. »Was hältst du davon, wenn ich dir den Esel abkaufe?«

Arturo sah ihn überrascht an. Alicia fuhr zur Seite, ließ den Esel vorangehen und schob den Wagen neben Arturo weiter.

»Kein übler Gedanke«, sagte Arturo. »Noch höchstens ein Jahr, dann macht der's nicht mehr mit dem schweren Karren. Für das, was du noch in deinem Hemd hast, würd' ich ihn dir überlassen. Er ist schon alt. Das sag' ich dir ehrlich. Nicht, daß du mir hinterher vorwirfst, ich hätte dir weisgemacht, das sei ein junger Springinsfeld.«

»Ich weiß«, sagte Hector. »Ich versteh' auch ein bißchen was von Eseln und Mauleseln. Genauso einen alten, müden Kerl brauch' ich. Keinen jungen, der bockt oder auskeilt oder plötzlich einen Geschwindigkeitsrausch kriegt.«

»Und wer wird dich rauf- und runterheben?« fragte Arturo. »Die Kleine da kann das nicht.« Er grinste. »Du wirst ein paarmal am Tag rauf- und runtermüssen ...«

»Pissen kann ich auch von hier oben«, sagte Hector. »Und für das andere wird sich jemand finden.«

»Und dein wunder Hintern?«

»Er wird sich dran gewöhnen, wie bei allen Reitern.«

»Und womit willst du das Tier füttern?«

»Vielleicht«, sagte Hector und dachte an den Traum, »wird man uns den Kinderwagen mit Futter füllen …«

»Träumer«, sagte Arturo kopfschüttelnd.

Hector spähte hinüber zur Ecke der Markthalle, der sie jetzt schon sehr nahe waren. Dort schwebten keine bunten Ballons mehr. Nur die Dächer der Stände reihten sich aneinander, und eine Staubwolke wirbelte auf.

»Du solltest hinauf in die Berge gehen«, sagte Arturo.

41

Jemand rief von hinten: »Arturo! Arturo!«

Die Rotwangige war's. Sie kam mit einem riesigen bunten Strauß gelaufen. Atemlos erreichte sie den Esel.

»Hallo, Häuptling«, rief sie Hector zu, schob Arturo beiseite und wollte Hector den Strauß hinaufreichen. »Sie sind schon ein bißchen angewelkt, aber von weitem sieht man's nicht. Ich hätte sie sonst wegwerfen müssen, denn bis morgen früh halten sie sich nicht mehr. Heute bin ich wenig losgeworden. Da. Nimm schon!«

»Womit soll ich sie halten?« fragte er und zuckte mit den Schultern. »Wenn ich die Mähne loslass', fall' ich runter.«

»Dann lass' sie dir vor den Esel streuen, caramba!« rief die Rotwangige lachend. Sie drückte den Strauß, der sich wie ein Schirm über sie wölbte, in den Kinderwagen, lief dann noch einmal zu Hector, tätschelte seinen Stumpf und rief ihm zu:

»Danke fürs Glück – und hab noch einen schönen Tag, Häuptling!«

Dann blieb sie stehen und winkte dem Zug noch ein paarmal nach, bevor sie zu ihrem Stand zurückkehrte.

Arturo schüttelte den Kopf. »Du bringst nicht nur Glück«, sagte er. »Du *hast* auch Glück!«

»Du brauchst mich nicht mehr am Arm zu halten«, sagte Hector. »Ich fühl' mich jetzt schon viel sicherer.«

Ein Mann und eine Frau kamen angelaufen, beide Indios. Sie küßten das Tuch über seinen Stümpfen, blieben hinter ihm und gaben aufgeregte Zeichen in Richtung der Stände. Dann drückten drei Frauen gleichzeitig ihre Hände auf seinen Rücken und ließen sie da liegen. Die hinteren mußten breitbeinig laufen, um den vorderen nicht auf die Fersen zu treten. Hector hörte, wie sie sich gegenseitig leise beschimpften. Arturo schnauzte sie an, als sie einander ihre Hände wegzuschieben versuchten.

Er schaute sich beunruhigt um.

»Die, die sich mit der Kleinen um dich gestritten hat«, sagte er zu Hector, »die mit dem Kind auf dem Rücken, die wird, fürchte ich, nicht lockerlassen. Sie wird versuchen, ein paar Männer ranzuschaffen, die dich –«

»Sollen sie nur kommen«, rief Hector. »Ich bin ja jetzt auf dem Esel. Sollen sie nur alle kommen – die ganze Stadt!«

»Ich glaube, du bist nicht bei Trost«, rief Arturo. »So eine Menge ist unberechenbar. Eben haben sie noch gekuscht und dir zugejubelt, und im nächsten Augenblick schlagen sie dich tot. Wenn's zu viele sind, hilft auch eine Peitsche nicht mehr!«

»Das kenn' ich aus Filmen«, nickte Hector. »Und heute morgen hab' ich's selber erlebt. Aber heute mittag hatte ich einen Traum ...«

»Hallo«, rief eine Alte von einem Stand voller handgeflochtener Holzkörbe herüber, »du da auf dem Esel – ich kann deine andere Hälfte von hier aus nicht sehen. Sind *beide* Beine ab?«

»Schau selber!« rief ihr Hector zu.

Sie kam angeschlurft, umrundete den Esel behender, als man es ihr zugetraut hätte, packte dann seinen einen Beinstumpf mit beiden Händen und lief mit. Fast ließ sie sich schleifen.

»He«, rief Hector, ließ die Mähne los und versuchte sie fortzustoßen. »Du zerrst mich ja runter!«

»Mein Mann und meine Söhne sind im Gefängnis«, keuchte sie.

Mit einem »Vergelt's Gott« ließ sie schließlich von ihm ab und kehrte um.

»Ja, du solltest hinauf in die Berge gehen«, sagte Arturo. »Dorthin, wo die Leute noch an Glückbringer glauben, ohne gleich daran zu denken, wie sie Geld aus ihnen schlagen können. Dort oben gibt's Dörfer, wo die Menschen noch gut sind. Wo sie noch nicht darauf aus sind, einander übers Ohr zu hauen, und wo sie einander nicht fallenlassen. Dort ist ein Wort noch ein Wort. Als Glückbringer wärst du dort willkommen und hättest dein Auskommen. Denn denen müßte daran gelegen sein, dich am Leben zu erhalten. Bist du tot, ist das Glück futsch.«

Er warf einen Blick auf Alicia.

»Und die Kleine da«, sagte er, »würden sie sicher auch mitfüttern, wenn du sagst, daß sie deine Tochter ist. Die sind nicht kleinlich dort oben.«

»Dort würde ich nicht mehr auf sie angewiesen sein«, sagte Hector.

Alicia senkte den Kopf.

»Aber heute brauch' ich den Esel noch«, sagte Arturo. »Wie soll ich sonst meinen Karren heimkriegen? Mein Angebot steht noch. Ich nehm' euch mit zu mir nach Hause. Auf dem Karren. Morgen früh könnt ihr dann in die Berge losziehen.«

Jetzt hatten sie die Marktstände hinter sich gelassen. Noch ein Parkplatz, dahinter die breite Uferstraße, dann war da schon der Fluß. Nur knappe zehn Fußminuten flußabwärts spannte sich die Brücke San Blas von Ufer zu Ufer.

42

Sie überquerten die Straße nicht, sondern blieben auf dem Parkplatzgelände, das sich um den Markt zog.

»Wir haben es nicht mehr weit«, sagte Arturo und zeigte mit dem Kinn in die Richtung, in der jetzt die Brücke sichtbar wurde. Hector nickte. Er kannte sich hier aus. Denn nahe bei der Brücke war das Apollo-Kino, das er oft besucht hatte.

Kaum hatten sie die Markthalle umrundet, stießen sie fast mit der Ballontraube zusammen. Che trank gerade einen Kaffee an einem Kiosk und drehte ihnen den Rücken zu.

»Che!« rief Hector und fiel dabei fast vom Esel.

Alicia ließ den Kinderwagen los und stürzte auf ihn zu, blieb aber ein paar Schritte vor ihm wie festgenagelt stehen, den Blick auf die Ballons gerichtet.

Che fuhr herum und starrte Hector an.

»Ich bin hier die ganze Zeit herumgelaufen«, rief er verblüfft, »und hab' euch nicht gefunden. Und jetzt kommt ihr einfach von hinten –!«

Er lachte und zeigte auf den Esel: »Hast du die Etage gewechselt? Gut siehst du aus, wie ein Filmheld. Kein Wunder, daß du wieder ein Publikum hinter dir hast ...«

Arturo hatte den Esel angehalten. Er nickte Che zu. Der schüttelte ihm die Hand, und sie nannten einander ihre Namen.

»Alte Freunde?« fragte Arturo und wies mit dem Kinn auf Hector.

Che nickte. »Seit heute morgen.«

Er reichte Hector den Rest seines Kaffees und rief in den Kiosk hinein: »Noch einen Schwarzen – für meinen Freund hier!« Er zeigte auf Arturo. »Auf meine Rechnung.«

Arturo nickte zum Dank, lehnte seine Peitsche an die Wand, beugte sich über die Tasse und schlürfte, während sich das Publikum in einem Halbkreis um den Kiosk scharte.

»Daß ich's nicht vergesse«, sagte Che, nahm den Hut ab und reichte ihn Hector. »Ich hab' ihn für dich aufgehoben.«

Hector bedankte sich und warf ihn Arturo zu. »Es ist ihrer.«

»Reitest du gratis?« fragte Che und klopfte dem Esel den Hals.

»Fünfzehn die Stunde.«

»Hoho«, rief Che. »Vornehm geht die Welt zugrunde.« Und dann leise zu Hector: »Immer noch in Richtung Brücke unterwegs?«

»In Richtung Brücke schon. Aber nicht in Richtung Fluß.«

»Wirklich?« rief Che. Man sah ihm an, daß er sich ehrlich freute. »Ich hab' mir schon Sorgen um dich gemacht. Was sich doch in ein paar Mittagsstunden alles ändern kann.«

»Ich hab' noch nie einen Film gesehen«, sagte Hector nachdenklich, »in dem es so durcheinander zuging.«

»Mir ist schon manchmal im Leben schwindlig geworden«, lachte Che und nickte. »Vor allem in den Kurven. Oft die reinste Achterbahn!«

Er ließ seinen Blick über die Neugierigen schweifen.

»Gegen den Alptraum heute morgen«, meinte er, »ist das hier die reinste Nonnenprozession. Was doch so ein Esel ausmacht, wenn man nur draufsitzt ...«

»Und so ein ausrangierter Vorhang um die Schultern«, fügte Hector hinzu.

»Und eine Peitsche«, ergänzte Arturo.

Alle drei nickten.

»Merkwürdig«, sagte Che. »Was hast du jetzt noch mit dem Menschen zu tun, Hector, der du heute morgen warst?«

Sein Blick fiel auf Alicia und blieb an ihrem verschwollenen Gesicht hängen. »Na, du«, sagte er und faßte ihr unters Kinn, »du scheinst ja sehr anhänglich zu sein. Siehst aus, als hätt'ste eine geklebt gekriegt. Wirst sie wohl auch verdient haben, du Hornisse. Und der Grüne?«

Sie hob stumm ihren Arm, an dem noch die Schnur mit den Überresten des Ballons hing.

»Wetten, du willst 'nen neuen«, sagte er. Und als sie strahlte und nickte, hielt er ihr die Traube hin. Sie zeigte wieder auf einen grünen.

»Darauf hätte ich gewettet«, lachte er. »Du stehst auf Grün.«

Er nestelte ihr den grünen Ballon heraus und band ihn ihr wieder ans Handgelenk, das sie ihm schon hinhielt.

Arturo mahnte zum Aufbruch. »Dein Geld hab' ich ja nicht fürs Herumstehen gekriegt«, sagte er und ergriff die Peitsche. Die Gaffer wichen einen Schritt zurück. Dann setzte sich die Prozession wieder in Bewegung.

Che umrundete Hectors Publikum und wurde dabei ein paar Ballons los. Alicia blieb ihm auf den Fersen.

»Geh mir aus dem Weg«, sagte er zu ihr, während er mit den Frauen schäkerte, »sonst stolpere ich noch über dich.« Und als er wieder zu Hector vorstieß, rief er heiter zu ihm hinauf: »Also jetzt bist du ganz aufs Glückbringen umgestiegen. Ich hab' mich schon gewundert, wieso du auch ohne das Selbstmordprogramm so einen Anhang hast. War das *deine* Idee?«

»Auf so was wär' ich nie gekommen«, antwortete Hector.

»An meinem Zustand liegt's. Man muß nur an den richtigen Stellen zurückgestutzt sein, dann bringt man denen Glück, die einen berühren.« Er warf einen Blick zurück und fügte dann hinzu: »Heißt es im Gebirge.«

»Du scheinst das gewisse Etwas zu haben«, sagte Che. »Die Frauen fliegen auf dich, ob du nun im Kinderwagen sitzt oder hoch zu Esel.«

Hector zuckte mit den Schultern. »Das war nicht so, als ich noch Eismann war.«

»Die Kinder sind noch verrückter nach ihm als die Frauen«, sagte Arturo. »Und schau dich mal um: Sogar Männer sind mit von der Partie. Es scheint anzustecken, denn es sind nicht nur Indios.«

»Lauter Arme«, sagte Hector.

»Scheint was mit Hoffnung zu tun zu haben«, meinte Che.

Hector erinnerte sich wieder an seinen Traum. Er schaute zur Brücke San Blas hinüber. Sie war voll von Kindermädchen mit ihren Schützlingen in weißen Krägelchen und Lackschuhchen, voll von schmutzigen Kindern, die am Geländer herumturnten, den Passanten ihre leeren Hände entgegenstreckten und hinter den Geizigen herfluchten, voll von Jungen, deren Angelschnüre in den Fluß hingen, voll von Bettlern und Spaziergängern, von arm und reich.

43

Sie überquerten die große Kreuzung unmittelbar vor der Brücke San Blas. Hier auf der Plaza Montezuma stießen zwei breite Diagonalen auf die noch breitere Uferstraße. Hier herrschte immer lebhafter Verkehr, und auch auf den breiten Bürgersteigen flutete Volk bis spät in die Nacht. Die meisten

Fußgänger überquerten den Fluß an dieser Stelle. Die Plaza war mit ihren Baumgruppen Treffpunkt für unzählige Liebespaare. In den umliegenden Gassen gab es Läden, deren Waren auch für Ärmere erschwinglich waren, und auf der Plaza selbst, zwischen geschäftigen Passanten, die zur Arbeit eilten oder von der Arbeit heimkehrten, tummelten sich Straßenverkäufer, Bettelmusikanten, Gammler, Schulkinder, Neugierige, Sektenprediger, Kinder- und Dienstmädchen. Und Hunde jeder Farbe und Rasse.

Über diese Plaza waren schon aufständische Soldaten und rebellische Studenten, streikende Eisenbahner, Lehrer und Minenarbeiter, vor allem aber aufmüpfige Bewohner vom linken Ufer gezogen. Dort hatten sogar einmal zwei Mafiabanden einander auf offener Straße beschossen. Kurz: Die Plaza Montezuma war ein Platz der Unruhe. Die linke Uferseite war die ärmere, die unansehnlichere Stadthälfte, wegen der man sich nach Meinung mancher Bürger vor amerikanischen oder europäischen Touristen schämen mußte. Und es gab Reiche auf der rechten Uferseite, die es so weit wie möglich vermieden, auf der linken Seite aus ihren Wagen zu steigen.

Diese Plaza also überquerte Hector auf seinem Esel, zusammen mit Arturo, Che und Alicia und der Schar der Glücksüchtigen. Es war ein Kommen und Gehen. Die einen verließen den Zug, weil sie Hector schon berührt hatten. Die anderen kamen angelaufen und schlossen sich dem Zug an, weil sie Hector berühren wollten. Aber die meisten liefen mit, weil sie dem Glückbringer nahe bleiben wollten – oder einfach, weil sie neugierig waren. An die hundert Leute folgten ihm, und mehr als die Hälfte davon waren Kinder.

»Dort auf der Brücke steht Polizei«, sagte Arturo mißtrauisch.

»In meinem Traum war auch Polizei auf der Brücke«, sagte Hector. »Aber in der Mitte.«

»Dort steht immer Polizei«, sagte Che. »Ich geh' zwei- bis dreimal die Woche hinüber. Da stehen immer zwei auf jeder Seite, hüben und drüben. Sie haben das Treiben auf der Brücke zu überwachen. Mit denen hättest du heute mittag zu tun gekriegt, Hector, wenn du Ernst gemacht hättest. Oder wir, die Hinterbliebenen – danach.«

»Was?« fragte Arturo. »Wovon redet ihr da?«

Aber Che lachte nur, und Hector fiel in das Gelächter ein.

44

An der Reihe dicker eiserner Pfosten, die den Autos die Zufahrt zur Brücke versperrten, standen die beiden Polizisten und gähnten. Als sich Hectors Zug näherte, wurden sie wach.

»Den kenn' ich doch«, sagte der eine verblüfft. »Ein armes Schwein, beide Beine weg und ein Arm. Schon heute vormittag gab's einen Auflauf wegen ihm. Vor dem Bahnhof. Und jetzt *das*. Langsam wird er mir suspekt. Den Kopf hat er ja noch dran, und der ist allemal der gefährlichste Körperteil.«

Der zweite Polizist fing zu lachen an.

»Was gibt's denn da zu lachen?« fragte der erste verwundert.

»Viele Frauen«, wieherte der zweite, »werden bei uns Männern einen anderen Körperteil für weit gefährlicher halten ...«

Er spuckte hinunter in den Fluß und fragte dann: »Hast du seine Papiere gesehen?«

»Wir haben ihn nicht danach gefragt. Was soll's auch? So ein Stück Mensch kann man doch nicht auf die Wache bringen. Der läßt sich ja nicht mal richtig anfassen. Wir haben ihn nur aus dem Verkehr gezogen und anderswo abgesetzt. Samt seiner Tochter.«

»Hat er agitiert?«

»Keine Ahnung. Wir wurden hingerufen, weil man ihn umbringen wollte.«

»Was kann's für einen Spaß machen, so einen Krüppel umzubringen?« fragte der zweite. »Da gibt's doch eine Vorgeschichte.«

»Heute vormittag«, sagte der erste, »hat ihn seine Tochter im Kinderwagen gefahren. Lächerlicher Anblick. Jetzt kommt er auf einem Esel geritten. Im Jesus-Look. Und schon wieder latschen welche hinter ihm her. Bloß noch halb vorhanden, und doch ein Unruhestifter. Das müssen wir melden!«

Und das taten sie sogleich über den Sprechfunk. Die Meldung wurde weitergegeben, allerdings so verknappt, daß sie Anlaß zu Mißverständnissen gab: Jesus ziehe auf die Brücke San Blas zu und wolle sie überqueren. Und das Volk ziehe hinter ihm her …

Die beiden Polizisten erhielten den Befehl, den Mann mit seinem Gefolge nicht über die Brücke zu lassen und ihn aufzuhalten. Zwei Wagen seien bereits zu ihnen unterwegs.

45

Schon bevor Hector und seine Begleiter die dicken eisernen Pfosten der Brücke erreicht hatten, bot sich ihnen ein wunderbarer Blick über den Fluß und die rechte Stadthälfte, die reiche Seite. Dort war das Zentrum der Metropole: die luxuriöse Uferpromenade mit Ausflugsbooten und Restaurants, die Plaza Bolívar mit dem Rathaus, die Kathedrale, die Geschäftsstraßen mit den großen Kaufhäusern, das Regierungsviertel mit dem Präsidentenpalais, die Kasernen und die Polizeipräfektur, dazu die Viertel der Reichen mit ihren Schulen und Kirchen.

Aber im Hintergrund zogen sich die Armenviertel die Hänge hinauf, auf beiden Seiten des Flusses, rund um die Stadt.

Von der Kathedrale herüber schlug es vier Uhr. Die Hitze hatte abgenommen, die Schatten wurden wieder länger, im Fluß spiegelte sich die Stadt. Über die Brücke O'Higgins, einen knappen Kilometer flußabwärts, flutete lebhafter Autoverkehr in beiden Richtungen. Boote überquerten den Fluß, Kinder spielten auf einem Landungssteg, Angler schauten vom Kai zur Brücke herauf. Ein Hundekadaver trieb vorüber. Oder war's ein Mensch? Nichts Besonderes. Der Fluß war lang, und vieles geschah an seinen Ufern. Kaum ein Tag verging, an dem keine Leiche vorübertrieb. Ertrunkene Kinder. Selbstmörder. Mordopfer.

Eine Entenschar paddelte an der Kaimauer entlang, über dem Fluß kreisten Geier.

»Ein friedliches Bild«, sagte Hector und seufzte.

»Hector«, flüsterte Che, »hast du am Ende *doch* vor …?« Er griff Arturo in die Zügel.

Der Esel hielt so plötzlich an, daß Hector nach den Schnüren der Ballontraube greifen mußte, um nicht zu fallen.

»Nein«, sagte er. »Das hab' ich hinter mir. Aber ich hatte einen Traum …«

»Ich wette«, sagte Che, »du hast dich heute morgen in Gedanken ein paarmal hier heruntergestürzt.«

Arturo drehte sich zu Hector um und fragte: »Bleibt's dabei, daß du rüberwillst?«

Als dieser entschlossen nickte, passierte er die Eisenpfosten und wollte den Esel hinter sich herziehen.

»Halt!« riefen die beiden Polizisten und stellten sich Arturo in den Weg. Einer von ihnen sagte: »Was habt ihr vor?«

»Was wohl«, antwortete Che. »Über die Brücke gehen.«

»Und die Leute hinter euch?«

»Die auch. Lauter friedliche Bürger.«

Che und Arturo zogen ihre zerknitterten und ausgefransten Personalausweise aus den Hosentaschen. Hectors Ausweis aber war bei dem Straßenbahnunfall verlorengegangen. Er sah den Polizisten an. Woher kannte er ihn? Dieses Gesicht …

»Aha«, sagte der Polizist. »Kannst dich also nicht ausweisen. Aber ich kenn' dich ja. Hab' dich heut' mittag vor dem Markt abgesetzt – nach dem Auflauf vor dem Bahnhof. Und jetzt sorgst du schon wieder für Unruhe. Jetzt ist aber Schluß. Du bist festgenommen.«

Und er nahm Arturo, der nicht wußte, wie ihm geschah, die Zügel aus der Hand.

»Das ist *mein* Maulesel!« rief der in Panik.

»Es nimmt ihn dir ja keiner«, sagte der Polizist. »Die kommen mit dem Wagen und nehmen den Mann mit. Du mußt nur so lange warten, bis sie da sind.«

Aber auch die Leute hinter dem Esel wurden unruhig.

»Er ist ein Glückbringer!« riefen sie.

»Na und?« sagte der zweite Polizist. »Von eurem Jesus könnt ihr euch außerhalb der Stadt beglücken lassen, aber nicht hier, wo ihr stört.«

»*Ihr* stört!« rief eine sich überschlagende Jungenstimme aus dem Hintergrund.

»Wer war das?« rief der Polizist empört.

Aber jetzt drehten sich alle um, denn von der Kreuzung schallte Lärm herüber, der den ihren bei weitem übertraf. Eine doppelt so große Schar wie Hectors Gefolge überquerte sie gerade, ohne die Ampelzeichen zu beachten. Zwei Wagen prallten aufeinander, ein wildes Hupkonzert setzte ein, der Verkehr staute sich von beiden Seiten.

Und schon strömten Schaulustige zusammen: Dieser Lärm verhieß Nichtalltägliches! Auch die unvermeidlichen Bauchladenhändler waren bereits zur Stelle. Und die Gitarren-, Ziehharmonika- und Panflötenspieler, die Brezel-, Jo-Jo- und Süßwarenverkäufer. Auch die Taschendiebe und kleinen Gauner und alle, deren Gewissen von Elend und Hoffnungslosigkeit nach und nach zersetzt wurde. Und ganze Scharen von Bettlern. Auch ein Karren voller Getränke rollte heran. Und der Eiskarren RASPUTIN.

46

Weil er in der Markthalle keine Kuttelsuppe bekommen hatte, war Rasputin zur Kirche San Pedro gewandert, zum Restaurant, das ihm Che genannt hatte. Aber dort wußte man nichts von einer Kuttelsuppe. Und da hatte er sich, weil's schon weit nach Mittag gewesen war, mit einer Maistasche begnügen müssen, noch nicht einmal gut gewürzt. Von welchem Vieh wohl die Fleischfüllung gestammt hatte? Von einem Dackel? Einer Katze? Einer Ratte?

Von dort war er hierher zur Brücke San Blas gezogen. Vielleicht war Hector *doch* auf der Brücke? Wenn auch mit erheblicher Verspätung …

Und in der Tat – hier ging etwas vor. Hier lohnte es sich, die Werbetrommel zu rühren. Er versuchte zur Brücke vorzudringen, denn dort gab es immer eine Menge Fußgänger. Allerdings auch eine ganze Anzahl von Konkurrenten. Aber je näher er ihr kam, um so dichter wurde das Gedränge. Wo die Brücke anfing, schwankte eine Traube von Luftballons. War dort Che?

Aber es gab so viele Luftballonverkäufer in der Stadt.

Jemand in Rasputins Nähe verbreitete, es sei jetzt nicht ratsam, über die Brücke zu gehen, da braue sich was zusammen: Ein Haufen Indios gehe auf einen anderen Haufen los. Der Streit drehe sich offenbar um einen Mann, den die eine Gruppe habe, die andere aber haben wolle.

Rasputin hörte Geschrei: »Gebt ihn raus!« und »Er gehört uns!«

»Ein Eis gefällig?« schrie er dagegen an. »Mango? Vanille? Schokolade? Rum?«

47

»Da!« rief Arturo und starrte zur Schar hinüber, die von der Kreuzung herangezogen kam. »Ich hab's ja geahnt. Dort ist sie, die Dürre, die dich vorhin auf dem Markt hat mitnehmen wollen. Dort, neben dem großen Kerl. Die hat ihr Viertel mobilisiert!«

Aus der Ferne tönten Polizeisirenen.

Die Schar hinter Hector hatte sich umgedreht und rief den anderen zu: »Haut ab! Er gehört *uns*!«

Wie ein Echo hallte es von drüben zurück: »Nein, uns! Uns!« Latten, Rohre, Pfähle, Stöcke drohten herüber. Und der Hüne, der mit einer Eisenstange vornewegmarschierte, schmetterte: »Leute, macht euch bereit – jetzt gibt's Rabatz!«

Alicia drängte sich zwischen Arturo und den Maulesel. Arturo hob sie hoch und setzte sie hinter Hector auf die Kruppe.

»Halt ihn fest!« herrschte er sie an und legte ihre dünnen

Arme um Hectors Leib. »Mit den Beinen klammerst du dich an den Esel, verstanden? Und wehe, du muckst dich!«

»Der Wagen«, sagte sie.

»Vergiß ihn«, sagte Hector. »Jetzt geht's ums Ganze.«

Arturo warf den Kopf hin und her. Schweiß lief ihm über die Schläfen. Den Polizisten den Rücken zugewandt, flüsterte er Hector zu: »Hör her, Mann! Wir waren uns ja schon einig geworden, was meinen Flojo angeht. Nur mit heimnehmen kann ich dich jetzt nicht. Die Lage hat sich geändert, wie du siehst. Gib mir das Geld, aber unter dem Umhang, sonst bin ich's gleich wieder los. Nein, nur achtzig, weil's keine volle Stunde war. Und den Vorhang da kannst du auch behalten, das regle ich schon mit Anita. Gott sei mit dir. Und mit dir auch, Flojo.«

Damit rannte er in Richtung Markthalle davon, die Peitsche so wild schwingend, daß ihm alle auswichen.

»Laßt ihn doch gehen«, sagte Che zu den Polizisten und zeigte mit dem Kinn auf Hector. »Ihr seht – auch für euch wird's vielleicht gleich eng werden.«

»Mehr Respekt!« knurrte der eine.

»Du kannst ja gehen«, sagte der andere zu Che. »Und das Kind nimm auch mit. Aber er bleibt da. Befehl von oben. Denn kommt er heute davon, rumort er morgen wieder irgendwo herum. Außerdem würden ihn seine Anhänger gar nicht fortgehen lassen.«

Hectors Leute scharten sich jetzt um den Esel. Männer und junge Burschen, denen man die Rauflust ansah, stellten sich schützend vor sie, Pflastersteine in den Händen.

»Holt ihn euch doch!« riefen sie dem anderen Haufen entgegen.

Der eine der beiden Polizisten drängte sich nach vorn und donnerte den Heranziehenden mit dem Revolver in der Hand entgegen: »Halt – oder ich schieße!«

Die Leute blieben unschlüssig stehen. Die Polizeisirenen

waren jetzt schon sehr nah. Man konnte sie trotz der wilden Huperei und des Geschreis deutlich hören.

»Das ist nichts, was die Polizei angeht!« rief die Hagere schrill. »Wir wollen uns nur den Glückbringer holen!«

Che schwang sich auf das Brückengeländer und rief ihr zu: »Habt ihr ihn denn überhaupt gefragt, ob er zu euch will?«

Die von drüben sahen einander erstaunt an.

»Wie wird er denn nicht wollen, so ein Haufen Elend?« erwiderte die Hagere. »Den Löffel in den Mund schieben und den Hintern wischen, das ist alles, was er noch kann. Wenn sich niemand um ihn kümmert, ist er in zwei Tagen hin. Was kann ihm Feineres passieren, als daß wir ihn hätscheln? Ihm wird es besser als uns allen gehen!«

»Aber ihr wollt an ihm verdienen!« rief Che.

»Was sonst?« antwortete der Hüne. »Auch diese Art von Glück brauchen wir. Unsere Kinder wollen genauso satt werden wie die Kinder von denen dort drüben!«

Er zeigte auf das andere Ufer.

48

Rasputin ließ die Eiskelle sinken. Das war doch Che, der dort auf dem Brückengeländer saß! Der wild gestikulierte und etwas in die Menge brüllte! Wenn er dort war, vielleicht war dann auch der Krüppel dort?

Er versuchte seinen Karren doch ein bißchen näher an die Brücke heranzuschieben. Aber jetzt heulte die Sirene über den Platz, jetzt kam die Polizei mit offenem Jeep und Kastenwagen. Beide Wagen zwängten sich durch die Autoschlangen. Die Gaffer auf der Kreuzung machten nur zögernd

Platz. Zwei Polizisten sprangen aus dem Jeep und knüppelten in die Menge. Wildes Geschrei erscholl.

Rasputin rettete sich auf den Bürgersteig vor dem mehrstöckigen Gebäude der Zollverwaltung, das wie eine riesige Käseecke zwischen der Uferstraße und der einen Diagonale aufragte. Er ließ den Eiskarren neben der Eingangstreppe stehen und bahnte sich einen Weg durch die Schar der Gaffer die fünf Stufen hinauf zur Plattform. Von hier aus konnte er die Kreuzung und den Brückenaufgang einigermaßen übersehen. Seinen Karren hatte er im Blick, und jetzt, in diesen Minuten der Spannung, war sowieso nicht viel Eis abzusetzen.

Ja, dort auf dem Brückengeländer sah er Che sitzen, und neben ihm stand ein Maulesel, den ein Polizist am Zügel hielt. Auf dem Esel saß ein Mann, hinter ihm ein Kind, ein struppiges Mädchen mit Männerhut und grünem Ballon. Der Mann hielt sich mit einer Hand an der Mähne des Esels fest. Der andere Arm war nicht zu sehen, denn er trug einen Umhang. Und unter dem Saum des Umhangs waren auch keine Beine, keine Füße zu erkennen.

Er war's.

Aber schon näherte sich der Polizeijeep, dem die Menge nur unwillig eine Gasse öffnete, und hielt vor ihm. Zwei Uniformierte zerrten ihn vom Esel und trugen ihn unter dem Schutz der anderen Polizisten in den Jeep. Als sich einer der Polizisten auf den Fahrersitz schwang und den Motor anspringen ließ, begann die Kleine auf dem Esel gellend zu schreien. Zwei andere Polizisten sprangen auf den Rücksitz neben Hector, der sich verzweifelt an die vordere Lehne klammerte. Ein Offizier auf dem Beifahrersitz sprach in ein Megaphon: »Nichts zu sehen, Freunde! Nichts als ein Verrückter, der euer Vertrauen schamlos ausnutzt. Ein Unruhestifter, der sich wie Jesus –«

Weiter kam er nicht. Eine Schar von Männern, alle in ärmlicher Kleidung, darunter ein Hüne mit einer Eisenstange, stürzten sich auf den Jeep. Der setzte sich mit aufheulendem Motor in Bewegung. Die beiden Glückbringerlager stürmten hinter ihm her. Und mit ihnen alle Glücksüchtigen von der Plaza Montezuma.

Er erreichte nur die Kreuzung. Dort blieb er in der Menge der Gaffer stecken, die zur Brücke drängten. Ein Kind war ihm unter die Räder gekommen.

Wutgeschrei erscholl. Der Vater des Kindes fiel über den Fahrer her, der sich gemeinsam mit seinen Kameraden zur Wehr setzte. Schüsse fielen. Jemand zog das leblose Kind unter dem Jeep hervor, während dessen Vater, von einer Kugel getroffen, zusammenbrach. Ein junger Indio entriß einem der Polizisten den Revolver und erschoß den Fahrer, während andere Männer auf dem Offizier herumtrampelten. Auch die zwei übrigen Polizisten aus dem Jeep wurden von der wütenden Menge überwältigt.

Die Polizisten aus dem Kastenwagen versuchten ihren Kameraden zu Hilfe zu kommen. Sie schossen wie wild in die Menge, wurden aber von einem Steinhagel zurückgetrieben. In Panik sprangen sie in ihren Wagen und bahnten sich einen Fluchtweg im Schlingerkurs, über Bürgersteige und blühende Beete, dann durch eine Einbahnstraße in verbotener Richtung davon.

Und die zwei Polizisten auf der Brücke? Rasputin sah sie auf die andere Uferseite hinüberlaufen. Nein, für eine solche Schlacht waren sie nicht ausgerüstet gewesen.

Schreiend waren Frauen und Kinder während der Schießerei auseinandergerannt und hatten sich in die nächsten Gassen geflüchtet. Auch viele Leute aus den eingekeilten Autos hatten ihre Wagen im Stich gelassen und waren in Deckung gegangen. Jetzt wagten sie sich wieder aus den Verstecken. Verwundete und Tote wurden durch die umliegenden Gassen weggetragen. Die Stufen des Zollgebäudes leerten sich. Die

Glückbringerscharen und viele Gaffer, die nur zufällig vorbeigekommen waren, dazu jene von der Plaza Montezuma und den angrenzenden Straßenzügen, die nichts Besseres zu tun hatten – und das waren sehr viele! –, sie alle versammelten sich um den Jeep. Es gab ein kurzes, aber heftiges Gezeter und Geschrei, Arme wurden erhoben, Fäuste ballten sich. Jemand wendete den Jeep, stieß ihn zurück, wendete noch einmal und steuerte nun im Schrittempo – die Menge zwang ihn zu diesem gedrosselten Tempo – die nächste Autobrücke an, die Brücke O'Higgins. Aus allen Gassen strömten Neugierige nach. Jetzt waren es schon ein paar tausend, die mitzogen und im Sprechchor riefen: »Ins Zentrum! Ins Zentrum!«

49

»Kommst du mit?« hörte Rasputin eine Frau neben sich zu einer anderen sagen. Die eine trug einen dicken Nackenzopf, die andere kurzes, schwarzes Kraushaar. »Wenn sie ins Zentrum ziehen, gibt's vielleicht was abzustauben ...«

Und weg waren sie.

Rasputin schaute sich um. Er war fast der letzte, der noch auf den Stufen des Zollgebäudes stand. Er ging zu seinem Eiskarren hinunter und warf einen scheuen Blick zur Kreuzung hinüber, die nun leer war – bis auf die Autos, die sich wieder bewegten und die leblosen Körper der Polizisten, des Kindes und seines Vaters auf dem Asphalt in weitem Bogen umfuhren. Niemand stieg aus. Die in den Wagen saßen, schienen nur darauf bedacht zu sein, möglichst schnell von der Plaza Montezuma fortzukommen.

In Richtung der Brücke O'Higgins fuhr niemand. Er

wäre auch nicht weit gekommen. Denn die Menge, die hinter dem Jeep herzog, nahm die ganze Breite der Uferstraße ein.

Rasputin schaute zur Brücke San Blas hinüber. Bis auf ein paar Angler und Bettler war sie leer. Offensichtlich hatten die Polizisten sie von der anderen Seite gesperrt. Außer drei Männern mit Aktentaschen unter den Armen, die mit eingezogenen Köpfen der anderen Uferseite zustrebten, sah er niemanden. Wahrscheinlich würden die drei drüben an der Sperre wieder zurückgeschickt werden.

Er karrte zur Brücke hinüber, wo Che noch immer auf dem Geländer saß. Käsebleich.

»Schöne Bescherung«, sagte Rasputin.

Che grüßte ihn nur mit einem kurzen Nicken. Dann kletterte er vom Geländer herunter und sagte zu Alicia auf dem Esel: »Bleib hier.«

»Gib mir den Wagen herauf«, sagte sie. »Sonst klaut ihn noch jemand.«

Aber Che schien sie gar nicht zu hören. »Warte hier auf mich«, sagte er. »Ich will nur nach denen sehen, die dort liegen. Vielleicht leben sie noch.«

»Geh nicht hin, Che«, rief Rasputin. »Die von der Polizei werden sie holen kommen. Wenn sie dich dort antreffen, werden sie falsche Schlüsse ziehen.«

»Aber man kann sie so nicht liegenlassen«, sagte Che. »Stell dir vor, du würdest dort liegen und noch am Leben sein ...«

»Dann bis zum nächsten Mal«, sagte Rasputin. »Ich will hinter den andern her. Einen Fernseher wollt' ich schon lange ...«

»Bleib wenigstens bei ihr, bis ich wiederkomm'«, sagte Che und zeigte auf Alicia.

»Die braucht niemanden.«

Nein, sich diese Plage aufzuladen, und wenn's nur für eine Viertelstunde war – das war zuviel verlangt. Wer wußte denn, ob sie ihm dann vielleicht nicht mehr von der Pelle wich und behauptete, er sei ihr Vater?

Er schob seinen Karren eilig in die Uferstraße hinein, der Menge hinterher.

»Dort«, rief ihm Che nach, »ist es noch gefährlicher!«

50

Che ging auf die Kreuzung zu, über der sich Aasgeier herabschraubten. Viele Geier. Manche von ihnen ließen sich in den Bäumen der Plaza nieder, andere kreisten über den Ampeln. Auf der Kreuzung lagen vier Polizisten, ein Zivilist und ein Kind. Das lag in einer Blutlache. Und das Gesicht des Polizeioffiziers war nur noch ein Brei.

Einer der Polizisten bewegte sich noch. Seine rechte Hand öffnete und schloß sich. Auf – zu, auf – zu. Wie von einem Motor angetrieben.

Che kniete sich neben ihn, nahm die Ballontraube in die linke Hand und knüpfte dem Mann den engen Uniformkragen auf. Dann schaute er sich um und machte den Wagen, die langsam vorüberfuhren, unmißverständliche Zeichen. Der Mann gehörte in ein Krankenhaus, schnellstens! Vielleicht war er noch zu retten.

In diesem Augenblick kam auf einer der Diagonalen ein großer Polizeiwagen angebraust, überholte die Warteschlange vor der Ampel, kurvte über den Bürgersteig und hielt mit einem schrillen Geräusch neben den Toten.

Che schaute auf. Gott sei Dank. Vielleicht schafften sie es noch. Er zeigte auf den, der noch lebte.

Vier Polizisten sprangen aus dem Wagen. Einer schoß. Che sackte zusammen und fiel auf den Polizisten, dessen Faust sich noch immer öffnete und schloß. Die Ballontraube schwebte, nun frei, nach oben fort, in einen Schwarm von Aasgeiern hinein, die, vom Knall erschrocken, verstört aufflatterten.

Zwei Polizisten sicherten, Rücken an Rücken, das Gelände rund um die Kreuzung mit ihren Maschinenpistolen, die beiden anderen luden ihre Kameraden in den Wagen. Dann brausten sie fort.

Che, das Kind und dessen Vater hatten sie liegengelassen. Schon senkten sich die Aasgeier von neuem herab, wagten aber nicht, sich niederzulassen. Denn der Verkehr pulste wieder. Er umfuhr die restlichen Toten wie einen Haufen frischen Pferdemist.

Alicia saß mit aufgerissenen Augen auf dem Esel. Ihr Blick folgte Ches Traube, die, bunt und lustig, über den Fluß dem anderen Ufer entgegentrieb.

Aber als ein paar Bettelkinder von der Brücke kamen, sich neugierig über den Kinderwagen beugten, sich umschauten und ihn hin- und herschoben, rutschte sie blitzschnell vom Esel herunter, rannte wütend auf sie zu und riß ihnen den Wagen aus den Händen. Nachdem sie die Bettelkinder verscheucht hatte, band sie den Esel ans Brückengeländer, hob das Kissen auf, das heruntergefallen war, tat es in den Wagen und schob ihn zur Kreuzung. Knapp vor einem Auto rannte sie zu Che. Der Fahrer mußte scharf bremsen und hupte zornig.

Sie hielt den Wagen fest, während sie sich über Che beugte. Mit weit offenen Augen lag er auf dem Rücken, seine Pupillen waren fast ganz unter die Lider gerutscht, sein T-Shirt war blutgetränkt.

Als sich Alicia wieder aufrichtete und zur Brücke hinüberschaute, sah sie, wie eben ein großer Junge die Zügel des Esels vom Geländer löste. So schnell sie konnte, schob sie den Wagen mitten durch den Verkehr über die Kreuzung. Wieder quietschten Reifen, wieder hupten aufgebrachte Fahrer.

Der Junge war schneller. Er schwang sich auf das Tier und trabte mit ihm davon.

Sie schrie nicht, rief ihm keine Schimpfwörter nach.

Wozu auch. Es war ja zu spät. Sie schob die Hand unter die Matratze und spürte die Münzen unter ihren Fingern. Wenigstens die waren noch da. Sie bog mit dem Wagen in die Uferstraße ein, in der sie weiter hinten die Menge davonziehen sah. Als sie sich noch einmal umdrehte und in den Himmel blinzelte, um Ches bunter Traube nachzuschauen, sah sie sie schon nicht mehr.

Aber ihr grüner Ballon war noch da. Wie schön er war.

51

Es ging nur langsam voran. Sie fuhren inmitten der Menge. Und immer wieder schlossen sich dem Zug neue Gruppen an. Da muß gehalten und begrüßt werden.

»Wohin bringt ihr mich?« fragte Hector.

Sie antworteten nicht gleich, sondern lauschten den Meldungen, die durchs Radio kamen. Einer von ihnen stellte den Empfang lauter.

»... wird von einem Dutzend Toten gesprochen«, hörte Hector. »Darunter auch Polizisten. Ihre genaue Zahl ließ sich noch nicht ermitteln. Der Mob zieht jetzt von der Plaza Montezuma in Richtung Brücke O'Higgins. In einem erbeuteten Polizeijeep führt er einen Krüppel mit sich, einen Glückbringer, wie ihn das einfache Volk nennt, der sich angeblich für Jesus hält oder dafür gehalten wird. Sobald Genaueres bekannt ist, melden wir uns wieder. Achtung, eine Durchsage für Verkehrsteilnehmer: Die Uferstraße zwischen der Plaza Montezuma und der Brücke O'Higgins sowie die Brücke selbst sind bis auf weiteres gesperrt.«

Es folgte ernste Musik.

»Ins Zentrum«, antwortete der Hüne auf dem Beifahrersitz.

»Und was soll ich dort?«

»Möglichst viele sollen dich sehen«, antwortete der am Steuer. »Viele kleine Leute, die sich was von dir versprechen. Darauf haben wir uns auf der Kreuzung erst mal geeinigt.«

»Aber auch die, die das Sagen haben«, fügte der Hüne auf dem Beifahrersitz hinzu. »Die sollen sich vor dir fürchten.«

»Du bist unser Trumpf«, sagte der Rotlockige neben ihm.

»Wir werden durch die Stadt fahren, hin und her«, sagte der Fahrer, »und danach nehme ich dich mit in unser Viertel oben.«

»Erst kommt er in *unser* Viertel!« schnaubte der Hüne zornig.

»Sitzt du bequem?« fragte der Rotlockige neben ihm.

Nein. Der Hintern tat ihm weh. Aber daran mußte er sich, verdammt nochmal, gewöhnen. Das gehörte zu seinem Leben nach dem Hospital.

Ja, bequem. Aber Durst hatte er. Ganz wahnsinnigen Durst.

»Kannst du nicht Wasser aus einem Felsen schlagen?« fragte der Rotlockige neben ihm.

»Quatsch«, sagte der Fahrer. »Das war Moses.«

Er bremste und rief nach vorn und hinten: »Er hat Durst!«

Die Menge staute sich rund um den Jeep. Hände fuhren herein, berührten Hector, streichelten ihn. Von der einen Seite wanderte eine Limonadenflasche über die Köpfe hinweg auf den Jeep zu, von der anderen Seite eine Milchpackung, von vorn eine Flasche Rum. Hector entschied sich für die Milch. Im Hospital hatte er Milch trinken gelernt.

Während er trank, griff der Fahrer nach der Rumflasche und ließ sie im Jeep herumgehen.

Rund um den Wagen nahm das Gedränge zu. »Weg da, wer ihn schon angefaßt hat«, rief jemand. »Wir wollen auch ran!«

»Respekt!« schimpfte der Rotlockige. »Er ist nicht irgendwer!«

»Wer ist er denn?« fragte ein halbwüchsiger Junge neben dem Jeep.

Irgendwo in der Ferne dudelte die Schluckauf-Melodie.

»Na, habt ihr's denn nicht im Radio gehört?« rief der Rotlockige. »Jesus!«

»Unsinn«, zischte der Fahrer. »So haben sie das nicht gesagt. ›Dafür halten‹ ist eine Sache, ›sein‹ eine andere.«

»Er ist Jesus persönlich!« rief eine Frauenstimme schrill.

Der Fahrer wurde nervös, denn ein paar Jungen in Lumpen und mit schmutzigen Gesichtern machten Anstalten, in den Jeep zu klettern. Der Hüne stieß sie zurück. Neben ihm tauchte die Hagere auf und zerrte ihn am Hemd. »Bring ihn danach mit heim, hörst du!« rief sie heiser. »Sonst hast du das ganze Viertel gegen dich ...«

Der Fahrer hupte und gab Gas. Der Motor heulte auf. Die Leute sprangen erschrocken beiseite. Die Menge setzte sich wieder in Bewegung.

»Und wenn ich euch jetzt bitten würde, mich irgendwo am Straßenrand abzusetzen?« fragte Hector. »Mich einfach an eine Hausmauer zu lehnen und ohne mich weiterzufahren – was würdet ihr mir antworten?«

Die Männer sahen sich an: der blaßhäutige Rotlockige neben ihm, der fast noch ein Kind war und so unschuldig wie ein Ministrant aussah, obwohl er mit seinen bunten Turnschuhen am wildesten auf dem Polizeioffizier herumgetrampelt hatte; der schweigsame Kaffeebraune an seiner anderen Seite, dessen Gesicht mit Pockennarben bedeckt war und der das Stirnhaar eines auf dem Boden liegenden Polizisten gepackt und dessen Kopf immer wieder mit voller Gewalt auf das Pflaster geschmettert hatte; der schwarze Fahrer mit dem offenen Geschwür auf dem bloßen, schweißigen Rücken; und dieser lange, athletische Indio, der einen der Polizisten mit seiner Eisenstange erschlagen hatte. Die Eisenstange hielt er jetzt zwischen seinen Knien. Sie ragte weit aus dem Jeep. Hector warf einen Blick auf ihr oberes Ende. Blut und Haare klebten daran.

Der Pockennarbige räusperte sich.

»Es wäre nicht ratsam«, sagte er mit einer sehr tiefen Stimme, »sich von uns an eine Wand lehnen zu lassen. Die vielen Leute würden dir zu nahe kommen.«

»Er meint«, erklärte der Hüne, »sie würden dich erdrücken.«

»Ich hab' euch nicht gefragt«, sagte Hector, »ob ihr es ratsam findet oder nicht, sondern was ihr mir auf meine Frage antworten würdet.«

»Nein«, sagten der Hüne und der Fahrer gleichzeitig, und der Pockennarbige nickte.

»Dann bin ich also euer Gefangener«, sagte Hector.

»Aber Señor!« antwortete der Rotlockige voller Respekt.

52

Rasputin hatte die Nachhut überholt. Nun fuhr er mitten in der Menge. Aber der Verkauf wollte nicht in Gang kommen, obwohl er seine verschiedenen Geschmackssorten laut anpries. Lag's daran, daß er in Gedanken noch auf der Plaza Montezuma war?

»Ist er's wirklich?« rief ein junger Mann hinter ihm über

die Köpfe hinweg einem anderen jungen Mann zu, der ein Kofferradio bei sich trug, das laut quäkte. »Was sagen die Nachrichten?«

Aber der Radiobesitzer hörte den Rufer nicht und drehte sich nicht um.

»Natürlich ist er's«, antwortete Rasputin statt seiner todernst, ohne zu wissen, um wen es ging.

»Jesus?« jubelte der Frager. »Nicht zu fassen! Ausgerechnet bei uns! In unserem Land! In unserer Stadt! Das wird unserem Staat zu Ansehen verhelfen! Das wird Arbeitsplätze schaffen!«

Rasputin schwieg verblüfft. Jesus? Was hatte der mit diesem Marsch zu tun? Aber dann sah er die Köpfe vor und neben sich, die Nacken, die sich reckten, und hörte jemanden sagen: »Er soll ganz verstümmelt sein.«

Da begriff er. Und fast gleichzeitig erfaßte er die einmalige Werbechance.

»Ich kenne ihn persönlich!« posaunte er laut in die Runde. »Ich war den ganzen Vormittag mit ihm zusammen!«

Und schon drängten sich die Leute um ihn.

»Was du nicht sagst«, rief eine Frau und sah ihn voller Bewunderung an. »Wie ist er?« Und sie verlangte ein Eis.

»Wunderbar, einfach wunderbar«, tönte er, blieb stehen und verkaufte. »Es lebe Jesus, der Freund der kleinen Leute, die in Dreck und Elend hineingeboren wurden, so wie du und ich! Es lebe Jesus, der Witwentröster und Krankenheiler, der Arbeitsbeschaffer und Bonzenbestrafer, der Verfolger aller bestechlichen Beamten, aller kriegssüchtigen Generäle, die mit unseren Söhnen umgehen, als seien sie Schlachtvieh! Es lebe Jesus, der Richter aller machtversessenen Präsidenten!«

»Bravo!« riefen die Leute rings um ihn.

Jemand flüsterte: »Pst! – Du riskierst zu viel …«

»Hier unter euch«, rief Rasputin, »riskier' ich alles! – Noch ein Eis? Nuß? Erdbeer? Rum? – Kein Polizist weit und breit.

Die trauen sich jetzt nicht her. Hier braucht niemand zurückzuhalten, was er schon längst mal herausschreien wollte!«

Ja, er verstand es, sein Publikum bei Laune zu halten und neues Publikum anzulocken. Er fuhr wieder weiter. Nein, zurückbleiben wollte er nicht. Die Polizei konnte von hinten kommen. Aber vorn gab es immer wieder Stockungen. Wahrscheinlich, weil neue Gruppen aus der anderen Richtung dazustießen. Da holte er auf.

Er deutete mit der Eiskelle auf ein paar zerfranste Wölkchen, die, daunengleich, über die Stadt dahinschwebten.

»Das ist der himmlische Nahverkehrsbetrieb«, erklärte er. »Auf einem von diesen Kissen sitzt jetzt Gottvater und schaut seinem Sohn zu …«

Er erwartete Gelächter. Aber alle schauten andächtig in den Himmel. Und schon wieder gab's eine Stockung.

Der mit dem Kofferradio rief. »Sie haben gemeldet, er ist es nicht!«

»Ja, das kennt man!« trompetete Rasputin. »Die Meldungen stammen von denen, die das Sagen haben. Wenn die behaupten, er sei es nicht, dann liegt der Verdacht nahe, er *ist* es. Daß er denen ganz und gar nicht in den Kram paßt, ist doch klar. Und schon gar nicht den Kirchenleuten. Aber die stecken ja alle unter einer Decke.«

Es gab lebhaften Applaus.

»Und du hast ihn wirklich gesehen?« fragte die Frau, die an seiner Seite geblieben war.

»Ich hab' ihn lachen sehen!« schmetterte er. »Er ist alles andere als ein Trauerkloß!«

»Also nein«, sagte eine andere Frau mit klimpernden Messing-Ohrgehängen, »lachend kann ich ihn mir einfach nicht vorstellen.«

»Daran ist nicht er schuld«, predigte Rasputin, während er wieder Eis verkaufte. »Das haben sich die Pfaffen zuzuschreiben. Die Kirche hat alles mögliche, nur keinen Humor,

Leute, keinen Humor. Ich sage: Weg mit allen diesen weinerlichen Schlafzimmerbildern, auf denen Jesus wie ein Schwuler aussieht! Auf denen er jedem, der in seiner Gegenwart lacht, das Urteil ›Schuldig!‹ entgegenzuschleudern scheint! Schaut hin und freut euch an ihm. Zwei Beine und ein Arm sind ab, und trotzdem lacht er. Da kann man sich doch nur ein Beispiel dran nehmen, da kann man sich doch dran aufrichten! Das ist ein Typ, der noch lachen würde, wenn ihm die Straßenbahn zu allem anderen auch Kopf und Schwanz abgefahren hätte!«

Das Gelächter locke neue Kunden herbei.

»Und ein bescheidener Mann ist er«, fuhr Rasputin lautstark fort. »Er trägt keine Schärpe wie ein Osterhase oder ein Präsident, keine Uniform wie ein Offizier, behängt seine Brust nicht mit Blechkinkerlitzchen. Und wenn man's ihm auch bezahlen würde: Er würde in keinem Hilton übernachten, sondern bei uns, in unseren bescheidenen Hütten, in einer unserer Hängematten inmitten von Mückengesumm und Kindergeschrei, zwischen Kacke und Kakerlaken –«

»So ist es!« rief ein alter Indio.

»– würde gern von unserer mageren Suppe essen. Leute, er gehört zu uns! Zu uns, mit denen die Reichen hier und anderswo nichts zu tun haben wollen! Zu den kleinen Dieben und Strichmädchen, den kleinen Bauchladenverkäufern und Schuhputzern, den kleinen Angestellten, die ihr Gehalt vom Staat erstreiken müssen!«

»Bravo, bravo!« riefen drei Männer in abgewetzten Anzügen.

Wieder eine Stockung. Gelegenheit zum Verkauf. Von allen Seiten verlangten die Leute Eis. Rasputin verkaufte und redete gleichzeitig: »Zu den Bettlern und Vagabunden, den Knackis und Fixern, den Säufern und Irren und nicht zu vergessen den armen Teufeln da draußen im Dschungel, die noch nicht ahnen, daß die Erde keine Tortilla, sondern rund wie ein Luftballon ist, und die an der lächerlichsten Grippe sterben!«

»Es lebe Rasputin!« rief ein Zerlumpter und schwenkte seine Flasche.

»Mich könnt ihr ein andermal hochleben lassen«, wehrte Rasputin ab. »Jetzt bleiben wir an Jesus dran, im wahrsten Sinne des Wortes. Auf! Hinter mir her! Jesus, wir folgen dir nach und sind stolz auf dich! Auf uns kannst du zählen – du, der du nicht blond und blauäugig zu uns heruntergekommen bist, um uns zu erlösen, und nicht weiß bist wie ein Frosch auf der Bauchseite oder rosa wie ein neugeborenes Ferkel, sondern braungetönt, wie ein Südamerikaner zu sein hat, und schwarzhaarig und dunkelhäutig, wie ein Mensch, dem man auf Anhieb traut. Ein Mensch wie du und ich!«

Gehen – halten, gehen – halten. Schneckentempo. Die da vorn waren sich wohl selber im Weg. Nun, ihm konnte es nur recht sein.

53

»Weiß Gott, ja, ein Mensch wie du und ich«, höhnte eine Indiofrau, die einige Reihen weiter vorn ging. »Heute mittag hab' ich gesehen, wie ihn die Polizei vor der Markthalle abgesetzt hat. Wie einen Haufen Kehricht! Wie den letzten Dreck. Ein schöner Jesus. – Eine Tochter hat er! Eine Tochter!«

»Na und?« rief Rasputin, ließ die kleine Frau, die ihn so bewundert hatte, den Karren schieben und verkaufte im Gehen weiter. »Der ganze Himmel ist voll von Göttern, die Kinder haben. Er aber, der sogar ausdrücklich Gott und Mensch zugleich sein soll, dem will man keine zubilligen?«

Seine Zuhörer nickten eifrig. Aber die Indiofrau hörte gar nicht zu. Sie hörte nur sich selbst.

»Ich hab' mit eigenen Augen gesehen«, rief sie, »wie er ihr die Nase blutig geschlagen hat – seiner Tochter, einem Kind von zehn oder elf Jahren! Sie ist aber auch ein Miststück. Schärfer aufs Geld als unsereiner!«

Sie lachte hämisch: »Jesus – von wegen. Ein Hurenbock ist das! Mit der Rosalba aus der Imbißstube hat er's getrieben – noch heute mittag!«

Rasputin brauchte nicht mehr selbst zu antworten. Er hatte sich seine Gemeinde gut erzogen.

»Was stört dich daran?« rief ihr ein alter Mann mit einer Narbe auf der Wange und einer blauen Arbeitsschürze zu. »Warum soll er nicht mit dieser Rosalba schlafen, wenn's beiden Spaß macht? Zu einem Menschen gehört auch das!«

»Aber ich sag' euch, er ist nicht der echte!« rief die Frau schrill.

»Du kannst ja auf den richtigen warten«, antwortete ihr eine rundliche junge Frau mit einem Kind auf dem Arm und einem anderen an der Hand. »Ich bin mit dem da zufrieden. Was bringt mir einer, der nur mit hochgedrehten Augen und Jammermiene auf sein Herz zeigt. Der mit keiner Frau schläft, nie in Zweifel oder Wut gerät und sich nie besäuft. Ich will keinen solchen Plastikheiland, sondern einen zum Anfassen. Eben einen wie den da.«

»Ein Papaya-Eis gefällig?« rief Rasputin und hielt es über die Köpfe weg der Indiofrau hin. »Gratis natürlich.«

Sie warf ihm einen bitterbösen Blick zu, grapschte nach dem Eis und verzog sich damit weiter nach vorn.

Rasputin horchte auf. Die Love-Story-Schluckauf-Melodie! Die Alte war also auch wieder mit von der Partie.

»Was melden sie?« rief der junge Mann hinter ihm dem Radiobesitzer zu.

»Sie ziehen die Polizei auf der anderen Seite der O'Higgins zusammen«, rief der zurück. »Sie haben gewarnt: Man soll die Kinder zu Hause lassen und sich aus der Innenstadt heraushalten. Es scheint sich ziemlich viel von den Hangvierteln herunterzubewegen.« Er zeigte auf das andere Ufer hinüber. »Dort versammeln sie sich auch schon!«

Tatsächlich: Drüben auf der Uferpromenade stand eine dichtgedrängte Menge, winkte herüber, schwenkte Tücher, rief und schrie und bewegte sich ebenfalls auf die O'Higgins zu. Hatten sie sich aufgemacht, nachdem sie die Durchsagen gehört hatten? Kamen sie aus Neugier oder Solidarität? Oder waren sie auch auf eine Berührung aus? Erwarteten sie vielleicht einen Segen?

Rasputin schüttelte den Kopf. Aus der Innenstadt heraushalten. Das verhieß Schlimmes. Nein, es war zu riskant, sich dort nach einem Fernseher umzusehen. Er hatte ja den Karren bei sich, und der war seine ganze Existenz. Gewiß, bei Plünderungen hatte man tolle Chancen. Aber wenn man nicht verschwunden war, bevor die Polizei aufkreuzte, konnte die Sache übel ausgehen.

Er beschloß, der Weisung zu folgen: sich rauszuhalten.

54

Alicia schob den Wagen vor sich her, immer dem Menschenstrom nach. Sie wußte: Hector war im Jeep. Und der Jeep war vorn, wie sich die Leute neben und hinter ihr erzählten. Vergeblich hatte sie versucht, mit dem Wagen bis zu ihm vorzudringen.

Sie fror, obwohl die Sonne noch weit über dem Horizont stand.

»Na, Kind«, fragte eine Frau neben ihr mit einem belustigten Blick auf den grünen Ballon, »gehst du hier ganz allein mit?«

Alicia schüttelte den Kopf. Vorn war ja Hector.

Die Frau warf einen Blick in den Wagen. »Und das Baby?«

Alicia zeigte mit dem Kinn nach vorn.

55

Rasputin konnte den Jeep nicht sehen, auch wenn er sich reckte. Die Rücken der vor ihm Marschierenden verdeckten ihn. Nur die Eisenstange sah er. Die ragte aus der Menge.

Hector, armes Schwein. Wie mochten sie ihn behandelt haben? Wie mochte ihm zumute sein? Und wo war Che? Wo war die Kleine?

Er hatte ein blendendes Geschäft gemacht. Aber nun wurde es Zeit, seitwärts auszuscheren. Denn nach dem, was dort auf der Plaza Montezuma geschehen war, würde die Polizei erbarmungslos zurückschlagen. Und zwar bald.

Von hinten schob sich jetzt ein Fernsehübertragungswagen durch die Menge. Was hier geschah, wurde also bereits festgehalten. Der Wagen überholte die Marschierer, er bahnte sich seinen Weg nach vorn, zum Jeep. Natürlich. Das Fernsehpublikum hatte ein Recht, alles möglichst bald und aus nächster Nähe zu sehen – auch den, den das niedere Volk für Jesus hielt. Rasputin spuckte seinen Frust auf den Asphalt: Er besaß keinen Fernseher.

Er überschlug die Einnahmen des heutigen Tages. Einen Teil davon würde er, wie jeden Monat, seiner Frau zukommen lassen. Über einen verschwiegenen Freund. Vielleicht konnte er sich mit dem Rest günstig einen gebrauchten besorgen? Fernsehen: Wenigstens mit den Augen am Leben teilhaben, wie es sein *könnte*.

Der Zug nahm alle sechs Spuren der Straße ein. Seine Spitze hatte die Brücke O'Higgins schon fast erreicht. Links zogen sich große, mehrstöckige Gebäude an der Straße entlang: das Zollhaus, ein Gymnasium, das Apollo-Kino, das Herz-Jesu-Krankenhaus – und als letztes der eingerüstete Rohbau des Bürohauses, dem der Krankenhauspark hatte weichen müssen.

Vor dem Bretterzaun, der die Baustelle umgab, entstand wieder eine Stockung. Geschrei ertönte, Holz splitterte, Rasputin sah den Zaun an zwei Stellen wanken. Dann krachte er um. Die Menge stürmte auf das Baugelände, das die Bauarbeiter für diesen Tag schon verlassen hatten. Die sich nach vorn gedrängt hatten und wieder zurückgekehrt waren, berichteten: Nur ein Wachmann mit seinem Hund habe sich den Eindringlingen in den Weg gestellt. Er sei zur Seite gestoßen, der Hund erschlagen worden.

Rasputins Publikum geriet in Bewegung. Nur schnell hin, um ja nichts zu versäumen!

Die Menge lichtete sich. Rasputin drehte um und karrte, so schnell er konnte, an der Wand des Krankenhauses entlang davon. Einem Kind, das von ihm ein Papaya-Eis verlangte, winkte er ab. Als er den Zug schon hinter sich gelassen hatte und nur noch ein paar Nachzügler an ihm vorbeiwanderten, blieb sein Blick an einem Kinderwagen hängen, der ihm bekannt vorkam. Ja, es war der, in dem Hector gesessen hatte, und die Kleine schob ihn, dieses Kind mit dem alten Gesicht. Nun ja, sie war auch ein Mensch. Er hielt an, rief sie und winkte. Als sie kam, schenkte er ihr ein extragroßes Eis. Drei Kugeln: Schokolade, Rum und Papaya.

Fast riß sie es an sich, biß hinein und schlang es hinunter, ohne zu genießen. Sie bedankte sich nicht einmal. Noch als er schon ein Stück weiter war, hörte er sie schmatzen.

Dann erreichte er die schmale Gasse zwischen Krankenhaus und Kino. In sie hatte sich eine kleine Schar unbeteiligter Passanten geflüchtet. Verstört spähten einige von ihnen in Richtung Uferstraße, beobachteten das Geschehen und gaben ihre Beobachtungen an die Lauschenden hinter ihnen weiter.

»Mein Wagen«, jammerte ein älterer Mann mit Krawatte und blankgeputzten Schuhen, in der Hand einen Aktenkoffer. »Auf dem Parkplatz neben der Brücke steht er. Mein Gott, wenn die sich über meinen Wagen hermachen ...!«

Bevor Rasputin in die Gasse einbog, schaute er sich noch einmal um. Er sah, daß sich vor allem Frauen und Kinder um etwas drängten, das mitten auf der Straße vor dem Rohbau stand. Das mußte der Jeep sein. In ihm stand ein Mann, der die Leute mit einer Stange vom Wagen fernhielt.

Er sah auch, daß Leute mit Pfählen, Rohren und Latten das Baugelände verließen und sich der Menge, die auf der Straße wartete, wieder anschlossen. Und er sah auch noch, daß ganze Scharen aus der entgegengesetzten Richtung heranströmten, auf den Jeep zu, neben dem jetzt der Übertragungswagen stand.

Als er schon ein Stück in der Gasse war, hörte er ein dumpfes Getöse. Fast gleichzeitig erhob sich Geschrei.

Ein Schuljunge, der sich tollkühn ein paar Schritte auf die Straße hinausgewagt hatte, rief aufgeregt: »Das Baugerüst ist zusammengestürzt!«

»Was mich betrifft«, sagte Rasputin so laut, daß es alle hören konnten, »*ist* er ein Glückbringer!«

56

Erschöpft lehnte Hector im Jeep, von Gesichtern umdrängt. Von Augen, die ihn musterten, die jede seiner Bewegungen verfolgten. Von offenen Mündern. Von ehrfürchtigem Geflüster.

»Ich muß mal«, murmelte er.

»Was hat er gesagt?« flüsterten alle.

»Das geht jetzt nicht«, raunte ihm der Rotlockige zu. »Bitte warte noch ein Weilchen, bis wir im Zentrum sind –«

Ein Reporter quetschte sich durch die Menge, hinter sich einen Kameramann.

»Nur ein kleines Interview«, rief er dem Hünen zu, und schon fragte er: »Sagen Sie ehrlich, Señor: *Sind* Sie Jesus?« und hielt Hector das Mikrofon vor den Mund.

»Verschwinde, oder du kriegst eins über die Rübe!« brüllte der Hüne und schwang drohend die Stange.

Der Kameramann zog sich zurück und zerrte den Reporter hinter sich her. Nur mit Mühe konnten sie sich bis zu ihrem Wagen durchschlagen, denn die Menge hatte sich wieder in Bewegung gesetzt. Immer mehr von ihnen waren inzwischen mit Pfählen und Stangen, Rohren und Ziegelsteinen, Äxten und Beilen, Sägen und Hämmern bewaffnet.

»Nein, keine Waffen!« schrie eine Frau neben dem Jeep.

»Die verstehen nur die Sprache der Gewalt«, antwortete ihr der Hüne im Jeep ungehalten.

»Was sagst *du*?« fragte die Frau und beugte sich in den Jeep.

Hector hatte die Augen geschlossen. Der Rotlockige stieß ihn behutsam an. Er fuhr auf und schaute sich benommen um.

»Was *du* sagst!« drängte der Rotlockige.

»Ich muß mal«, flüsterte Hector.

»Nein«, sagte der Rotlockige. »Es geht um die Stangen und Stöcke da draußen.«

Hector warf einen müden Blick in die gezeigte Richtung. »Eine Menge«, murmelte er und schloß wieder die Augen.

»Was hat er gesagt?« riefen die Leute, die sich um den Jeep drängten.

»Er hat gesagt«, rief die Frau, »nicht vor euren Stangen haben die Angst, sondern vor eurer Menge!«

»Damit hat er recht«, rief eine andere Frau. »Die sind ja in der Minderheit!«

Stangen wurden geschwungen, Pfähle geschwenkt, Latten ausgeteilt, Ziegelsteine weitergereicht. Es gab Geschrei und Gejohle. Sogar die kleinen Jungen wollten bewaffnet sein. Holz schlug an Holz, Eisen an Eisen. Es klapperte, klirrte und klimperte.

»Sag doch was dazu«, flehte die Frau, eine junge Schwarze. »Sollen wir bewaffnet ins Zentrum marschieren?«

Hector rührte sich nicht. Die Frau rüttelte ihn. »Wach auf«, rief sie. »Es geht um deine Botschaft!«

»Ach, habt doch Erbarmen«, murmelte er.

»Die Botschaft, die Botschaft!« riefen mehrere Stimmen.

»Ich hatte einen Traum«, murmelte Hector. »Da fielen sich alle in die Arme.«

»Ja«, sagte die Frau. »Das ist es.« Sie drehte sich um und rief: »Keine Waffen! Es soll alles friedlich bleiben!«

Aber niemand hörte ihr mehr zu. Alle zogen mit Siegesgeschrei weiter. Junge Männer machten sich über den Parkplatz neben der Brücke her, schlugen die Scheiben der Wagen ein, zerbeulten Blech. Einige der Wagen brachten sie in Gang. Wieder machte man halt, denn die erbeuteten Autos sollten sich an die Spitze des Zuges setzen. Sprechchöre skandierten, als die Menge auf die Brücke O'Higgins einschwenkte: »Jetzt kommen wir!« und »Die Kleinen an die Macht!« und »Alles für alle!«

57

Die Aasgeier, die über der Brücke O'Higgins kreisten, hatten scharfe Augen. Sie sahen ganz genau, was sich da abspielte. Aber das, was sie sahen, ließ sie gleichgültig. Für sie zählte nur eins: Aas.

Der Pilot des Polizeihubschraubers, der sie durch sein ohrenbetäubendes Geknatter vertrieb und nun selber über der Brücke kreiste, war an vielem interessiert, nur nicht an Aas. Aufmerksam spähte er hinunter.

Er sah den Jeep, um den sich der Zug formiert hatte. Er sah, daß der Zug stark angewachsen war und ständig weiter wuchs. Da unten mochten schon an die zehntausend Leute beisammen sein. Und von allen Seiten kamen immer mehr dazu. Er sah, daß viele Frauen und unzählige Kinder mitliefen. Das war wohl der Grund, weshalb die Polizisten, die gegenüber der Brücke O'Higgins in den oberen Fenstern einiger Häuser postiert waren, nicht schossen. Unter den Toten würden Frauen und Kinder sein. Die im Übertragungswagen würden das Massaker, die Opfer filmen, die Bilder würden um die ganze Welt gehen und dem Image der Polizei, der Stadt, des Landes schaden.

Aber auch wenn sich diese Polizisten klug zurückhielten, würde bald Schluß sein mit dem Spuk da unten. Denn drei Hundertschaften der Polizei erwarteten den Zug auf der anderen Seite der Brücke. Er bewegte sich genau auf sie zu. Dort war alles Nötige versammelt: ein Feuerwehrwagen mit

Leiter, ein Wasserwerfer, ein Einsatzwagen, ausgerüstet mit Tränengas. Ein paar Krankenwagen standen auch bereit.

Der Hubschrauberpilot wußte, daß man erst versuchen wollte, die Menge durch Ansprachen zu beruhigen. Und da stand auch schon ein Priester in Soutane auf der Feuerwehrleiter und redete auf die Anrückenden ein. Der Pilot konnte nicht verstehen, was er sagte. Aber offensichtlich ließ sich niemand beeindrucken, denn die Menge zog weiter, stockte nicht, hielt auf die Polizeisperre zu.

Jetzt würde sicher ein Polizist zu sprechen anfangen. Ein Offizier würde etwa dies sagen: »Kehrt um, Leute, das ist keine angemeldete Demonstration! Hier kommt ihr nicht durch.« Und vielleicht würde, sollten die Heranmarschierenden den Bürgermeister zu sprechen wünschen, irgend jemand von der Stadtverwaltung erscheinen und ihnen das Blaue vom Himmel versprechen.

Der Pilot wußte: Die in der Stadt das Sagen hatten, verfluchten jetzt die Kameraleute und Reporter. Ohne das Fernsehen würden sich tote Frauen und Kinder verschweigen lassen. So aber …

Und dort war auch noch der Zug der Sympathisanten auf der Uferpromenade. Polizei begleitete ihn, schien ihn jetzt stoppen zu wollen. Natürlich bemühte man sich, zu verhindern, daß die beiden Züge sich vereinigten.

Alle Versuche, den Hauptzug auf der Brücke ohne Blutvergießen zu stoppen, schienen fehlzuschlagen. Denn jetzt rollte der Wasserwerfer vor und begann zu spritzen. Ein vielstimmiges Geschrei setzte ein, das selbst bei dem Lärm der Rotoren zu vernehmen war. Und nun rückten auch die Polizisten vor, dreihundert Helm- und Schildgeschützte schlugen auf die Wagen ein, die den Zug anführten, knüppelten in die nachrückende Menge. Es entstand ein wildes Getümmel auf der Brücke, Kinder irrten in Panik hin und her, mehrere Menschen lagen leblos auf dem Asphalt, verlassen stand eine

Drehorgel mitten auf der Fahrbahn. Nicht wenige ergriffen die Flucht und hasteten zurück, hinein in die Scharen, die die Brücke noch gar nicht erreicht hatten und neugierig vorwärtsstrebten.

Vorn, an der Spitze, kam die Menge trotzdem voran, geschoben von denen, die von hinten nachdrängten. Junge Männer erstürmten Wasserwerfer und Tränengaswagen. Die knüppelnden Polizisten gingen in der Menge unter, wurden überrannt.

Aber auch die Sympathisanten auf der Uferpromenade durchbrachen jetzt die Polizeisperre und vereinigten sich mit denen von der Brücke. Sogar ein paar der Polizisten schienen sich mit ihnen zu solidarisieren. Sie warfen Helme und Schilde über das Brückengeländer in den Fluß. Kein Wunder – sie warteten, genauso wie die Lehrer, schon zwei bis drei Monate auf ihre Gehaltszahlungen. Wie auch der Pilot.

Ja, eigentlich hatten sie recht, die Leute da unten. Einige wenige in dieser Stadt, diesem Land, machten sich ein schönes Leben auf Kosten der anderen. War es da verwunderlich, daß die nun aufmuckten? Daß sie auch teilhaben wollten am Paradies?

Eigentlich, dachte der Pilot, müßte man sich auf ihre Seite schlagen.

Aber was, wenn sie nicht gewannen?

Über Funk gab er seine Beobachtungen weiter – ein kleines bißchen gefärbt. Zum Beispiel unterschlug er die vielen, die auf die Brücke zugeströmt kamen. Als kleinen Solidaritätsbeitrag für die Unruhigen da unten.

58

Mit Triumphgeschrei stürmten die Aufständischen über den Brückenvorplatz in die Avenida Bolívar, die Hauptgeschäftsstraße der Innenstadt. Sie hinterließen nasse Spuren auf dem Asphalt.

Auch Hector troff, genau so wie seine Begleiter im Jeep.

»Ich muß mal«, sagte er, wieder hellwach.

»Jetzt ist das unmöglich«, sagte der Fahrer. »Wir sind mitten in der Erstürmung des Zentrums. Nur noch ein Weilchen bitte. Vielleicht können wir uns dann für fünf bis zehn Minuten unauffällig absetzen …«

»Unauffällig«, sagte der Pockennarbige. »Haha. Der fällt doch überall auf!«

Eine stark geschminkte Blondine winkte. Die vom Bahnhofsvorplatz.

»Von wegen Jesus«, rief sie lachend. »Aber nützlich bist du!«

Im Jeep verstummten alle, denn es kam wieder eine Meldung durchs Radio.

»… war nicht möglich, die Volksmenge an der Brücke O'Higgins aufzuhalten. Sie zieht jetzt in Richtung Zentrum, angeführt von diesem Mann, der, wie schon gemeldet, von vielen der Aufständischen für Jesus, zumindest aber für einen Glückbringer –«

Die Meldung wurde für ein Interview mit dem Polizeipräsidenten unterbrochen. Hector hätte sich vorbeugen müssen, um alles zu verstehen. So aber hörte er nur ab und zu, immer in gleicher Betonung: »… haben wir alles im Griff.«

Die Straße vor ihnen war wie leergefegt. Hector hörte Rollläden vor Schaufenstern herunterrasseln. Er sah, daß in höheren Stockwerken Gesichter hinter Gardinen hervorspähten.

Der Hüne stand auf, drehte sich um und überschaute den Zug.

»Mann«, sagte er staunend, »es werden immer mehr. Und die Fernsehfritzen sind schon mit einem zweiten Wagen dabei.«

Die Leute drängten sich um den Jeep, hielten sich an ihm fest, ließen sich von ihm mitziehen. Auch Kinder.

»Du bist nicht der echte Jesus!« rief ein stoppelköpfiger, kleiner Junge. »Der echte ist ganz!«

»Hört euch das an«, sagte der Rotlockige lachend.

Die Leute streckten die Arme nach Hector aus und versuchten ihn zu berühren. Aber das war gefährlich. Man mußte sich in den Jeep hineinbeugen, um ihn zu erreichen. Dabei konnte einem das Hinterrad leicht über die Zehen fahren.

»Wenn wir dich schon nicht anfassen können«, rief eine Frau, »dann segne uns wenigstens!«

Hector horchte auf. Der Traum kam ihm wieder in Erinnerung. Segnen – warum nicht? Er hob die Hand und segnete.

»Er segnet!« rief die Menge.

»Segne uns, segne uns!« schrien viele Stimmen gleichzeitig.

Der Hüne erhob sich und drohte mit der Eisenstange. »Später!« rief er. »Vom Rathausbalkon aus wird er euch alle segnen. Aber erst müssen wir das Rathaus stürmen!«

»Jetzt kommen *wir*!« schrie der Rotlockige.

»Jetzt kommen *wir*!« wiederholten vielstimmige Sprechchöre. Andere skandierten rhythmisch: »Segne uns! Segne uns!«

Wieder hielt ein Reporter, der neben dem Jeep hertrabte, Hector ein Mikrofon vor den Mund. »Sprich, Meister«, keuchte er, »bist du wirklich der Messias?«

»Er hat uns gesegnet«, rief ihm die junge Schwarze zu. »Also ist er's!«

Der Reporter gab außer Atem auf. Gelächter begleitete seinen Rückzug.

Plötzlich war die Hagere wieder da. Jetzt ohne Kind.

»Warum hast du nicht gesagt, daß du's bist?« fuhr sie Hector zornig an. »Das wollen die Leute doch hören!«

»Es war ja nur ein Traum«, murmelte er.

Die Hagere wandte sich an den Hünen. »Da läuft was schief«, zischte sie ihm zu. »Ihr seid hier nicht mehr der Mittelpunkt. Die da von allen Seiten in die Stadt kommen, schließen sich uns nicht mehr an. Die kochen ihr eigenes Süppchen. Die ziehen aufs Regierungsviertel zu –«

»Den Jesus gibt's nur einmal«, antwortete der Hüne unwirsch, »und den haben *wir*!«

»Sie benutzen ihn mit«, sagte die Hagere. »Sie machen sich die Unruhe zunutze, die er schafft.«

»Schau dich doch um«, sagte der Fahrer zu ihr. »Tausende laufen mit.«

»Aber weiter hinten setzen sich schon viele ab«, fuhr die Hagere fort, klammerte sich an den Jeep und fand irgendwo Halt für ihre Füße. »Die sich mehr davon versprechen, sich den anderen anzuschließen. Da ist einer aus El Horno, der hat auch noch die Leute aus den Vierteln Rondoño und La Golondrina hinter sich. Die haben schon Waffen erobert, heißt es. Schußwaffen!«

»La Golondrina?« fragte Hector aus tiefen Gedanken auftauchend. »Da hab' ich gewohnt.«

»Bist du still!« zischte sie. »Einen Messias aus La Golondrina nimmt niemand ernst. Ein Messias muß aus der Ferne kommen, muß allen fremd sein. *So* stellt man sich einen Messias vor!«

»Wie sprichst du mit ihm!« sagte der Rotlockige zornig.

»Was weißt denn du, du Grünschnabel«, keifte sie ihn an. »Ich hab' den da schon gekannt, als ihn noch niemand für Jesus hielt. Da war er nichts anderes als ein Glückbringer!«

Der Rotlockige wagte nicht mehr zu kontern.

»Jesus war vorher auch nur ein popeliger Zimmermannsgehilfe«, sagte der Pockennarbige.

Aber die Hagere ging nicht auf ihn ein, sondern wandte sich wieder an den Hünen: »Und ein anderer, es heißt, ein ehemaliger Priester, sammelt die von der linken Stadtseite um sich und rückt mit denen aufs Regierungsviertel zu –«

»Ach, hör schon auf«, sagte der Hüne unwillig.

»Laßt euch von denen nicht das Fett abschöpfen«, flüsterte sie. »Tut euch zusammen! Und ihn« – sie zeigte auf Hector – »läßt du dir auf keinen Fall ausspannen!«

Damit löste sie ihre Hand vom Jeep und verschwand in der Menge. Auf der anderen Seite des Jeeps tauchte jetzt ein Mann auf, groß, blond und sportlich, in einem weißen Anzug. Mühelos joggte er neben dem Jeep her. Er schien sich zu amüsieren.

»So schaffst du's nicht, Jesus«, rief er Hector zu. »Wenn du die breite Masse erreichen willst, dann nur übers Fernsehen. Und ein bißchen adretter, wenn ich dir raten darf.«

Er grinste. »Ich weiß, wovon ich spreche. Ich bin vom Fach. An dieser Rolle haben sich schon viele Regisseure und Schauspieler verhoben ...«

Er wurde von zwei jungen Männern angerempelt. Der eine von ihnen, dem das T-Shirt in Fetzen herabhing, war von oben bis unten mit Erbrochenem vollgekleckert.

»Halleluja«, grölte er.

»Jesus, gib uns die Nadel«, röhrte der andere.

»Nein, die Flasche«, grölte der Bekleckerte und versuchte den Blonden zu umarmen.

»Sie Drecksau!« schimpfte der Blonde empört und zeigte auf seine weiße Jacke.

»Mit diesem Wort ha-haste dir dei-deine Zu-zu-zunge beschmutzt«, lallte der Bekleckerte, packte den Blonden an der Krawatte, zog dessen angeekeltes Gesicht ganz nah an seines heran und rülpste ihm aus vollem Bauch hinein.

»So«, lallte er, »riecht die Welt.«

»Halleluja!« sekundierte der andere.

Der Blonde war blaß geworden und versuchte sich zu entfernen. Aber der andere zog ihn an der Nase in die Blickrichtung des Jeeps und brüllte ihm ins Ohr: »Aber der dort, der gibt sym-sympathischen Atem!«

Die beiden Freunde brachen in Gelächter aus, schubsten den Blonden weg und torkelten weiter.

Aus einem offenen Fenster tönte überlaut eine Durchsage. Der Fahrer stoppte den Jeep.

»Achtung! Achtung! In der Stadt wurde der Notstand ausgerufen. Allen Ladenbesitzern wird dringend empfohlen, ihre Läden sofort zu schließen und, wenn möglich, zu sichern. Das Zentrum auf der rechten Uferseite ist bis auf weiteres gesperrt. Es empfiehlt sich, die ganze Innenstadt zu meiden, bis wieder Normalität herrscht. Der städtische Busverkehr ist vorläufig eingestellt, die Schulen sind geschlossen. Es wird dringend geraten, Haus oder Wohnung nicht zu verlassen, denn aus den Hangvierteln ziehen zahlreiche Horden in Richtung Innenstadt. Plünderungen sind nicht auszuschließen. Bitte lassen Sie Funk und Fernsehen eingeschaltet, um wichtige Nachrichten und Durchsagen nicht zu versäumen. Die Stadtverwaltung unternimmt alles ihr Mögliche, um im Stadtbereich so schnell wie möglich wieder Ruhe und Ordnung herzustellen ...«

59

Ende der Durchsage. Das Hohngelächter der Menge ertönte.

»Wir werden nicht so schnell Ruhe geben!« rief ein Mann.

Hector stutzte. War das nicht der rabiate Glatzkopf?

»Die nächste Meldung geben *wir* durch!« trompetete der Hüne.

Fäuste flogen in die Höhe. Ein Rausch ergriff die Menge. Der Jeep fuhr wieder an. Eine Gruppe von Halbwüchsigen, die vor ihm herzog, schrie: »Wir, wir, wir!« Ihr Geschrei wurde von anderen Sprechchören und Jubelrufen übertönt. Und immer wieder war zu hören: »Er ist auf unserer Seite! Mit ihm glückt uns alles!«

»Auch die Eroberung der Stadt«, schmetterte der Hüne. »Uns nach!«

Eine Schaufensterscheibe klirrte. Die Steinewerfer johlten. Und schon kletterten Kinder und junge Leute in das Schaufenster des Textilgeschäfts und griffen nach verführerisch Drapiertem. Eine junge Mestizin zog sich vor aller Augen lachend ein weißes Abendkleid über ihr verwaschenes Fähnchen.

»Nicht plündern!« brüllte der Fahrer.

»Nachher wird geteilt!« donnerte der Hüne.

Aber schon sprang der Rotlockige aus dem Jeep und kam mit einem teuren Panamahut auf dem Kopf zurück.

»Ihr werdet es so nicht schaffen«, sagte Hector ruhig.

»Was sagt er?« wurde von allen Seiten gefragt.

»Er hat gesagt«, verkündete der Rotlockige, »ihr werdet es –«

Der Pockennarbige gab ihm einen Stoß und antwortete statt seiner: »Er hat gesagt, er muß mal.«

Niemand kicherte. Man nickte verständnisvoll. Natürlich – wer ein Mensch war, mußte ab und zu.

Sie zogen jetzt an der Schaufensterreihe des größten Kaufhauses der Stadt vorbei, des Luxuskaufhauses »El Sol«. Was anderswo dreißig kostete, war hier nicht unter sechzig zu haben. Und ärmliche Gestalten hatten gar keine Chance hineinzugelangen. Sie wurden schon vor den Drehtüren zurückgehalten.

Das Gesicht der Rotwangigen vom Markt tauchte neben dem Jeep auf. »Hallo, Glückbringer«, rief sie Hector zu. »Wir sind auch da.«

»Wo ist er denn?« schrie jemand von hinten. »Wo ist er, der Glückbringer? Wir können ihn nicht sehen!«

»Wir wollen ihn sehen!« tönte ein Sprechchor.

»Zeigt ihn uns!« rief jemand. »Hebt ihn hoch!«

»Am Kreuz war er für alle zu sehen!« gellte eine Stimme.

»Wir können ihn doch nicht kreuzigen«, sagte der Pockennarbige lachend.

»Hoch mit ihm, hoch mit ihm!« schallte es von vorn. Und: »Egal wie, aber sehen woll'n wir ihn!« von hinten.

»Ihr seid auf dem falschen Weg«, sagte Hector.

»Wieso?« fragte der Fahrer. »Diese Straße führt genau ins Zentrum hinein. Ich kenne mich hier aus.«

»Ich meine«, sagte Hector, »so werdet ihr's nicht schaffen.«

»Wenn du nur solche Botschaften für uns hast«, sagte der Hüne zornig, »dann sei lieber still. Wir erobern gerade die Stadt, und du nimmst uns den ganzen Schwung. Nicht gerade ermutigend. Ein Glückbringer muß auch ein Mutmacher sein!«

»Ich hab' Angst«, sagte Hector leise.

»Was hat er gesagt?« hechelte ein Mann neben dem Jeep. Ein Schwarzer mit Sonnenbrille. Er kam kaum mit, weil er einen Bauchladen trug.

»Was er gesagt hat?« rief der Hüne. »Was er gesagt hat?

Noch heute werden wir alle im Paradies sein.« Er fuchtelte mit seiner Eisenstange. »Das hat er gesagt!«

Die Rolläden waren vor allen Schaufenstern heruntergelassen. Nur ein einziges war noch ungeschützt, voll mit erlesenen Möbeln aus Rattan, Bambus und Weidengeflecht. Sein Rolladen klemmte, wie es schien. Denn ein Angestellter des Hauses, erkennbar an seiner Arbeitskleidung mit den großen aufgestickten Buchstaben EL SOL, turnte auf einer hohen Stehleiter herum und hantierte nervös mit allerlei Handwerkszeug am Rolladen herum.

»Wir wollen ihn sehen!« riefen sie wieder von hinten.

»Halt«, sagte der Rotlockige zum Fahrer. »Ich hab' eine Idee.«

60

Die Sonne neigte sich jetzt dem Horizont zu, ja sie berührte ihn schon fast. Der ganze westliche Himmel war in leuchtendes Rot getaucht. Die Berge glühten, der Fluß glühte. Auch die Stadt mit ihren Hochhäusern und Kirchtürmen, ihren Slums und Parks, ihren Straßenbahngleisen, Märkten und Privatschwimmbädern war rosa überhaucht. Und wieder schwebten über der City ein paar kleine Wölkchen, nicht zerfasert, sondern rundlich und drall wie die Wolkenkissen, auf die sich Putten betten. Und ganze Scharen von Aasgeiern kreisten über dem Zentrum, auch sie in Zartrosa. Friedlicher konnte das Bild gar nicht mehr sein.

Alicia hatte kein Auge für diese Schönheit. Und es war ihr auch gleichgültig, ob die Bewohner der Reichenviertel an diesem Abend Angst empfanden, weil Sondernachrichten von Slumbewohnern berichtet hatten, die plündernd und brandschatzend in Richtung Innenstadt zogen – und vom Militär, das jetzt eingesetzt wurde, um diesen Aufstand des Abschaums niederzuschlagen.

Hier, in dieser Prachtstraße mit den glitzernden Schaufenstern, war sie schon früher gewesen. Das erste Mal war's zu einem Alptraum geworden. Ihre Mutter hatte sie zum Betteln hierhergestellt – da war sie vier oder fünf Jahre alt gewesen – und hatte gesagt, wenn die Sonne untergeht, hol' ich dich wieder ab. Aber da war bald ein Polizist gekommen und hatte sie weggejagt, und sie hatte sich bis zum Abend in einem Hausflur einer Nebenstraße versteckt gehalten und die Sonne beobachtet – auch so eine rote wie heute. Sie hatte gewartet und gewartet und die Sonne mit ihren Wünschen zum Horizont hinunterzuziehen versucht. Aber ihre Mutter war nicht gekommen.

Wie hätte sie sie auch finden sollen, weit ab von der Stelle, wo sie sie zurückgelassen hatte? Drei Tage war sie dann in der Stadt herumgeirrt, bis sie einem ehemaligen Freier ihrer Mutter begegnet war. An den hatte sie sich geklammert und nicht mehr von ihm abgelassen, bis er sie, um sie loszuwerden, heimgebracht hatte.

Seitdem konnte sie rote Sonnenuntergänge nicht mehr ausstehen.

Sie hatte sehr scharfe Augen. Sie sah nicht nur den Kameramann im Hubschrauber, der über dem Zug kreiste. Ganz weit vorn in der Straße entdeckte sie auch ihn – Hector!

Er saß in einem Korbsessel, hoch über der Menge, und der Sessel schien an einer Leiter befestigt zu sein, einer Stehleiter. Wie sich diese Leiter fortbewegte, konnte sie nicht erkennen.

O Mann – so hoch obendrüber sein! Höher als ihr Ballon!

Jetzt zog sie am Kaufhaus »El Sol« vorbei. Damals, beim ersten Mal, war sie auch vor diesen Schaufenstern herumgeirrt. Seitdem hatte sie sich immer vorgestellt, das Paradies habe solche Schaufenster.

Bis auf eines waren bei allen Schaufenstern die Rolläden herabgelassen. Die Scheibe dieses einen Fensters war zerschlagen, und es war so gut wie leer. Sogar den Dekorationsstoff hatten sie abgerissen. Nur noch ein geflochtener Korb hing an der Wand – zu hoch, als daß ihn jemand hätte herunterangeln können.

Vor dem Schaufenster saß ein Mann in der Arbeitskleidung der »El Sol«-Angestellten auf dem Boden. Um ihn herum lagen Werkzeuge verstreut. Er hielt sich ein blutbeflecktes Taschentuch unter die Nase, und auch aus seinem Haar lief Blut.

Vor den Eingängen des Kaufhauses waren die Rolläden abgerissen. Scharen von Leuten strömten hinein und heraus. Die herauskamen, hatten Berge von Waren im Arm: Textilien, Schuhe, Fernseher, Tennisschläger, aufgetürmtes Porzellan. Und da entdeckte Alicia auch Petronio, der einen Kristallüster schleppte. Hinter ihm erschien Elías, auf dem Rücken ein paar schwere Stoffballen. Ein kostbarer Brokat war halb abgewickelt und schleifte nach. Sie achteten nicht auf Alicia, und das Kind rief sie auch nicht an. Sie verschwanden in einer Nebenstraße.

Mit gierigen Augen und offenem Mund steuerte auch Alicia ihren Wagen auf den Eingang zu. Aber noch bevor sie ihn erreicht hatte, beschloß sie umzukehren und dem Zug zu folgen. Sie schob den Wagen jetzt schneller.

Was für ein Geschrei! Die Menge jubelte Hector zu. Da wurde gelacht, gewinkt und geweint. Aber das Gedränge war so groß, da paßte kein Kinderwagen durch.

Und dann der grüne Ballon. Ihm durfte nichts geschehen!

61

Als der Jeep vor der Kathedrale ankam, ging die Sonne gerade unter. Es würde gleich dunkel werden.

»In die Kathedrale!« rief die Menge Hector zu.

Der Zug umfaßte inzwischen so viele Menschen, daß sie den ganzen großen Platz rund um die Kathedrale füllten. In ihr schimmerte Licht. Ein paar Leute gingen hinein, kamen wieder heraus, berichteten: Ein Bittgottesdienst finde darin statt, zur Rettung der Stadt vor dem Mob.

»Das sind wir«, sagte der Fahrer.

»In die Kathedrale!« hallte es über den Platz.

Zu viert hoben sie die Leiter vom Jeep – der Pockennarbige und der Rotlockige vorn, der Hüne und der Fahrer hinten – und trugen sie auf das Portal zu.

»Aber ich muß vorher noch dringend«, flüsterte Hector von oben herunter.

»Doch nicht hier vor der Kathedrale«, flüsterte der Fahrer ungehalten zurück. »Nur noch eine kleine Weile, bis wir wieder draußen sind, bitte. Dann wird es dunkel sein.«

»Die Leute wollen dich jetzt in der Kirche haben«, raunte der Hüne Hector ins Ohr. »Das gibt Mut!«

»In die Kathedrale, in die Kathedrale!« rief die Menge.

Drinnen dröhnte die Orgel, von schüchternem Gesang begleitet. Irgendwo schien der mächtige Bau undicht zu sein: Es roch nach Weihrauch.

Sie trugen ihn auf der Leiter die Stufen zum Portal hinauf und in die Kathedrale hinein. Aber sie hielten ihn eine Handbreit zu hoch. Mit voller Wucht prallte sein Kopf gegen den steinernen Bogen des Portals. Er stöhnte vor Schmerz.

Die vier Kerle unter ihm waren ehrlich bekümmert. Das hatten sie nicht beabsichtigt, wirklich nicht. Das Volk, das nachdrängte, verstummte beklommen. Die Leiter wurde gesenkt. Ihre Träger balancierten sie vorsichtig durch den Eingang und hoben sie, kaum im Kühlen drinnen, triumphierend wieder hoch.

Hector drückte die Hand an die Beule. Der Schädel wollte ihm platzen vor Schmerz. Trotzdem mußte er jetzt aufschauen. Wie riesig diese Kirche war! Wie gewaltig das Gewölbe über ihm! Ein paar Tauben flatterten aufgeschreckt umher. Auf der Westseite leuchtete noch der letzte Abglanz des Abendrots durch die getönten Scheiben.

Ein Schwanken der Leiter zwang ihn hinunterzuschauen. Sein Blick blieb an einem Uniformierten hängen, der am Altar vorbei auf den alten Mann mit der hohen, spitzen Mütze und dem Ringelstab zueilte, ihm etwas zuraunte und dann wieder durch den Seiteneingang verschwand.

Im Gleichtakt schritten die vier Leiterträger durch den langen Mittelgang auf den Altar zu. Das Volk drängte nach. Es quoll nicht nur durch das Hauptportal, sondern auch durch die Nebeneingänge herein: nur ein Bruchteil der Menge, die draußen wartete. Artig nahmen die Männer ihre Mützen und Hüte ab. Auch der Rotlockige zog seinen Panamahut. Die Leiter schwankte.

»Ave Maria Purísima!« kreischte eine Frauenstimme. »Da ist er, der Gottseibeiuns!«

Ein Raunen ging durch die Bänke. Sie waren nicht gefüllt. Nur wenige hatten offenbar den Mut gehabt, entgegen den dringenden Ratschlägen der Polizei ihre Wohnungen zu verlassen. Wer wohnte hier im teuren Zentrum? Geschäftsleute, Banker, Offiziere. Hector brauchte nur einen Blick auf ihre Kleidung zu werfen, und er wußte Bescheid. Obwohl sie hastig in der Ruhe vor dem Sturm hierhergeeilt waren, unterschieden sie sich schon im Äußeren von denen, die jetzt hereinströmten und die Kathedrale so füllten wie vermutlich seit Jahrzehnten schon nicht mehr. Die Sitzenden musterten die Stehenden unverhohlen – voller Abscheu und Angst.

»Jesus ist da!« rief eine Frauenstimme.

Die Menge, die sich auf dem Mittelgang und in den Seitenschiffen drängte, nahm den Ruf auf und wiederholte ihn im Chor: »Jesus ist da!«

Abrupt brach das Orgelspiel ab. Die Blicke aller Sitzenden richteten sich auf Hector, dessen Träger auf halber Strecke zum Altar angehalten hatten.

62

Der Bischof, der selbst den Gottesdienst zelebrierte, trat gemessenen Schrittes an das Lesepult vor dem Altar und verkündete langsam und deutlich: »Von offizieller Seite wurde mir eben eine Botschaft an alle Anwesenden überbracht: Man möge dieses Gotteshaus vorerst nicht verlassen, da unsere Ordnungskräfte draußen gerade eine Säuberungsaktion rund um die Kathedrale und die angrenzenden Straßen vornehmen. Sobald sie beendet ist, wird mir eine entsprechende Nachricht überbracht werden.«

Seine Worte bewirkten Unruhe, vor allem unter denen, die die Gänge füllten. Es entstand Bewegung. Die, die draußen Familienangehörige und Freunde wußten, drängten wieder hinaus. Auch die Leiter unter Hector schwankte. Ihre Träger waren sich nicht einig.

Der Bischof wartete, bis sich die Unruhe etwas gelegt hatte, dann breitete er die Arme aus, wie um den Altar zu schützen, und sagte würdevoll, den Blick auf Hector gerichtet: »Hinaus! Hier ist Gottes Haus. Wir möchten nicht gestört werden.«

»Aber er ist Jesus!« rief eine Frau.

»Es ist nichts dagegen einzuwenden«, fuhr der Bischof fort und sprach so langsam und betont, als wendete er sich an geistig Beschränkte. »Es ist nichts dagegen einzuwenden, wenn ihr Brüder und Schwestern im Herrn, die ihr aus den bescheideneren Viertel unserer Stadt kommt, uns hier einen Gottesdienst lang Gesellschaft leisten wollt. Obwohl ihr eure eigenen Gotteshäuser habt, in euren Stadtbezirken. Also seid willkommen und benehmt euch so, wie es diesem heiligen Ort entspricht.«

Er hob die Hand und zeigte auf Hector. »Dieser aber muß die Kirche sofort verlassen!«

»Aber er *ist* es!« riefen ein paar Stimmen.

»Ich weiß, wer du bist!« rief der Bischof mit zorniger Stimme. »Solche Unruhestifter wie du haben hier drin nichts zu suchen!«

Er machte einigen kräftig gebauten Männern im Hintergrund Zeichen. Die schritten mit finsteren Gesichtern auf die vier Leiterträger zu.

»Ich gehe schon«, sagte Hector.

»Aber wir haben erwartet, daß du zu uns redest!« rief ein Schwarzer.

Einer der Ordner packte den Pockennarbigen am Hemd und schob ihn vor sich her. Die Leiter schwankte. Ein anderer Ordner trat dem Rotlockigen gegen das Schienbein. Der trat zurück, traf aber nicht. Die Leiter schwankte so sehr, daß sich Hector mit verkrampftem Gesicht an den Korbsessel klammerte.

»Nur ein Wort, Jesus, das wir mit heimnehmen können!« schrie die Frau zu Hector hinauf.

Der beugte sich vor und starrte auf die Ordner. Wenn er von hier oben auf die Fliesen fiel ...! Er schwitzte vor Angst.

»Laßt mich nicht fallen«, keuchte er.

»Nein, wir lassen dich nicht fallen!« riefen ein paar Stimmen. »Wir halten zu dir!«

»Laß du auch uns nicht fallen!« sagte der Schwarze. »Du bist unsere Hoffnung.«

Die Leiter drehte sich und strebte dem Ausgang zu. Die Menge, die mit Hector hereingekommen war, geriet in Bewegung. Sie wollte auch mit ihm zusammen die Kathedrale verlassen. Eine Gruppe von Männern drängte sich zwischen die Ordner und die Leiterträger, um das Kippen der Leiter zu verhindern.

Schon während Hector langsam dem Hauptportal zuschwankte, begann der Bischof zu predigen: »Liebe Brüder und Schwestern im Herrn! Wir leben in unruhigen Zeiten ...«

Ja, die Zeiten begannen gerade jetzt unruhig zu werden, wie es schien, denn draußen wurde es laut. Die dicken Kirchenmauern dämpften zwar den Straßenlärm. Geschrei spielender Kinder oder die Melodien der Straßenmusikanten drangen sicher nicht bis hier herein. Nicht einmal Gewehrschüsse und Todesschreie. Was aber jetzt zu hören war, war von anderer Art: Maschinengewehre ratterten, irgend etwas explodierte. Dann noch einmal. Einmal ferner, einmal näher. Und dann ein ungewohntes Motorengeräusch, ein Gerassel, das sich näherte. Ja, sogar Geschrei. Es drang durch die Mauern, weil so viele schrien.

»Militär!« schrie jemand. »Die schießen in die Menge!«

Aber der Bischof stellte sich taub und predigte weiter, während seine Blicke den Ordnern folgten, die die Leiterträger samt ihrer Nachhut auf das Hauptportal zutrieben. Er predigte von Ordnung und Tradition. Und von dem einfachen Volk, das verlernt habe, demütig das ihm von Gott zugedachte Schicksal zu tragen. Es lasse sich von gewissenlosen Agitatoren verführen und verhetzen und fordere Gerechtigkeit schon hier auf Erden.

Hector schwitzte so, daß sein Schweiß auf die Leiterträger herabtropfte.

»Ihr könnt sie doch jetzt nicht hinauswerfen«, flüsterte ein junger Mann aus einer Kirchenbank den Ordnern zornig zu, »in das Getümmel hinein. Die schießen da draußen ja nicht mit Platzpatronen!«

»Bischöflicher Befehl, Señor«, flüsterte einer zurück. Und ein anderer grinste: »Wenn er wirklich Jesus ist, wird er sich und den Seinen zu helfen wissen ...«

63

Hector duckte sich, als sie den Ausgang passierten. Draußen herrschte schon Dämmerung. Der Himmel über den Dächern in Richtung des Kaufhauses »El Sol« war gerötet, doch wohl kaum mehr vom Sonnenuntergang. Die Sonne war in entgegengesetzter Richtung untergegangen.

»Vorsichtig«, flüsterte der Pockennarbige. »Wer weiß, was uns erwartet.«

Der Rotlockige stolperte. Da lag einer bäuchlings halb auf der Plattform vor dem Portal, halb auf den Stufen, mit dem Kopf zuunterst. Nein, es war eine Frau. Ihr Blut rann die Stufen hinunter. Am Fuß der Treppe lag noch jemand. Ein Mann, der noch stöhnte. Er hielt eine Frau umarmt – so, daß man sie unter ihm kaum sah. Er hatte sie wohl zu schützen versucht. Sie lagen beide in einer dunklen Lache.

Wo waren die vielen Menschen hin, die sich bei Hectors Einzug in die Kathedrale vor dem Portal gedrängt hatten?

»Der Jeep ist weg«, flüsterte der Fahrer bestürzt.

Hinter den Leiterträgern drängten sich die Leute heraus, die mit ihnen in die Kirche gezogen waren. Als sie die Tote sahen, gerieten sie in Panik. Die meisten von ihnen strebten in die Kirche zurück.

Schüsse waren zu hören. Irgendwo hinter der Kathedrale ratterte wieder das Maschinengewehr, hallten Schreie. Dann näherte sich dieses dumpfe, unheimliche Gerassel. Die Leiterträger wagten sich nicht die Stufen hinunter. Sie stellten die Leiter ab. Gleichzeitig.

Im selben Augenblick peitschten Schüsse ganz in der Nähe. Ein paar Flüchtende rannten schreiend vorbei, dann eine ganz Schar, eine Menge von hundert, zweihundert Leuten, die sich gehetzt umschauten. Das Gerassel schwoll bedrohlich an.

»Rettet euch«, schrie eine Frau, »die Panzer kommen!«

Rund um die Leiter gab's einen Wirbel, ein Hasten, ein Rennen. Hector blieb einsam auf seinem Sessel zurück, genau vor dem Portal.

Aus der tiefen Dämmerung wuchs mit ohrenbetäubendem Lärm der dunkle Umriß eines Panzers. Mitten vor den Stufen hielt er an, sein Geschütz dorthin gerichtet, wo die Fliehenden verschwunden waren. Nichts geschah, niemand stieg aus. Die Turmluke blieb zu. Eine merkwürdige Stille breitete sich aus. Auch der Mann vor den Stufen stöhnte nicht mehr.

Jetzt konnte Hector dem Druck seiner Blase einfach nicht mehr standhalten. Entschlossen öffnete er den Reißverschluß seiner Hose und pinkelte. Wohin er auch zielte – er traf immer nur den Panzer. Es platschte und spritzte nur so.

Mochte nun kommen, was da wollte.

Er hatte gerade den Reißverschluß zu, als sich wildes Gebrüll näherte. Kein Angst-, sondern Kampfgeschrei.

Die Soldaten wären vorbeigerannt, ohne Hector auf der Plattform vor dem Portal, hoch auf der Leiter, zu entdecken. Aber genau in diesem Augenblick gingen die Straßenlaternen an, und man konnte ihn sehen.

Johlend stürzten sich die Uniformierten auf ihn.

»Da ist er ja«, rief ein Unteroffizier, »derjenige, welcher! Na warte, dir werden wir jetzt huldigen, daß dir die Lust vergehen wird, noch einmal den Heiland zu spielen, du Hochstapler!«

Das letzte, was Hector noch wahrnahm, bevor sie die Leiter umkippten, war die Turmluke des Panzers, die aufging. Ein Kopf schaute heraus und rief: »Jesses, der Jesus!«

Hector stürzte sich auf den Stufen nicht zu Tode, dank der Toten, die da lagen. Und vielleicht auch dank des Korbsessels, an den er gebunden war und der wiederum an die Leiter gebunden war. Es drehte sich alles um ihn, und er spürte starke Schmerzen an Schulter und Kopf. Wie aus der Ferne hörte er das Gelächter, obwohl er doch fühlte, wie die Kerle an ihm herumhantierten, wie sie den Korb von der Leiter und ihn vom Korb schnitten, wie sie ihm die Kleider vom Leib rissen, wie einer ihn bespuckte. Ganz nah waren sie ihm, näher ging es nicht. Und doch erreichte ihn nur wie von weither hallend ihre hämische Frage: »Bist du's oder bist du's nicht? Gestehe!«

»Ich bin's«, hörte er sich aus ebensolcher Ferne sagen. Was hätte er sonst sagen sollen? Er wunderte sich.

»Dann segne mich«, hörte er die Stimme aus noch größerer Ferne echowerfend herüberhallen.

Mühsam hob er die Hand. Sie war so schwer geworden.

Das Gelächter verhallte.

64

Den ganzen Abend über wurden Berichte über Radio und Fernsehen gesendet. Die Kämpfe verlagerten sich ins Regierungsviertel. Die Aufständischen hatten mehrere Waffendepots erobert und lieferten sich erbitterte Gefechte mit den

Regierungstruppen. Das Kaufhaus »El Sol« und das Hilton-Hotel brannten lichterloh. Und noch immer strömten Slumbewohner in die Innenstadt. Ja, jetzt kamen sie schon aus den Bergen und auch von der Küste herauf, bewaffnet mit erbeuteten Gewehren, mit Steinen, Gabeln, Sicheln und Stangen.

Aber in der unmittelbaren Umgebung der Kathedrale herrschte inzwischen Ruhe. Die Panzer und Infanterie-Einheiten waren in Richtung Präsidentenpalais abgezogen, der Bischof hatte die zugesicherte Botschaft empfangen und entließ, nach einer halben Stunde Wartezeit, seine Gemeinde mit einem Dankgebet und guten Wünschen für den Heimweg. Einen Heimweg zu Fuß. Denn niemand hatte draußen vor der Kathedrale seinen Wagen geparkt. Der stand daheim in der Garage. In so gefährlichen Zeiten mußte man schon mal einen Weg zu Fuß in Kauf nehmen.

Die Orgel brauste.

Der erste, der die Kathedrale durch das Hauptportal verließ, war ein pensionierter Oberst. Ihm folgte seine Tochter. Der Blick des Offiziers fiel auf die Leichen, dann auf den Korbsessel, der neben einer Leiche auf den Stufen lag, dann auf die Leiter. Zwischen ihren auseinandergespreizten Holmen baumelte ein Mann, dem beide Beine und ein Arm fehlten. Wer immer hier am Werk gewesen war, hatte ihn nicht erhängt, sondern an seinem Arm aufgeknüpft. Und – mein Gott! – er war nackt!

Der Oberst drängte seine Tochter zurück und hielt ihr den Hut vor das Gesicht.

»Nichts für dich«, sagte er militärisch knapp und veranlaßte die Leute, die nach ihm die Kirche verlassen wollten, wieder umzukehren: »Kein Anblick für Frauen!«

Er gab den Ordnern die Anweisung, diese Tür abzuschließen und die Leute zu den anderen Ausgängen zu schicken.

Aber noch bevor sie den Schlüssel ins Schloß geschoben hatten, schlüpfte die Tochter des Offiziers hinaus. Zornig folgte er ihr. Noch zorniger, schlug sie ihm den Hut aus der Hand.

»Was nimmst du dir heraus?« rief sie. »Wie kommst du dazu, für mich zu entscheiden, was ich sehen darf und was nicht?«

Der Ordner, der dem Oberst erstaunt gefolgt war, zog sich diskret in die Kathedrale zurück und schloß die Tür von innen ab, während sich die Tochter, eine elegante junge Frau, der Leiter zuwandte.

»Das also ist er«, sagte sie, ohne mit der Wimper zu zucken.

Der Vater hob den Hut auf und klopfte ihn ab. Wütend suchte er nach Worten.

»Und?« fragte sie. »Warum schneidest du ihn nicht los?«

»Was bringt's?« knurrte er. »Der Mann ist tot.«

»Nein«, sagte sie. »Noch lebt er. Eben hat er das einzige Glied gehoben, das er zu heben noch imstande ist.«

»Gilda!« rief der Oberst empört.

»Gib dein Taschenmesser her«, sagte sie ruhig.

»Ich denke nicht daran«, antwortete er. »Ihm ist recht geschehen. Einem Aufwiegler gebührt die Todesstrafe.«

»Kommst du nicht eben aus der Kirche?« spottete sie.

»Das eine hat mit dem anderen nichts zu tun!«

»Gib das Messer her!« rief sie und versuchte ihm in die Hosentasche zu greifen.

Wutschäumend gab er ihr eine Ohrfeige und zerrte sie davon.

»Schneidet ihn ab! Schneidet ihn ab!« schrie sie.

Aber ihre Schreie verhallten, ohne daß sie jemand hörte oder hören wollte. Die Leute, die die Kathedrale durch die anderen Ausgänge verließen, machten, wenn sie überhaupt diesen Weg einschlugen, einen weiten Bogen um das Hauptportal. Nein, man wollte gar nicht wissen, was es da zu sehen gab. Es konnte nichts Gutes sein. Was man nicht wußte, belastete nicht.

Hectors Hand hing in der Schlinge einer Hanfschnur, die an die oberste Sprosse geknotet war. Es wäre nicht einmal ein Messer nötig gewesen, um ihn zu befreien. Nur jemand, der ihn ein kleines Stück hochgehoben – und jemand anderer, der gleichzeitig die Schlinge gelockert und die Hand aus ihr herausgezogen hätte. Und noch ein bißchen guter Wille, um den Bewußtlosen auf den Boden zu legen.

Aber es war niemand da. Das Licht hinter den hohen Kirchenfenstern verlöschte.

65

Alicia schob den Kinderwagen durch die nächtliche Stadt. Erschöpft klammerte sie sich an den Griff. Sie hatte Hector aus den Augen verloren. Als er, noch bei Tageslicht, weit vor ihr am Ende der Avenida Bolívar auf die Plaza vor der Kathedrale eingeschwenkt war, hatte sie ihn zum letzten Mal gesehen, auf seiner Leiter hoch über den Köpfen der Menge. Aber als sie selber mit der Nachhut zur Plaza vorgestoßen war, war es schon dämmrig gewesen. Sie hatte zwar die vielen Leute rund um die Kathedrale gesehen, Hector aber nicht entdekken können. Und dann hatte sie fortrennen müssen, weil die Panzer und die Soldaten anrückten. Zusammen mit anderen Kindern hatte sie sich in einen Hausflur geflüchtet. Während es draußen knallte und krachte, war sie übermüdet eingenickt, ohne die Hände vom Griff des Kinderwagens zu lösen. Als ihr jemand den Wagen stehlen wollte, war sie wieder aufgewacht. Laut schreiend hatte sie sich gewehrt, bis der Typ den Wagen losließ und verschwand. Der Ballon war ganz geblieben.

Draußen war es schon finster gewesen. Die Kathedrale

hatte verlassen und dunkel mitten auf der Plaza in den Himmel geragt. Nicht weit von ihr entfernt schlugen Flammen aus einem Dach. Aus dieser Richtung war Lärm zu hören. Da wollte Alicia hin, aber Soldaten versuchten sie wegzuscheuchen. Als sie nicht umkehren wollte, gab ihr einer einen Nasenstüber. Ein anderer steckte ihr eine halb leer gegessene Packung Kekse zu. Hinter einem Panzer verkrochen, aß sie gierig. Sie stopfte sich den Mund so voll, daß sie ihn kaum mehr schließen konnte, und verschluckte sich. So beschäftigt war sie mit Kauen und Schlucken, daß sie fast unter den Panzer kam, der plötzlich wendete.

Der Schreck fuhr ihr in die Glieder. So schnell sie konnte, schob sie ihren Wagen davon. Im Dunkeln trat sie in eine Scherbe und schnitt sich in die Fußsohle. Aber sie war schon oft in Scherben getreten, hatte schon oft Wunden in den Fußsohlen gehabt. Sie waren alle geheilt.

Und nun hinkte sie wieder auf die Kathedrale zu, dorthin, wo sie Hector verloren hatte. Vielleicht war er ja noch da, vielleicht stand die Leiter irgendwo unter einer Laterne, und er döste in seinem Korbsessel, während seine Begleiter schliefen?

So fand sie ihn.

Die anderen Leichen waren schon weggeschafft worden. Auch der Korbsessel war verschwunden. An ihm hatte wohl einer der Leichensammler Gefallen gefunden. Nicht einmal mehr Hectors Kleider lagen auf den Stufen. Zwei halbverhungerte Hunde leckten an der Blutlache.

Alicia trat an Hector heran und berührte ihn. Sie merkte, daß er noch warm war.

66

Er war noch warm! Er lebte!

Sie schaute sich um, schob den Wagen aus dem Laternenlicht in eine dunkle Ecke der Kirchenfront, rannte fort, suchte und kam nach einer Weile mit ein paar Scherben zurück, die sie auf die Stufen legte. Dann schob sie den Wagen genau unter Hectors Körper und stellte sich, mit einer Scherbe in der Hand, auf die unterste Stufe, gleich neben die Leiter. Aber von ihr aus erreichte sie nur Hectors Arm, knapp unter der Schlinge. Sie stieg auf die nächste Stufe. Die war zu weit entfernt.

Konnte sie die Leiter verrücken? Aber die stand schon an der Kante der untersten Stufe. Auf den Wagen steigen? Dann wäre kein Platz mehr für Hectors Körper, und er würde auf den Steinboden stürzen. Nein, er mußte unbedingt in den Wagen fallen!

Vielleicht gab es in der Kathedrale etwas, worauf sie steigen konnte? Sie hastete die Stufen hinauf, rüttelte aber vergeblich an der Klinke. Fieberhaft überlegte sie: Vielleicht fand sie einen späten Passanten, der bereit war, ihr zu helfen? Oder einfach ein paar Pflastersteine, die sich aufeinandertürmen ließen?

Sie lief los. Als sie auf der anderen Seite der Kathedrale war, hörte sie das Motorengeräusch eines schweren Wagens. Es war ein Hilfsmüllwagen. Ein Container auf Rädern. Alicia sah, wie er die Plaza überquerte. Einmal blieb er stehen. Ein Mann sprang heraus und hob ein paar Holzlatten auf. Ein zweites Mal hielt der Wagen neben einem Haufen Porzellanscherben. Dann verschwand er hinter der Kathedrale, dort, wo das Hauptportal, wo Hector war, und tauchte auf der anderen Seite nicht wieder auf.

Sie rannte, so schnell sie mit ihrem Hinkefuß konnte. Als sie um die Ecke bog, flog gerade der Kinderwagen in den Container, und zwei Müllmänner machten sich an der Leiter zu schaffen.

»Die läßt sich noch verkaufen«, sagte der eine und zückte ein Messer. »Die ist noch wie neu.«

»Nicht!« schrie Alicia und rannte auf die Männer zu. »Er lebt doch noch!«

»Ach was«, sagte der mit dem Messer. Man konnte kaum sein Gesicht erkennen, so schmutzig war es. »Der ist tot. Eigentlich hätten die anderen ihn mitnehmen müssen, die Leichensammler. Aber das war denen wohl zu viel Mühe, ihn von der Leiter abzumachen ...«

»Laß ihn nicht fallen!« schrie Alicia, stellte sich unter Hector und umfaßte seinen Leib.

»Ist das dein Vater?« fragte der andere Müllmann, der jünger als der mit dem Messer war.

Aber noch bevor Alicia antworten konnte, schnauzte ihn der Ältere an: »Laß das Herz aus dem Spiel, wenn du Müllmann sein willst. Sonst gehst du drauf. Der da kommt mit in den Container, sonst liegt er morgen noch da, und wir kriegen Ärger. Denn so, wie sie den zugerichtet haben, ist er mehr Müll als Leiche. Hauptsache, die kriegen ihr feines Stadtzentrum schnell wieder sauber. Alle Spuren beseitigen. Möglichst alles, was heute abend geschehen ist und heute nacht noch geschehen wird, unterm Deckel halten. Doch nur deswegen haben sie uns diese verdammte Sonderfahrt aufgebrummt –«

Und schon zog er das Messer durch die Schnur, und Hector fiel in Alicias Arme. Sein Gewicht riß sie um. Sie knallte mit dem Kopf auf das Pflaster. Aber sie ließ ihn nicht los. Der Müllmann mußte ihn ihr entreißen. Ihr Hut rollte davon.

»Das ist doch *er*!« kreischte sie.

»Pack mit an«, sagte der Alte zum Jungen, »damit wir ihn richtig draufkriegen. Nicht daß er uns noch runterfällt. So eine Schweinerei hier vor der Kathedrale, das verstört die Leute.«

Zu zweit warfen sie ihn über die Seitenwand auf den Container. Nach einem prüfenden Blick auf die Ladung sagte der Alte: »Jetzt ab zur Deponie. Der Wagen ist voll. Sonst verlieren wir unterwegs noch was.«

»Hast du Kinder?« fragte der Jüngere.

»Sechs«, antwortete der Alte. »Und alle sechs sind am Leben geblieben. Wer hat schon so ein Glück? Aber alle sind sie in die Staaten gegangen, eines nach dem anderen, über Mexiko. Nachts über die Grenze. Mich und meine Frau haben sie in diesem Scheißleben zurückgelassen.«

Er klappte die Leiter zusammen. Der Junge half ihm, sie auf den Container zu heben. Sie ragte noch ein Stück über die Rückwand hinaus.

»Und sie haben nichts mehr von sich hören lassen«, knurrte der Alte, »obwohl sie doch die verdammte Pflicht und Schuldigkeit hätten, für ihre alten Eltern zu sorgen. Wozu haben wir sie sonst ins Leben gesetzt und uns abgeplagt, sie am Leben zu erhalten? Der Teufel soll sie holen, alle miteinander!«

»Geh heim«, rief der Junge Alicia zu, die, wieder mit Hut, hinter dem Container stand. »Was hat ein Kind in deinem Alter um diese Zeit auf der Straße zu suchen? Wenn das dein Vater war, dann laß deine Mutter nicht auch noch um *dich* Angst haben!«

Er schaute auf seine Uhr. »Halb neun. Ein langer Tag.«

Sie stiegen ein und fuhren ab. Alicia hing hinten am Container. Ihre Füße pendelten knapp über dem Boden. Bei der ersten Kurve verlor sie ihren Hut. Sie konnte sich nicht einmal nach ihm umdrehen. Der geschrumpfte Ballon flatterte hinter ihr. Sie spürte, wie er an ihrem Handgelenk zog.

Als sie die Stadt bereits verlassen hatten, riß die Schnur. Alicia legte den Kopf in den Nacken und konnte den Ballon steigen sehen, bis er im Nachthimmel verschwand.

67

Sie wühlte und wühlte. Noch war es finster, sie konnte nur tasten. Aber der Mond war über den Bergen aufgegangen. Bald würde sie sehen können, was sie ausgrub. Drüben über der Stadt lohten Flammen. Aber das war in weiter Ferne. Hier war es ruhig. Auch die Aasgeier rührten sich nicht, solange es Nacht war.

Den Wagen hatte sie bald. Sein Griff ragte aus dem Müll. Er war voller Unrat. Sie scharrte das Gröbste heraus. Die Kissen waren weg, aber die Matratze hatte sich im Wagen festgeklemmt, und wundersamerweise waren die Münzen unter ihr auch noch da.

Das war jetzt alles nicht so wichtig. Weiter, weiter!

Sie grub und wühlte. Breitbeinig stand sie auf dem Hügel und scharrte wie ein Hund den Müll zwischen ihren Beinen nach hinten fort, daß er nur so flog.

Hector war unterwegs nicht vom Wagen gefallen. Er mußte irgendwo hier liegen! Aber wenn er zu tief in den Müll geraten war oder mit dem Gesicht in Öl oder Schlamm oder auch nur in Wasser lag, dann war er bereits erstickt.

Und noch etwas machte ihr angst: Wenn der nächste Containerwagen seine Ladung auf diesen Hügel kippt, wäre ihre Hoffnung, Hector zu finden, so gut wie zunichte. So tief konnte sie nicht wühlen.

Da sah sie ihn auch schon kommen, den Wagen. Seine Scheinwerfer wanderten über die Deponie und näherten sich.

Sie duckte sich in den Dreck und wagte nicht, sich zu rühren. Aber er fuhr woanders hin, kippte seine Ladung auf der anderen Seite aus, fast am anderen Ende der Welt. Was für ein Glück.

Danach kam keiner mehr.

Ihre Finger entdeckten sein Gesicht unter ein paar Kartoffelschalen, fast oben auf dem Gipfel des Haufens. Sie scharrte es frei und zog das eine Augenlid hoch. Das Weiße des Augapfels schimmerte im Mondschein, aber die Pupille war da und spiegelte, ganz klein, den Mond wider, sie bewegte sich noch, sie stand noch nicht still wie bei ihrer Mutter, sie war auch nicht nach oben gedreht, und jetzt ging sogar das zweite Auge auf, und dem Mund entfuhr ein Laut. Es war eine Art Knurren, ein tierischer Laut, aber ein lebendiger! Nicht so ein totes Geräusch wie das Rascheln von Papier oder das Knarren einer Tür. Hector lebte!

Alicia erriet, was der Laut bedeuten sollte. Er konnte gar nichts anderes bedeuten. Sie stieß einen Schrubberstiel neben Hectors Kopf senkrecht in den Müll, um in dieser Wüste die Stelle, wo er lag, zu markieren, und ging dann auf die Suche.

Es gab hier viele Flaschen. Wenn sie auch nur einigermaßen aufrecht standen, konnte sich durchaus Wasser von den letzten Regengüssen in ihnen gesammelt haben. Sie mußte eben nur gewissenhaft vorkosten. In Flaschen konnte ja auch Firnis sein. Oder Öl. Oder eine Säure, die den Magen zerfraß. Ein Kind aus der Nachbarschaft, drei Jahre alt, hatte von so einer Säure getrunken. Entsetzlich langsam war es gestorben. Alicia hatte das Geschrei gehört. Und sie erinnerte sich, daß ihre Mutter damals tagelang keinen Appetit gehabt hatte. Denn bei ihr stand auch eine Flasche mit so einer Säure auf einem Regal, allerdings so hoch oben, daß Alicia sie nicht hatte erreichen können. Nach dem Tod des Kindes war diese Flasche dann verschwunden. Mit Rattengift ging es schneller.

Flaschen, Flaschen, aber keine steil stehenden. Alle leer.

Dann fand sie eine Flasche, die noch fast voll war. Aber ihr Inhalt roch scharf und unangenehm. Sie stieß auch auf einen Essigrest, probierte und spuckte. Aber dann sah sie etwas Großes, Rundes, Helles leuchten, es sah aus, als ob der Mond auf die Deponie gefallen wäre. Natürlich hing er noch am Himmel, jetzt schon ein ganzes Stück höher, und spiegelte sich in etwas. Als Alicia vorsichtig näher tappte, immer auf der Hut vor Scherben, erkannte sie eine große Schüssel aus Steingut, aus deren Rand nur eine Zacke herausgeschlagen war. Diese Schüssel stand halb voll Wasser!

Sie spülte eine Flasche aus, füllte sie und kehrte zu Hector zurück. Seine Lippen öffneten sich, als sie das Wasser spürten. Er schluckte und schluckte.

»Du bist nicht totzukriegen«, sagte sie.

68

Sie scharrte seinen Körper frei, schleifte eine alte, versiffte Matratze heran, die sie auf der Flaschensuche entdeckt hatte, und hob und schob ihn darauf. Seinen Arm, der wie ein fremdes Stück Fleisch an ihm hing, legte sie behutsam neben ihn auf die Matratze. Es dauerte nicht lange, bis sie ihn ruhig und gleichmäßig atmen hörte. Da kauerte sie sich mit angezogenen Beinen neben ihn, legte den Kopf auf die Knie und gönnte sich ein wenig Schlaf.

Nach einer knappen Stunde schreckte sie hoch. Hector hatte gestöhnt. Sie beugte sich über ihn.

»Zwick mich in den Arm«, sagte er mit einer Stimme, die ihr angst machte. Sie zögerte.

»Los, mach schon«, sagte er. »Zwick oder beiß. Aber kräftig!«

Sie zwickte.

»Du sollst mich zwicken!« stöhnte er.

»Hab' ich doch.«

»Nichts gespürt«, murmelte er düster. »Sieht so aus, als wär' der jetzt auch hin.«

»Nur von dem bißchen Hängen an der Leiter?« meinte sie und tat unbesorgt.

»Es war über eine halbe Stunde«, murmelte er. »Eine Ewigkeit. Nicht zu ertragen ...«

Sie ging noch einmal auf Suche und brachte ein halbzerfressenes Schaumgummikissen mit. Das schob sie ihm unter den Kopf.

»Sieht ganz so aus«, flüsterte er.

»Ich bin ja da«, sagte sie und nickte wieder ein. In ihre wirren Träume hinein hörte sie ihn stöhnen und ächzen. Und dann fuhr sie hoch. Er schrie. Er schrie ganz schrecklich. Sie preßte ihre Fäuste vor den Mund, um nicht mitzuschreien. Irgendwo in der Nähe krächzten Vögel, aus dem Schlaf aufgeschreckt. Diese Schreie mußte man bis in die Stadt, bis hinauf ins Gebirge hören! Bis zum Mond!

So hatte Alicia noch niemanden schreien hören.

Allmählich wurde er leiser. Bis er nur noch ächzte. Und dann sagte er ganz klar und deutlich: »Alicia? Mein Medaillon.«

Sie wußte nicht, was er meinte.

»Schau nach«, flüsterte er, Angst in der Stimme. »Hab' ich was am Hals? Oder ist es auch weg. Los, schau, ob da was ist – am Hals!«

Sie beugte sich über ihn. Im Mondlicht blinkte Metall auf seiner Brust.

»Nur ein Kettchen«, sagte sie. »Und da hängt ein rundes Ding dran.«

Er holte tief Atem. Und nach einer langen Pause, in der nur das Vogelgekrächz zu hören war, sagte er müde: »Merkwürdig, daß sie mir das gelassen haben. Als ob sie gewußt hätten, was drin ist …«

»Was ist denn drin?« fragte sie.

»Eine Kapsel«, murmelte er. Und dann lachte er und sagte: »Die ist jetzt auch sinnlos geworden. Ich kann das Medaillon ja nicht mehr selber öffnen.«

»Wenn du willst, öffne ich's. Du mußt mir nur sagen, wie.«

»Morgen früh«, antwortete er leise. »Sonst rollt dir vielleicht die Kapsel aus der Hand, und du findest sie im Dunkeln nicht mehr.«

Er horchte, aber sie schwieg.

»Mich friert«, sagte er.

Sie ging und suchte lange. Der Mond stand hoch über der Deponie. Er war fast rund. Sein milchiges Licht machte ihr das Suchen leichter. Wenn sie zu Hector hinüberschaute, sah sie ihn, nackt, als hellen Fleck liegen.

Mit einer Hose und einem T-Shirt kam sie zurück. Die Hose schien einmal etwas ganz Edles gewesen zu sein. Ihre Bügelfalten waren noch zu erahnen. Aber auf dem linken Bein trug sie die Spuren eines Bügeleisens, im Mondschein deutlich zu sehen. Und das T-Shirt war wohl einmal weiß oder gelb gewesen. Jetzt konnte man das Mickymausbild vorn auf der Brust kaum mehr erkennen, so voller dunkler Flecke war es.

Nachdem sie ihm beides vorsichtig übergezogen hatte, schlotterte er noch immer.

»Das kommt von innen«, sagte er leise.

»Vielleicht finde ich eine Decke«, antwortete sie und hastete noch einmal davon.

Aber auf Decken waren alle scharf: Müllsammler wie Müllmänner. Und wenn Reiche Decken in den Müll taten, nahmen deren Dienstmädchen sie meistens gleich an sich.

Sie kam mit einer Riesenmenge Tüllgardinen zurück, die sich auf ihren mageren Armen türmten. Sie konnte kaum mehr über die Rüschen und Wogen hinwegsehen. Außerdem schleifte sie noch ein paar Meter Tüll hinter sich her. Im Mondlicht hatte dieses duftige Gewebe von einem Nachbarhügel herübergeleuchtet. Hier, wo alles Schmutz war, wirkte es wie weißer Schaum. Dabei waren es doch nur Gardinen aus einem reichen Haus, wahrscheinlich im Lauf der Jahre schon grau und unansehnlich geworden.

»Schau«, sagte sie, als sie Hector erreichte. »Genug für uns beide.«

Seine Augen blieben geschlossen.

»Hast du nicht auch Socken gefunden?« fragte er. »Meine Füße sind so kalt.«

Da hörte er sie leise lachen.

»Alicia«, fragte er erstaunt und riß nun doch die Augen auf, »bist du's?«

Sie deckte ihn mit dem Berg Tüll zu.

»Sonst ist hier niemand«, flüsterte sie verwundert.

»Wo ist dein Hut?« fragte er nach einer Weile.

»Verloren.«

»Und dein grüner Ballon?«

Sie zeigte nach oben.

»Wenn du Che das nächste Mal triffst, wird er dir einen neuen schenken«, sagte er.

»Er ist tot«, flüsterte sie. »Schon lange.«

Hector verstummte. Alicia kroch auch unter den Tüllberg, kuschelte sich an ihn, legte seinen Arm um ihren mageren Körper und schlief augenblicklich ein.

»Was sind wir doch für zähe Luder, wir zwei«, murmelte er.

69

Das Mondlicht schien inzwischen heller als eine Straßenlaterne. Wie ein Scheinwerfer fiel es auf ihn. Er lag in Tüll gewickelt, nur Rumpf und Kopf. Neben ihm lagerte Che, auf den Arm gestützt, in der Hand eine riesige Traube von bunten Luftballons, die von innen leuchteten. Che lächelte auf ihn herunter und sagte: »Du bist der Star.«

Hinter ihm schnaubte ein Tier. So schnaubte nur Flojo.

Auf seiner anderen Seite kauerte Alicia in ihrem verwaschenen Kleid. Sie hatte einen grünen Luftballon am Handgelenk. Irgendein Licht beschien ihr Gesicht von schräg unten. Es war ein ganz weiches, warmes Licht, das ihrer fahlen Haut Farbe gab. Sie beugte sich über ihn und flüsterte: »Wie schön du bist.«

»Sie kommen, um dich zu sehen«, sagte Che und zeigte mit einer weiten Armbewegung in die Runde. »Schau nur.«

Alicia hob seinen Kopf. Da sah er sie auch: Aus allen Richtungen wanderten Menschen auf ihn zu. Die ihm schon sehr nahe gekommen waren, erkannte er.

»Hallo«, rief Petronio und schob seinen STERN DES SÜDENS den Müllhügel herauf. »Eine große Portion gefällig? Gratis natürlich.«

Er übergab Elías einen Riesenbecher voller Eiskugeln, sogar mit einem winzigen Papierschirmchen verziert und mit einem Löffelchen ausgestattet, und Elías kauerte sich vor Hector und reichte ihm das Geschenk. Alicia nahm es für ihn an, beugte sich über ihn und löffelte ihm das Eis in den Mund. Im Nu schmolz es in ihn hinein, wie in einem Zeichentrickfilm. Es war wunderbar kühl und süß. Alicia wischte ihm den Mund mit einem Tüllzipfel sauber.

Danach bekamen auch Alicia und Che ein Eis, das nicht

kleiner war als das erste. Sie bedankten sich herzlich und luden Petronio und Elías ein, sich niederzulassen und sich als ihre Gäste zu betrachten.

Schon kamen die nächsten. Zuerst der Präsident des Landes in weißem Anzug und mit Schärpe, wie er auf den Fotos zu sehen war, die in jedem Büro hingen. Er verbeugte sich lächelnd und legte einen goldenen Fingerring auf den Tüll. Hector mußte lachen, weil er ja keine Finger besaß, an die er ihn hätte stecken können. Aber er hörte Alicia sagen: »Macht nichts. Da zieh' ich dir eine Schnur durch und hänge ihn dir um den Hals.«

Zusammen mit dem Präsidenten war der Bischof gekommen. Als Geschenk schwenkte er einen Weihrauchkessel. Nun roch es richtig feierlich auf der Deponie.

Es war nicht zu glauben: Der Präsident und der Bischof setzten sich mit ihren guten Sachen in den Müll, neben Petronio und Elías, und plauderten leise mit ihnen.

Auch die Hagere kam, zusammen mit dem Hünen. Der hatte seine Stange nicht bei sich, statt dessen trug er einen Korbsessel. Den stellte er vor Hector ab, und die Hagere sagte: »Damit du auch bequem sitzen kannst. Ich hab' ihn extra mit Schafwollfüllung ausgepolstert.«

Sie ließen sich neben Alicia nieder und verhielten sich so ruhig, wie Hector es von ihnen gar nicht gewohnt war.

Ein paar Polizisten brachten ihm ein Ständchen auf ihren Blasinstrumenten dar. Über die Müllhügel näherte sich Maria Eugenia mit einer Kiepe voller gefüllter Maistaschen. Rasputin schleppte zwei dickbauchige Weinflaschen an. Auch der Pockennarbige, der Rotlockige und der Fahrer erschienen. Gemeinsam schoben sie einen Eiskarren auf Hector zu, bemalt mit dem ›Krieg der Sterne‹. Auf dem Eiskarren stand groß CASABLANCA-QUEEN. Hector lachte vor Freude.

Und ein paar Soldaten trabten im Gleichschritt heran, beladen mit riesigen Blumensträußen und Girlanden.

Der ganze große Müllhügel war voller Gäste, und es kamen immer noch mehr. Er, Hector, fühlte sich in ihrer Mitte wie ein geliebtes Kind. Wein und Teigtaschen reichten für alle, und über der Halde wogte die Love-Story-Melodie.

70

Ein starker Schmerz weckte ihn. Über den Bergen wurde es schon hell. Alicia schlief noch immer. Er fühlte ihr Haar unter seinem Kinn, ihren Herzschlag unter seiner Hand. Sein Arm hatte ihn geweckt. Er tat so weh.

Er stutzte. Der Arm tat weh!

Er mußte tief Atem holen, weil ihm die Freude fast die Brust sprengte.

Er schaute zum Himmel auf. Hinter ihm schien er noch dämmrig zu sein. Über ihm, im Zenit, war er schon blaß. Vor ihm aber, über dem Morgendunst in den Niederungen, erschien ein gelblicher Streifen. Am Himmel flockten überall Wölkchen, die sich zu Mustern formierten.

Er sah jetzt, daß er auf dem Hang eines Müllhügels lag, der Kopf höher als der Unterleib. Er streifte den Tüllberg beiseite, der ihm die Fernsicht verwehrte. Nun konnte er weit hinaussehen, konnte die ganze hügelige, weit ausufernde Deponie überschauen, diese graubunte, bizarre Landschaft. Dort die aufgetürmten Klippen aus ausgedienten Kühlschränken und Elektroherden, hinter ihnen die Höhenzüge aus Bauschutt und Brandtrümmern, daneben der langgezogene Hang aus weißem Hospitalabfall, davor das gebirgige Gewirr von Müll, den der Zufall durcheinandergewirbelt hatte.

Auf so einem Allerweltsmüllberg lag auch er. Sein Blick fiel auf eine vertrocknete Zwiebel neben einer schmutzigen

Papierwindel, streifte eine halbaufgerissene Luxus-Bonbonniere neben einer toten Katze. Auf der Plastikflasche eines Weichspülers hing schief eine billige Karnevalsperücke.

Eine künstliche Landschaft, die starke Gerüche ausdünstete. Ein Atemzug voll Ammoniak, der nächste voll Hundescheiße oder Maische, der übernächste voll Schmieröl oder Billigparfüm – und dann ein ganz tiefer voll Aas. Aber alle Gerüche wurden von denen nach Asche und Rauch überlagert.

Auch die Aasgeier waren schon wach. Sie kreisten und krächzten, hockten drüben auf dem Hospitalabfall und zerrten und hackten.

Er hob den Kopf so hoch er konnte und drehte ihn zur Seite. Dort drüben, vor den Berghängen, mußte die Stadt sein. Um diese Jahreszeit pflegte sie bei Sonnenaufgang im Nebel zu liegen. Aber er sah keinen Nebel. Nur dunklen Qualm, der sich über der rechten wie der linken Flußseite ausgebreitet hatte. Ein paar Hochhäuser ragten aus den schwarzen Wolken heraus.

Der ganze östliche Himmel überzog sich jetzt mit roten Adern.

Alicia rührte sich. Ihr kleines, graues, verschlafenes Gesicht tauchte aus dem Tüll.

»Mein Arm tut weh, Alicia!« rief er.

»Wirklich?« fragte sie und richtete sich überrascht auf.

»Und wie!«

»Was weh tut, ist nicht tot«, rief sie. »Beweg ihn!«

Er bewegte ihn und mußte vor Schmerz stöhnen. Sie strahlte Hector an und streichelte den Arm behutsam.

»Die Sonne wird gleich aufgehen«, sagte er. »Zeit zum Aufstehen.«

Sie schaute sich um und nickte. Ihr Blick blieb eine Weile an den Aasgeiern hängen. Dann schweifte er weiter, geschärft für alles, was dem Überleben diente.

»Wühler sind schon da«, meldete sie.

Die wollte er auch sehen. Er ließ sich von ihr stützen. An verschiedenen Stellen der Deponie sah er Leute im Müll scharren. Auch Müllwagen tauchten wieder auf.

»Vielleicht sollten wir umziehen«, meinte er. »Weiter ins Innere der Deponie.«

Aber kein Fahrer schien seinen Müllwagen hier ausladen zu wollen. Der Hügel, auf dem sie sich befanden, war schließlich einer der höchsten ringsum, und die Deponie hatte Platz genug, sich weiter auszubreiten.

»Bleib noch ein bißchen«, sagte er, »du bist so schön warm.«

»Du auch«, antwortete sie und legte ihren Kopf auf seine Brust. »Ich hör' dein Herz schlagen.«

»Sieh dir das an«, sagte er. »Der ganze Himmel ein Pfauenrad.«

Sie drehte sich so um, daß sie den Himmel sehen konnte, ohne den Kopf von Hectors Brust zu nehmen. Sie schaute eine Weile stumm, dann sagte sie: »Ich hab' noch nie so hinaufgeschaut. Die Häuser waren im Weg. Oder soviel Staub in der Luft. Oder Nebel. Oder ich kriegte eine gescheuert, weil das nicht geht: gleichzeitig hochschauen und arbeiten.«

Sie stand auf, hob ihren Fuß, betrachtete seine Sohle und sagte: »Fast wieder zu.« Dann deutete sie auf die dunklen Flecke auf seinem T-Shirt: »Blut. Ich werd' nach einem anderen Ausschau halten.« Sie verschränkte die Arme hinter dem Nacken und drehte sich um sich selbst. »Dort ist der Fluß«, berichtete sie. »Gar nicht so weit weg. Eine Viertelstunde bis dahin.« Dann reckte sie sich und fügte hinzu: »Hüte brauchen wir hier.«

»Ich hab' Hunger«, sagte er. »Du nicht?«

Sie nickte und schlurfte davon, den Blick auf den Boden geheftet. Eine leichte Morgenbrise wirbelte Papiere hoch und trieb sie über die ganze Deponie.

Ob sie hierbleiben durften? Zur Not konnten sie sich auch

am Rand ansiedeln. Hector hatte dort mehrere Hütten erspäht. Die Deponie bot genug, um zu überleben.

Der Himmel wurde jetzt leuchtend gelb, die Berge glühten. Sogar die Hochhäuser, die drüben in der Stadt aus dem Rauch ragten, glommen. Nun mußte die Sonne bald über den Horizont kommen.

Gestern. Was für ein langer Tag. Ein halbes Dutzend Filme am Stück, und er der Star in allen.

Und eine lange Nacht dazu. Der Star. So hatte ihn Che genannt. Aber bei welcher Gelegenheit? In der Latrine? Vor dem Kiosk?

Ein fernes Geräusch, ein Geklirr und Geknister, ließ ihn den Kopf heben. Ein alter Mann in Lumpen kam über die Müllhügel gewandert, er trug einen langen weißen Bart. Ab und zu stocherte er mit seinem Stock im Dreck, bückte sich, hob etwas auf und tat es in einen Sack.

Hector mußte den Kopf wieder senken. Er fühlte sich noch verdammt schlapp. Und der Arm schmerzte so sehr.

Alicia kehrte zurück. Sie schwenkte ein Foto. Es zeigte einen Eismann neben einem Eiskarren.

Er starrte eine Weile auf das Foto, dann sagte er heiter: »Nein, das bin ich nicht. Ein komischer Kauz, der da. Wie von einem anderen Stern. Aber immerhin: auch ein Eismann. Zerreiß das Foto.«

Sie riß es einmal längs und einmal quer durch.

»Kleiner«, sagte er.

Sie zerriß es in viele kleine Schnipsel und streute sie in die Brise. Die nahm sie mit.

»Soll ich dir jetzt das Medaillon aufmachen?« fragte sie.

»Hat sich erledigt«, antwortete er.

Sie stapfte wieder davon.

71

Als der alte Müllsammler Hector entdeckte, hielt er auf ihn zu. Einmal mußte er über einen Haufen alter Schulbänke klettern, dann watete er durch die blutigen Verbände aus dem Hospital und scheuchte ganze Schwärme von Aasgeiern auf. Und gerade, als der Himmel so glühte, als wollte er jeden Augenblick in Flammen aufgehen, kam der Alte bei Hector an.

Er blieb, gebeugt wie er war, vor ihm stehen, winkte mit der Hand einen Gruß und schaute auf ihn herunter. Früher mußte er mal was dargestellt haben, das sah man ihm noch immer an. Heruntergekommen, wie das eben manchmal so ging.

»Willkommen«, sagte Hector und zeigte neben sich auf die Matratze.

Der Alte spuckte aus, setzte den halbvollen Sack ab und ließ sich umständlich und mit Geächze nieder. Als er nun so da saß, warf er einen Blick auf Hector, räusperte sich und sagte, indem er mit der linken Hand auf Hectors Stümpfe zeigte: »Scheint, die Aasgeier waren schon an dir.«

»Aasgeier gehen nur an Totes«, antwortete Hector.

»Sollte ein Witz sein«, grinste der Alte und zeigte seine rechte Hand. An ihr fehlte der Zeigefinger.

»Rattenfalle«, knurrte er.

»Straßenbahn«, antwortete Hector.

Alicia kam strahlend zurück. Sie hatte ein großes, staubtrockenes und schon etwas angeschimmeltes Weißbrot gefunden – und die Zwiebel neben der Windel. Dazu eine Flasche voll mit Wein, der schon gekippt war und jetzt wie Essig schmeckte. Und eine Flasche Coca Cola, noch halb voll.

Auch ein Tablett hatte sie entdeckt. Eigentlich nur die

Platte eines Picknick-Klapptischs, aber die war genau das, was sie jetzt brauchten. Sie legte die Platte zwischen die zwei Männer auf die Matratze, tat das Weißbrot darauf und stellte die beiden Flaschen dazu. Dann schob sie den Wagen hinter Hector und lehnte ihn, mit der Hilfe des Alten, halb aufrecht dagegen. Als alles gerichtet war, kauerte sie sich mit einem feindseligen Blick auf den Alten dicht neben Hector.

»Aber Alicia«, sagte Hector. »Dieser Herr ist unser Gast. Teil das Brot in drei Teile.«

Alicia mühte sich. Aber es war so hart, daß es sich nicht brechen ließ.

»Gib her«, sagte der Alte, zog einen Hammer aus seinem Sack und zertrümmerte das Brot in viele kleine schotterharte Stücke.

»Nicht zu fassen«, knurrte er. »Ein Brot wegzuwerfen. Ein ganzes Brot!«

Jetzt erschien die Sonne über dem Horizont, eine leuchtende Scheibe, und warf den Schatten des Alten über die Hügel. Daneben buckelten der Schatten von Wagen und Hector, die ineinander verschwammen. Und noch ein kleiner, armseliger Schatten bewegte sich dazwischen, kaum erkennbar.

Der Schatten des Alten schob sich Brotbrocken in den Mund und setzte abwechselnd sich selbst und Hectors Schatten die Flasche an die Lippen. Und der kleine, unscheinbare Schatten trank aus der kleinen Flasche himmlisch Süßes und fütterte sich und Hectors Schatten mit Bröckchen, die so klein waren, daß sie keine Schatten warfen. Alle drei mußten das Brot lange von einer Backe in die andere schieben, bis es weich wurde und sich schlucken ließ. Aber sie nahmen diese Mühe mit Vergnügen auf sich, denn sie waren hungrig.

»Mit wem«, fragte der Alte, mit prallen Backen kauend, »habe ich das Vergnügen?«

Alicia sah Hector an. Sie verstand nicht, was der Mann meinte. Aber Hector wußte Bescheid.

»Entschuldigung«, sagte er, »das habe ich über dem Essen ganz vergessen.« Er zeigte mit dem Kinn: »Alicia, mein Engel.« Er nahm einen Schluck aus der Flasche. Dann deutete er mit einem Kopfnicken eine kleine Verbeugung an und sagte grinsend: »Gestatten: Jesus.«

Der Alte verzog keine Miene. Er hörte nur zu kauen auf und ließ einen langen, melodischen Furz fahren. Dann verbeugte er sich ebenfalls knapp und sagte: »Angenehm. Gottvater.«

Eine Schar von Aasgeiern, die schon zur Landung angesetzt hatten, schraubten sich, durch die lauten Stimmen verschreckt, wieder höher.

Die ganze Deponie war jetzt wie vergoldet: die alten Kühlschränke, das Verbandzeug, die Müllwühler, die Aasgeier. Alles.

»Ist das nicht herrlich?« rief Hector überwältigt und deutete mit seinem Arm in die Landschaft, während der Alte gerade die Flasche am Mund hatte. Der Rauschebart verschluckte sich und hustete und ließ sich von Alicia auf den Rücken klopfen.

Als er endlich wieder sprechen konnte, sagte er trocken: »Bei Sonnenaufgang ist sogar ein Scheißhaufen schön.«

Gudrun Pausewang im dtv

Foto: Kaufmann + Scheerer

Kinderbesuch
Roman
dtv 10676

Ein deutsches Ehepaar besucht seine in Südamerika lebende Tochter. Verständnislos sehen sie sich größtem Reichtum und bitterster Armut gegenüber.

Aufstieg und Untergang der Insel Delfina
Roman
dtv 11218

Eine einsame, bildschöne Insel – ein Paradies auf Erden?

Rosinkawiese
Alternatives Leben in den zwanziger Jahren
dtv 11489

Fern von der Rosinkawiese
Die Geschichte einer Flucht
dtv 11636

Plaza Fortuna
Roman
dtv 11690

Menschen am Rande der Gesellschaft in einer südamerikanischen Großstadt.

Geliebte Rosinkawiese
Die Geschichte einer Freundschaft über die Grenzen
dtv 11718

Fast zwanzig Jahre nach der Flucht sieht Gudrun Pausewang den Ort ihrer Kindheit in Ostböhmen wieder.

Bolivianische Hochzeit
Roman
dtv 11798

Guadalupe
Roman
dtv 11879

Überleben im südamerikanischen Urwald. Ein Plädoyer gegen den Krieg.

Rotwengel-Saga
dtv 12140

Eine Familiengeschichte in Ostböhmen.